流传至今的古代名篇

本书编写组◎编

本书所选篇目风格多样,有人物传记、山水游记、序文、铭文等,编者想以此来帮助青少年认识古文的绚丽多彩。

世界图书出版公司
广州·北京·上海·西安

图书在版编目（CIP）数据

流传至今的古代名篇/《流传至今的古代名篇》编写组编．—广州：广东世界图书出版公司，2010.4（2024.2重印）

ISBN 978-7-5100-2234-0

Ⅰ．①流… Ⅱ．①流… Ⅲ．①古典散文-作品集-中国 Ⅳ．①I262

中国版本图书馆 CIP 数据核字（2010）第 070711 号

书　　　名	流传至今的古代名篇 LIUCHUAN ZHIJIN DE GUDAI MINGPIAN
编　　　者	《流传至今的古代名篇》编写组
责 任 编 辑	韩海霞
装 帧 设 计	三棵树设计工作组
出 版 发 行	世界图书出版有限公司　世界图书出版广东有限公司
地　　　址	广州市海珠区新港西路大江冲 25 号
邮　　　编	510300
电　　　话	020-84452179
网　　　址	http://www.gdst.com.cn
邮　　　箱	wpc_gdst@163.com
经　　　销	新华书店
印　　　刷	唐山富达印务有限公司
开　　　本	787mm×1092mm　1/16
印　　　张	10
字　　　数	120 千字
版　　　次	2010 年 4 月第 1 版　2024 年 2 月第 10 次印刷
国 际 书 号	ISBN 978-7-5100-2234-0
定　　　价	48.00 元

版权所有　翻印必究

（如有印装错误，请与出版社联系）

前 言

　　中国古代文明历史悠久,流传至今的名篇佳作浩如烟海。阅读古代名篇,能增长青少年的历史文化知识,能提高青少年古文阅读的能力,帮助青少年深入了解中国五千多年的文化底蕴。

　　本书所收篇目的思想性和艺术性都较高,是历史保留下来的优秀文化遗产。本着开拓青少年视野的目的,本书只收录了少数几篇中学课本中的古文,大多都是教材之外的篇目。

　　本书所选篇目风格多样,有人物传记、山水游记、序文、铭文等,编者想以此来帮助青少年认识古文的绚丽多彩。

　　本书所选古文以国内多数学者认可的权威版本为准,注释则参考了多种古文选本。本书的注解重点在人名、地名及难解字词,同时也适当加入了些古代历史文化知识,以丰富青少年朋友的古文知识。为帮助青少年朋友理解文章内容,提高青少年朋友学习古文的兴趣和古文鉴赏能力,我们为每篇古文撰写了简单的点评或赏析。

　　因编者水平有限,书中错误和不妥之处难免,恳请读者朋友批评指正。

编　者

目 录

季梁谏追楚师 …………… 1	后出师表 …………… 60
宫之奇谏假道 …………… 2	陈情表 …………… 63
子鱼论战 …………… 4	兰亭集序 …………… 65
烛之武退秦师 …………… 6	五柳先生传 …………… 67
驹支不屈于晋 …………… 7	北山移文 …………… 68
子产论政宽猛 …………… 9	谏太宗十思疏 …………… 72
苏秦以连横说秦 …………… 10	代李敬业传檄天下文 …………… 73
司马错论伐蜀 …………… 13	滕王阁序 …………… 77
范雎说秦王 …………… 14	吊古战场文 …………… 81
鲁共公择言 …………… 17	阿房宫赋 …………… 84
谏逐客书 …………… 18	原道 …………… 86
五帝本纪赞 …………… 21	原毁 …………… 89
伯夷列传 …………… 22	进学解 …………… 91
滑稽列传 …………… 24	讳辩 …………… 95
太史公自序 …………… 26	与于襄阳书 …………… 98
报任安书 …………… 31	送孟东野序 …………… 100
高帝求贤诏 …………… 38	送李愿归盘谷序 …………… 103
治安策（节选） …………… 39	祭十二郎文 …………… 105
论贵粟疏 …………… 45	祭鳄鱼文 …………… 107
狱中上梁王书 …………… 47	柳子厚墓志铭 …………… 109
上书谏猎 …………… 53	驳《复仇议》 …………… 114
报孙会宗书 …………… 55	桐叶封弟辨 …………… 116
诫兄子严敦书 …………… 57	种树郭橐驼传 …………… 118
前出师表 …………… 58	愚溪诗序 …………… 119

待漏院记	121	黄州快哉亭记	137
梅圣俞诗集序	123	寄欧阳舍人书	139
丰乐亭记	124	同学一首别子固	141
秋声赋	126	阅江楼记	142
管仲论	127	报刘一丈书	144
留侯论	130	沧浪亭记	146
喜雨亭记	132	青霞先生文集序	147
方山子传	134	徐文长传	149
六国论	135	原君	152

季梁谏追楚师

《左传》

楚武王侵随[1],使薳章求成焉[2],军于瑕以待之[3]。随人使少师董成[4]。鬬伯比言于楚子曰[5]:"吾不得志于汉东也[6],我则使然。我张吾三军[7],而被吾甲兵,以武临之,彼则惧而协以谋我,故难间也。汉东之国,随为大。随张,必弃小国。小国离,楚之利也。少师侈[8],请羸师以张之[9]。"熊率且比曰[10]:"季梁在[11],何益?"鬬伯比曰:"以为后图,少师得其君。"王毁军而纳少师[12]。

少师归,请追楚师。随侯将许之,季梁止之曰:"天方授楚[13],楚之羸,其诱我也,君何急焉?臣闻小之能敌大也,小道大淫。所谓道,忠于民而信于神也。上思利民,忠也。祝史正辞[14],信也。今民馁而君逞欲,祝史矫举以祭,臣不知其可也。"公曰[15]:"吾牲牷肥腯[16],粢盛丰备[17],何则不信?"对曰:"夫民,神之主也。是以圣王先成民而后致力于神。故奉牲以告曰:'博硕肥腯。'谓民力之普存也,谓其畜之硕大蕃滋也,谓其不疾瘯蠡也[18],谓其备腯咸有也。奉盛以告曰'洁粢丰盛。'谓其三时不害[19],而民和年丰也。奉酒醴以告曰[20]:'嘉栗旨酒[21]',谓其上下皆有嘉德,而无违心也。所谓馨香,无谗慝也[22]。故务其三时,修其五教[23],亲其九族[24],以致其禋祀[25]。于是乎民和而神降之福,故动则有成。今民各有心,而鬼神乏主,君虽独丰,其何福之有?君姑修政而亲兄弟之国,庶免于难。"随侯惧而修政,楚不敢伐。

注 释

[1]楚武王:前740—前690年在位。随:西周初年分封的诸侯国,姬姓,在今湖北随县。[2]薳(wěi)章:楚大夫。成:讲和。[3]瑕:春秋时随地。[4]少师:官名。此人姓名不详。董:持。[5]鬬(dòu)伯比:楚大夫。[6]汉东:汉水以东。春秋初年,楚国与随国以汉水为界。[7]张

(zhāng)：张大。三军：指中军、左军、右军。[8] 侈：狂妄自大。[9] 羸 (léi) 师：这里指故意使军容表现出软弱的样子。羸，弱。这里用作动词，是使动用法。[10] 熊率 (lǜ) 且 (jū) 比：楚大夫。[11] 季梁：随贤臣。[12] 毁军：毁坏军容。[13] 授：给予。这里指上天给予好运气。[14] 祝：掌管祭礼的官。史：掌管祭祀时记事的官。正辞：祝辞不虚妄，符合实际。[15] 公：指随侯。[16] 牲：这里指用来祭祀的牲畜。牷 (quán)：毛色纯一的牲畜。腯 (tú)：肥壮。[17] 粢 (zī) 盛 (chéng)：装在祭器内用于祭祀的谷物。[18] 瘯 (cù) 蠡 (luǒ)：牲畜病名，即疥癣。[19] 三时：指春夏秋三季农忙季节。[20] 醴 (lǐ)：甜酒。[21] 粢：谷实不秕，称粢。[22] 馨香：很重的香气。慝 (tè)：邪恶。[23] 五教：指儒家所宣扬的五种伦理道德标准，即父义、母慈、兄友、弟恭、子孝。[24] 九族：一般指高祖到玄孙九代。[25] 禋 (yīn) 祀：古代祭天神的一种礼仪，先烧柴升烟，然后再加牲体及玉帛于柴上焚烧。这里泛指祭祀。

简　析

　　本篇的中心思想是"民为神主，先民后神"。春秋时期，随着周王朝的衰落，各诸侯国政治经济势力的发展，奴隶和平民的不断反抗，季梁等一些进步人士也对人民所起的作用有了新的认识。他们开始认识到，只有改善人们的物质生活，整顿好国内政治，才能保持政权的稳定。

宫之奇谏假道

《左传》

　　晋侯复假道于虞以伐虢[1]。

　　宫之奇谏曰："虢，虞之表也[2]。虢亡，虞必从之。晋不可启[3]，寇不可翫[4]。一之为甚，其可再乎[5]？谚所谓'辅车相依，唇亡齿寒'者[6]，其虞、虢之谓也。"

　　公曰："晋，吾宗也[7]，岂害我哉？"对曰："大伯、虞仲，大王之昭也[8]。大伯不从，是以不嗣[9]。虢仲、虢叔，王季之穆也[10]，为文王卿士，勋在王室，藏于盟府[11]。将虢是灭[12]，何爱于虞！且虞能亲于桓、庄乎，其爱之也[13]？桓、庄之族何罪，而以为戮，不唯偪乎[14]？亲以宠偪，犹尚害之，况以国乎？"[15]

公曰："吾享祀丰洁，神必据我[16]。"对曰："臣闻之，鬼神非人实亲，惟德是依[17]。故《周书》曰：'皇天无亲，惟德是辅[18]。'又曰：'黍稷非馨，明德惟馨[19]。'又曰：'民不易物，惟德繄物[20]。'如是，则非德民不和，神不享矣。神所冯依[21]，将在德矣。若晋取虞，而明德以荐馨香，神其吐之乎[22]？"

弗听，许晋使。宫之奇以其族行[23]，曰："虞不腊矣[24]。在此行也，晋不更举矣。"[25]

冬，晋灭虢。师还，馆于虞[26]，遂袭虞，灭之。

注　释

[1]晋：国名，在今山西省翼城县东。晋侯：晋献公。复假道：又借路。僖公二年晋曾向虞借道伐虢，今又借道，故用"复"。虞：国名，姬姓。周文王封予古公亶父之子虞仲后代的侯国，在今山西省平陆县东北。虢（guó）：国名，姬姓。周文王封其弟仲于今陕西宝鸡东，号西虢，后为秦所灭。本文所说的是北虢，北虢是虢仲的别支，在今山西平陆。虞在晋南，虢在虞南。[2]表：外表，这里指屏障、藩篱。[3]启：启发，这里指助长晋的贪心。[4]寇：凡兵作乱于内为乱，于外为寇。翫（wán）：即"玩"，这里是轻视、玩忽的意思。[5]其：反诘语气词，难道。[6]辅：面颊。车：牙床骨。[7]宗：同姓，同一宗族。晋、虞、虢都是姬姓的诸侯国，都同一祖先。[8]大（tài）伯、虞仲：周始祖大王的长子和次子。昭：古代宗庙制度。不从：指不从父命。[9]嗣：继承（王位）。大伯知道大王要传位给他的小弟弟王季，便和虞仲一起出走。宫子奇认为大伯没继承王位是不从父命的结果。[10]虢仲、虢叔：虢的开国祖，王季的次子和三子，文王的弟弟。王季于周为昭，昭生穆，故虢仲、虢叔为王季之穆。[11]卿士：执掌国政的大臣。盟府：主持盟誓、典策的官府。[12]将虢是灭：将灭虢。将，意同"要"。是，复指提前的宾语"虢"。[13]桓庄：桓叔与庄伯，这里指桓庄之族。庄伯是

桓叔之子,桓叔是献公的曾祖,庄伯是献公的祖父。晋献公曾尽杀桓叔、庄伯的后代。其:岂能,哪里能。之:指虞。[14]桓庄之族何罪,而以为戮:庄公二十五年晋献公尽诛同族群公子。以为戮:把他们当作杀戮的对象。唯:因为。偪(bī):通"逼",这里有威胁的意思。[15]亲:指献公与桓庄之族的血统关系。宠:在尊位,指桓、庄之族的高位。况以国乎:此句承上文,因此省略了"以国"下的"偪"字。[16]享祀:祭祀。据我:依从我,即保佑我。[17]实:同"是"复指提前的宾语。[18]皇:大。辅:辅佐,这里指保佑。所引《周书》已亡佚,这两句见伪《古文尚书》。[19]黍:黄黏米;稷(jì):不黏的黍子。黍稷这里泛指五谷。馨(xīn):浓郁的香气。[20]易物:改变祭品。繄(yì):句中语气词。[21]冯:同"凭"。[22]明德:使德明。馨香:指黍稷。其:语气词,加强反问语气。吐:指不食所祭之物。[23]以:介词,表率领。以其族行:指率领全族离开虞。[24]腊:岁终祭祀。这里用作动词,指举行腊祭。[25]馆:为宾客们设的住处。这里用作动词,驻扎的意思。

简　析

僖公五年(前655),晋国向虞国借道攻打虢国,目的是要趁虞国的不备,先吃掉虢国,再消灭虞国。具有远见卓识的虞国大夫宫之奇,早就看清了晋国的野心。他力谏虞公,有力地驳斥了虞公对宗族关系和神权的迷信,指出存亡在人不在神,应该实行德政。可是虞公不听,最终落得了被活捉的可悲下场。

文章开头只用"晋侯复假道于虞以伐虢"一句点明事件的起因,接着便通过人物对话来揭示主题。语言简洁有力,多用比喻句和反问句。其中,用"辅车相依,唇亡齿寒"比喻虞虢的利害关系,十分贴切、生动。

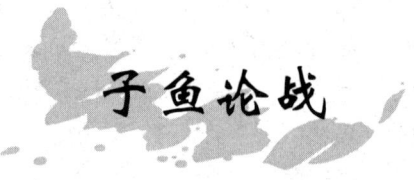

子鱼论战

《左传》

楚人伐宋以救郑。宋公将战[1]。大司马固谏曰[2]:"天之弃商久矣,君将兴之,弗可赦也已!"弗听。及楚人战于泓[3]。宋人既成列,楚人未既济[4]。司马曰："彼众我寡，及其未既济也，请击之。"公曰："不可。"既济而未成列，又以告。公曰："未可。"既陈而后击之[5]，宋师败绩。公伤股[6]，门官歼焉[7]。

国人皆咎公。公曰："君子不重伤[8]，不禽二毛[9]。古之为军也，不以阻隘也。寡人虽亡国之余[10]，不鼓不成列[11]。"

子鱼曰："君未知战。勍敌之人[12]，隘而不列[13]，天赞我也[14]。阻而鼓之，不亦可乎？犹有惧焉！且今之勍者，皆我敌也。虽及胡耇[15]，获则取之，何有于二毛[16]！明耻教战，求杀敌也。伤未及死，如何勿重？若爱重伤，则如勿伤；爱其二毛，则如服焉[17]。三军以利用也[18]，金鼓以声气也[19]。利而用之，阻隘可也；声盛致志，鼓儳可也[20]。"

注 释

[1]宋公：宋襄公，名兹父。[2]司马：统帅军队的高级长官，此指子鱼。[3]泓：泓水，在今河南省柘（zhè）城县西。[4]既：尽。济：渡过。[5]既陈：等楚国人布好了阵势。[6]股：大腿。[7]门官：国君的卫士。[8]重（chóng）：再次。[9]禽：通"擒"。二毛：头发斑白的人。[10]寡人：国君自称。亡国之余：亡国者的后代。宋襄公是商朝的后代，商亡于周。[11]鼓：击鼓（进军）。[12]勍（qíng）敌：强敌。勍：强而有力。[13]隘：这里作动词，处在险隘之地。[14]赞：助。[15]胡耇（gǒu）：很老的人。[16]何有于二毛：即"于二毛有何（爱）。"[17]服：向敌人屈服。[18]三军：春秋时，诸侯大国有三军，即上军，中军，下军。这里泛指军队。用：施用，这里指作战。[19]金鼓：古时作战，击鼓进兵，鸣金收兵。金：金属响器。声气：振作士气。[20]儳（chán）：不整齐，此指不成阵势的军队。

简 析

文章前半部分叙述战争经过及宋襄公惨败的结局，后半部分写子鱼驳斥宋襄公的迂腐论调。子鱼先说"君未知战"，后驳"不以阻隘"、"不鼓不成列"，再驳"不禽二毛"、"不重伤"，最后指出正确的做法。寥寥数语，正反两面的议论都十分透彻。

烛之武退秦师

《左传》

晋侯、秦伯围郑[1]，以其无礼于晋[2]，且贰于楚也[3]。晋军函陵[4]，秦军氾南[5]。

佚之狐言于郑伯曰[6]："国危矣！若使烛之武见秦君，师必退。"公从之。辞曰："臣之壮也，犹不如人；今老矣，无能为也已！"公曰："吾不能早用子；今急而求子，是寡人之过也。然郑亡，子亦有不利焉。"许之。

夜缒而出。见秦伯曰："秦晋围郑，郑既知亡矣。若郑亡而有益于君，敢以烦执事[7]。越国以鄙远[8]，君知其难也，焉用亡郑以陪邻[9]？邻之厚，君之薄也。若舍郑以为东道主[10]，行李之往来[11]，共其乏困[12]，君亦无所害。且君尝为晋君赐矣，许君焦瑕[13]，朝济而夕设版焉，君之所知也。夫晋何厌之有[14]？既东封郑[15]，又欲肆其西封；若不阙秦[16]，将焉取之？阙秦以利晋，唯君图之。"

秦伯说[17]，与郑人盟。使杞子、逢孙、杨孙戍之[18]，乃还。子犯请击之[19]，公曰："不可。微夫人之力不及此[20]。因人之力而敝之[21]，不仁；失其所与[22]，不知；以乱易整，不武[23]。吾其还也。"亦去之。

注 释

[1]晋侯、秦伯：晋文公和秦穆公。[2]无礼于晋：晋文公未即位前，曾流亡到郑国，郑文公不以礼相待。[3]贰于楚：对晋有二心而亲近楚。[4]函陵：在今河南新郑县。[5]氾（fàn）南：氾水南面，在今河南中牟县南。[6]佚之狐：郑大夫。郑伯：郑文公。[7]执事：左右办事的人，指秦伯本人。[8]越国：秦在晋西，秦到郑国，要越过晋国。鄙远：以距离远的郑国作为秦国的边境。鄙，边境，这里作动词用。[9]陪：增加。句意为，灭了郑国，郑国的土地只能归晋。[10]东道主：东路上的主人。[11]行李：外交使者。[12]共：通"供"。乏困：乏，指缺乏资粮；困，指困顿需要休息。

[13]焦瑕：晋国城邑，在今河南陕县。[14]厌：满足。[15]封：疆界，这里作动词用。[16]阙：侵略。[17]说：通"悦"。[18]杞子、逢孙、杨孙：都是秦大夫。[19]子犯：即狐偃，晋国大夫。[20]微：没有。[21]因：依靠。敝：伤害，使受损。[22]所与：同盟国。[23]武：英武，与"仁"一样，都是当时的道德观念。

简 析

本篇见于《左传》僖公三十年（前630）。在僖公二十八年发生的城濮（在今河南陈留县）之战中，晋文公战胜楚国，建立了霸业。僖公二十九年，晋、周、鲁、宋、齐、陈、蔡、秦在翟泉（在今河南洛阳）会盟，晋国在会上"谋伐郑"。僖公三十年，晋国和秦国合兵围郑。围郑对秦国没有什么好处，郑国大夫烛之武看到这点，所以向秦穆公说明利害关系，劝秦穆公退兵，于是郑、秦结盟，秦穆公退兵，一场战争被瓦解了。

驹支不屈于晋

《左传》

会于向[1]，将执戎子驹支[2]。

范宣子亲数诸朝[3]。曰："来，姜戎氏！昔秦人迫逐乃祖吾离于瓜州[4]，乃祖吾离被苫盖[5]，蒙荆棘[6]，以来归我先君。我先君惠公有不腆之田[7]，与女剖分而食之。今诸侯之事我寡君，不如昔者，盖言语漏泄。则职女之由[8]。诘朝之事[9]，尔无与焉！与，将执女！"

对曰："昔秦人负恃其众，贪于土地，逐我诸戎。惠公蠲其大德[10]，谓我诸戎，是四岳之裔胄也[11]，毋是翦弃[12]。赐我南鄙之田，狐狸所居，豺狼所嗥。我诸戎除翦其荆棘，驱其狐狸豺狼，以为先君不侵不叛之臣，至于今不贰。昔文公与秦伐郑，秦人窃与郑盟而舍戍焉[13]，于是乎有殽之师[14]。晋御其上，戎亢其下[15]，秦师不复，我诸戎实然。譬如捕鹿，晋人角之，诸戎掎之[16]，与晋踣之[17]，戎何以不免？自是以来，晋之百役，与我诸戎，相继于时，以从执政，犹殽志也。岂敢离邁[18]？今官之师旅[19]，无乃实有所阙，以携诸侯[20]，而罪我诸戎！我诸戎饮食衣服，不与华同，贽币不通[21]，言语不达，何恶之能为？不与于会，亦无瞢焉[22]！"赋《青蝇》而退[23]。

宣子辞焉，使即事于会，成恺悌也[24]。

注　释

[1]向：春秋吴地。在今安徽怀远。[2]戎子：姜戎族的首领。姜戎是古戎人之一。驹支：姜戎族首领的名字。[3]范宣子：晋国大臣。朝：原指朝廷，这里指诸侯使臣一起会商事情时临时设立的朝位。[4]吾离：姜戎族的远祖。[5]被：通"披"。苫(shān)盖：用草编成的覆盖物。[6]蒙：戴。荆棘：指用荆条编成的帽子。[7]腆(tiǎn)：丰厚。[8]职：主要。由：缘故。[9]诘朝(zhāo)：明日。[10]蠲(juān)：显示。[11]四岳传说为尧、舜时的四方部落首领。裔胄(zhòu)：后代。[12]翦弃：灭绝。[13]舍戍：留下戍守的人。[14]殽之师：指僖公三十年晋军在殽山一带袭击秦军一事。[15]亢：通"抗"，抗击。[16]掎(jǐ)：拉住。[17]踣(bó)：仆倒。[18]逷(tì)：疏远。[19]师旅：指师帅旅帅等晋国大夫。[20]携：叛离。[21]贽币：礼品，引申为礼仪。[22]瞢(méng)：惭愧。[23]青蝇：《诗经·小雅》篇名。诗中有"恺悌君子，无信谗言"的语句。[24]恺悌：和蔼可亲。

简　析

本文记载的是姜戎族首领驹支遭到晋国大臣范宣子的指责后据理反驳的故事。我们从中不仅可以看出当时各诸侯间又联合又斗争的错综复杂的关系，也可以从中看出外交关系中的辞令技巧。

子产论政宽猛

《左传》

郑子产有疾[1]。谓子大叔曰[2]:"我死,子必为政。唯有德者能以宽服民,其次莫如猛。夫火烈,民望而畏之,故鲜死焉;水懦弱,民狎而玩之[3],则多死焉。故宽难。"疾数月而卒。大叔为政,不忍猛而宽。郑国多盗,取人于萑苻之泽[4]。大叔悔之曰:"吾早从夫子,不及此。"兴徒兵以攻萑苻之盗,尽杀之。盗少止。

仲尼曰[5]:"善哉!政宽则民慢,慢则纠之以猛;猛则民残,残则施之以宽。宽以济猛,猛以济宽,政是以和。"《诗》曰[6]:'民亦劳止,汔可小康[7]。惠此中国,以绥四方。'施之以宽也。'毋从诡随[8],以谨无良。式遏寇虐[9],惨不畏明[10]。'纠之以猛也。'柔远能迩[11],以定我王。'平之以和也。又曰,'不竞不絿[12],不刚不柔。布政优优[13],百禄是遒[14]。'和之至也。"及子产卒,仲尼闻之,出涕曰:"古之遗爱也!"

注　释

[1]子产:春秋时期有名的政治家。[2]子大(tài)叔:指游吉。[3]狎(xiá):轻忽。[4]取人于萑苻(huán fú)之泽:指盗贼劫取财物。萑苻:郑国地名。[5]仲尼:即孔子。[6]《诗》:即《诗经》。[7]汔(qì):但愿。[8]诡随:欺诈善变。这里指欺诈善变的人。[9]式:句首语气词。[10]惨:通"憯",副词,用法和"曾经"相似。[11]柔:安抚。能:亲善。迩:近。[12]竞:争。絿(qiú):急。这四句诗见《诗经·商颂·长发》。[13]优优:平和的样子。[14]遒(qiú):积聚。

简　析

宽猛,指宽政和猛政,与后人所说的"王道"、"霸道"的意思相近,都

是古代统治者统治人民的手段。子产临死向他的继承人子大叔传授治国方法时指出,只有德行高尚的人才能对人民施行宽政。作者总结历史经验,认为宽政与猛政两种方法交替使用是最好的治民方法。

苏秦以连横说秦

《战国策》

苏秦始将连横[1],说秦惠王曰[2]:"大王之国,西有巴蜀汉中之利[3],北有胡貉代马之用[4],南有巫山黔中之限[5],东有殽函之固[6]。田肥美,民殷富,战车万乘,奋击百万[7],沃野千里,蓄积饶多,地势形便,此所谓天府[8],天下之雄国也。以大王之贤、士民之众、车骑之用、兵法之教,可以并诸侯、吞天下,称帝而治。愿大王少留意,臣请奏其效。"

秦王曰:"寡人闻之:毛羽不丰满者,不可以高飞;文章不成者,不可以诛罚;道德不厚者,不可以使民,政教不顺者,不可以烦大臣。今先生俨然不远千里而庭教之[9],愿以异日[10]。"

苏秦曰:"臣固疑大王之不能用也。昔者神农伐补遂[11],黄帝伐涿鹿而禽蚩尤[12],尧伐驩兜[13],舜伐三苗[14],禹伐共工[15],汤伐有夏[16],文王伐崇[17],武王伐纣[18],齐桓任战而霸天下[19]。由此观之,恶有不战者乎[20]?古者使车毂击驰[21],言语相结,天下为一,约从连横,兵革不藏。文士并饬[22],诸侯乱惑,万端俱起[23],不可胜理。科条既备,民多伪态,书策稠浊[24],百姓不足。上下相愁,民无所聊[25],明言章理[26],兵甲愈起。辩言伟服[27],战攻不息,繁称文辞,天下不治。舌弊耳聋,不见成功,行义约信,天下不亲。于是乃废文任武,厚养死士,缀甲厉兵[28],效胜于战场。夫徒处而致利[29],安坐而广地,虽古五帝三王五霸[30],明主贤君,常欲坐而致之,其势不能。故以战续之,宽则两军相攻,迫则杖戟相橦[31],然后可建大功。是故兵胜于外,义强于内,威立于上,民服于下。今欲并天下,凌万乘[32],诎敌国[33],制海内,子元元[34],臣诸侯,非兵不可。今之嗣主[35],忽于至道[36],皆惛于教[37],乱于治,迷于言,惑于语,沈于辩,溺于辞。以此论之,王固不能行也。"

说秦王书十上而说不行[38],黑貂之裘敝,黄金百斤尽,资用乏绝,去秦而归,羸縢履蹻[39],负书担囊[40],形容枯槁,面目黎黑[41],状有愧色。归至家,妻不下纴[42],嫂不为炊。父母不与言。苏秦喟然叹曰:"妻不以我为夫,嫂不以我为叔,父母不以我为子,是皆秦之罪也。"乃夜发书,陈箧数十,得太公阴符之谋[43],伏而诵之,简练以为揣摩[44]。读书欲睡,引锥自刺其股,血流至足[45],曰:"安有说人主,不能出其金玉锦绣,取卿相之尊者乎?"期年,揣摩成,曰:"此真可以说当世之君矣。"于是乃摩燕乌集阙[46],见说赵王于华屋之下[47],抵掌而谈[48],赵王大悦,封为武安君[49]。受相印,革车百乘,锦绣千纯[50],白璧百双,黄金万镒[51],以随其后,约纵散横以抑强秦,故苏秦相于赵而关不通[52]。

当此之时,天下之大,万民之众,王侯之威,谋臣之权,皆欲决苏秦之策。不费斗粮,未烦一兵,未战一士,未绝一弦,未折一矢,诸侯相亲,贤于兄弟。夫贤人任而天下服,一人用而天下从,故曰:"式于政不式于勇[53];式于廊庙之内[54],不式于四境之外。"当秦之隆[55],黄金万镒为用,转毂连骑,炫熿于道,山东之国从风而服[56],使赵大重[57]。且夫苏秦,特穷巷掘门桑户棬枢之士耳[58],伏轼撙衔[59],横历天下,庭说诸侯之王,杜左右之口,天下莫之伉[60]。

将说楚王,路过洛阳,父母闻之,清宫除道,张乐设饮,郊迎三十里;妻侧目而视,倾耳而听;嫂蛇行匍伏,四拜自跪而谢。苏秦曰:"嫂何前倨而后卑也?"嫂曰:"以季子位尊而多金[61]。"苏秦曰:"嗟乎!贫穷则父母不子,富贵则亲戚畏惧。人生世上,势位富贵,盖可以忽乎哉[62]?"

注 释

[1]苏秦:战国时洛阳人,著名策士。连横:战国时代,合六国抗秦,称为"纵";秦与六国中任何一国联合以打击别的国家,称为连横。[2]说(shuì):劝说,游说。秦惠王:前336—前311年在位。[3]巴:今四川省东部。蜀:今四川省西部。汉中:今陕西省秦岭以南一带。[4]胡:指匈奴族所居地区。貉(hè):一种形似狐狸的动物,毛皮可作裘。代:今河北、山西省北部。以产良马闻世。[5]巫山:在今四川省巫山县东。黔中:在今湖南省沅陵县西。限:屏障。[6]殽:殽山,在今河南省洛宁县西北。函:函谷关,在今河南省灵宝县西南。[7]奋击:奋勇进攻的武士。[8]天府:自然界的宝

库。[9]俨然:庄重矜持。[10]愿以异日:希望将来再领受教诲。[11]神农:传说中发明农业和医药的远古帝王。补遂:古国名。[12]黄帝:传说中中原各族的共同祖先。涿鹿:在今河北省涿鹿县东南。禽:通"擒"。蚩尤:神话中东方九黎族的首领。[13]**驩**(huān)兜(dōu):尧的大臣,传说曾与共工一起作恶。[14]三苗:古代少数民族。[15]共工传为尧的大臣,与驩兜、三苗、鲧并称四凶。[16]有夏:即夏桀。有:字无义。[17]崇:古国名,在今陕西省户县东。[18]纣:商朝末代君主,传说中的大暴君。[19]霸:称霸。[20]恶:同"乌",何。[21]毂(gǔ):车轮中央的圆眼,以容车轴。这里代指车乘。[22]饬:通"饰",巧饰。[23]万端俱起:各种事层出不穷。[24]稠浊:多而乱。[25]聊:依靠。[26]章:通"彰",明显。[27]伟服:华丽的服饰。[28]厉:通"砺",磨砺。[29]徒处:白白地等待。[30]五霸:即春秋五霸。指春秋时先后称霸的五个诸侯:齐桓公、晋文公、楚庄王、吴王阖闾、越王勾践。[31]杖:木梃。橦(chōng):冲刺。[32]凌:凌驾于上。万乘:兵车万辆,指大国。[33]诎:通"屈",使屈服。[34]元元:百姓。[35]嗣主:继位的君王。[36]至道:这个正确的道理,指用兵之道。[37]惛:不明。[38]说不行:指连横的主张未得实行。[39]赢(léi):缠绕。縢(téng):绑腿布。蹻(juē)草鞋。[40]囊:口袋,这里指行李袋。[41]黧:(lí):黑色。[42]纴(rén):纺织机。[43]太公:姜太公吕尚。阴符:兵书。[44]简:选择。练:熟练。[45]足:脚跟。[46]摩:靠近。燕乌集阙:不详,或称宫阙名。[47]华屋:指宫殿。[48]抵:拍击。[49]武安:今属河北省。[50]纯(tún):匹,束。[51]镒(yì):古代重量单位。[52]关:函谷关,为六国通秦要道。[53]式:用。[54]廊庙:朝廷。[55]隆:显赫。[56]山东:指华山以东。[57]使赵大重:谓使赵的地位因此而提高。[58]掘门:掘墙为门。桑户:桑木为板的门。棬(quān)枢:弯木枝做成的门轴。[59]轼:车前横木。撙(zǔn):节制。[60]伉:通"抗"。[61]季子:苏秦的字。[62]盖:通"盍",何。

简 析

战国时期诸侯林立,一批谋臣策士周旋其间,逞其才智,获取功名。本文记载了苏秦始以连横之策说秦失败,于是发愤读书且终于相赵的故事。其中生动、形象地刻画出了当时具有代表性的策士形象。以亲属的前倨而后卑，讽刺了当时世态人情、社会风气。此外，文中写苏秦的说辞，铺陈夸饰，气势充盈。

司马错论伐蜀

《战国策》

司马错与张仪争论于秦惠王前[1]。司马错欲伐蜀，张仪曰："不如伐韩。"王曰："请闻其说！"

对曰："亲魏善楚，下兵三川[2]，塞**轘**辕、缑氏之口[3]，当屯留之道[4]，魏绝南阳[5]，楚临南郑[6]，秦攻新城、宜阳[7]，以临二周之郊[8]，诛周主之罪[9]，侵楚、魏之地。周自知不救，九鼎宝器必出[10]。据九鼎，按图籍[11]，挟天子以令天下，天下莫敢不听，此王业也。今夫蜀，西僻之国，而戎狄之长也。敝兵劳众，不足以成名；得其地，不足以为利。臣闻争名者于朝，争利者于市。今三川、周室，天下之市朝也，而王不争焉，顾争于戎狄[12]，去王业远矣。"

司马错曰："不然。臣闻之，欲富国者，务广其地，欲强兵者，务富其民，欲王者，务博其德。三资者备，而王随之矣。今王之地小民贫，故臣愿从事于易。夫蜀，西僻之国也，而戎狄之长也，而有桀纣之乱[13]。以秦攻之，譬如使豺狼逐群羊也。取其地足以广国也，得其财足以富民缮兵[14]，不伤众而彼已服矣。故拔一国而天下不以为暴，利尽四海，诸侯不以为贪[15]。是我一举而名实两附[16]，而又有禁暴止乱之名。今攻韩，劫天子[17]，劫天子，恶名也，而未必利也，又有不义之名，而攻天下之所不欲，危！臣请谒其故：周，天下之宗室也；韩，周之与国也[18]。周自知失九鼎，韩自知亡三川，则必将二国并力合谋，以因乎齐、赵，而求解乎楚、魏。以鼎与楚，以地与魏，王不能禁。此臣所谓'危'，不如伐蜀之完也[19]。"

惠王曰："善！寡人听子。"卒起兵伐蜀。十月取之，遂定蜀。蜀主更号为侯，而使陈庄相蜀[20]。蜀既属，秦益强富厚，轻诸侯。

注　释

[1] 司马错：战国时秦将。张仪：战国时魏国人，主张"连横"的纵横家的代表人物。秦惠王：即秦惠文王嬴驷，前337—前311年在位。[2] 三川：在今河南洛阳一带，因境内有黄河、伊河、洛河，故称"三川"。[3] 镮（huán）辕：山名，在今河南登封西北。缑（gōu）氏：山名，在今河南偃师东南。[4] 屯留：在今山西屯留南。[5] 南阳：在今河南焦作、博爱一带。[6] 南郑：在今河南新郑。[7] 新城：在今河南伊川西南。宜阳：在今河南宜阳西。[8] 二周：战国时期的两个小国，西周和东周。[9] 周主：指东周、西周两国国君。[10] 九鼎：传说为夏禹铸造，夏商周三代传国的宝器，是古代国家政权的象征。[11] 图籍：疆域图和户口册。[12] 顾：反而。[13] 桀纣之乱：指蜀王弟兄间的战争。桀纣：夏商两朝的末代暴君。[14] 缮：整治。[15] 四海：指蜀国。这里所说的海，是财富聚积的意思。也有人认为，四海是指四周地区。[16] 附：归属。[17] 劫：胁迫。[18] 与国：友邦。[19] 完：万全。[20] 陈庄：人名，秦国官吏，前314年守命出任蜀相。

简　析

公元前316年，秦王想利用巴蜀发生战乱之机，兴兵伐蜀，不料韩师侵犯秦境。他面对这种局势，举棋不定。于是司马错和张仪在秦王面前开始了一场关于"伐蜀"与"伐韩"的争论。本文记述这场辩论，处处紧扣双方争论的焦点，复杂的问题在作者笔下记叙得简洁自然。

范雎说秦王

《战国策》

范雎至，秦王庭迎范雎[1]，敬执宾主之礼。范雎辞让。

是日见范雎，见者无不变色易容者。秦王屏左右，宫中虚无人，秦王跪而进曰："先生何以幸教寡人[2]？"范雎曰："唯唯。"有间，秦王复请，范雎曰："唯唯。"若是者三。

秦王跽曰[3]："先生不幸教寡人乎？"

范雎谢曰："非敢然也。臣闻昔者吕尚之遇文王也[4]，身为渔父而钓于渭阳之滨耳。若是者，交疏也。已一说而立为太师[5]，载与俱归者，其言深也。故文王果收功于吕尚，卒擅天下而身立为帝王[6]。即使文王疏吕望而弗与深言，是周无天子之德，而文武无与成其王也。今臣，羁旅之臣也[7]，交疏于王，而所愿陈者，皆匡君臣之事[8]，处人骨肉之间[9]。愿以陈臣之陋忠，而未知王心也，所以王三问而不对者，是也。臣非有所畏而不敢言也，知今日言之于前，而明日伏诛于后，然臣弗敢畏也。大王信行臣之言，死不足以为臣患，亡不足以为臣忧，漆身而为厉[10]，被发而为狂，不足以为臣耻。五帝之圣而死[11]，三王之仁而死[12]，五霸之贤而死[13]，乌获之力而死[14]，奔、育之勇而死[15]。死者，人之所必不免，处必然之势，可以少有补于秦，此臣之所大愿也，臣何患乎？

"伍子胥橐载而出昭关[16]，夜行而昼伏，至于菱夫[17]，无以饣胡其口，坐行蒲伏[18]，乞食于吴市[19]，卒兴吴国，阖闾为霸[20]。使臣得进谋如伍子胥，加之以幽囚，不复见，是臣说之行也，臣何忧乎？箕子、接舆[21]，漆身而为厉，被发而为狂，无益于殷、楚。使臣得同行于箕子、接舆，可以补所贤之主，是臣之大荣也，臣又何耻乎？臣之所恐者，独恐臣死之后，天下见臣尽忠而身蹶也[22]，因以杜口裹足，莫肯因秦耳。足下上畏太后之严[23]，下惑奸臣之态，居深宫之中，不离保傅之手[24]，终身暗惑，无与照奸，大者宗庙灭覆[25]，小者身以孤危。此臣之所恐耳！若夫穷辱之事，死亡之患，臣弗敢畏也。臣死而秦治，贤于生也。"

秦王跪曰："先生是何言也！夫秦国僻远，寡人愚不肖，先生乃幸至此，此天以寡人恩先生[26]，而存先生之庙也。寡人得受命于先生，此天所以幸先生而不弃其孤也。先生奈何而言若此！事无大小，上及太后，下至大臣，愿先生悉以教寡人，无疑寡人也。"范雎再拜，秦王亦再拜。

注 释

[1]庭：指宫廷。[2]幸：表示尊敬对方的用语。寡人：古代诸侯的自

称。[3]跽：双膝着地，而把上身挺直起来，是一种表示恭敬，有所请求的姿势。也称为长跪。[4]吕尚：姜姓，吕氏，名尚，字子牙，号太公望。博闻多谋，处殷之末世，不得志，垂钓于渭水之阳，后遇文王辅周灭殷。文王：姬姓，名昌，生前称周西伯或西伯昌，武王灭殷后追谥文王。遇吕尚于渭水北岸。[5]太师：商周高级武官名，军队的最高统帅。[6]擅天下：拥有天下。[7]羁（jī）旅：作客他乡。[8]匡：纠正。[9]骨肉：这里指宣太后与秦昭王的母子关系。[10]厉：通"癞"，这里指人体因中漆毒而生肿癞。[11]五帝：传说中的上古帝王，《史记》据《世本》、《大戴礼》定为黄帝、颛顼（zhuān xū）、帝喾（kù）、尧、舜。[12]三王：指夏、商、周三代的开创者夏禹、商汤、周文王武王。[13]五伯：即春秋五霸。本文指齐桓公、晋文公、楚庄王、吴王阖闾、越王勾践。[14]乌获：秦国力士，传说能举千钧之重。秦武王爱好举重，所以宠用乌获等力士，乌获位至大官，年至80余岁。[15]奔、育：孟奔（一作"贲"）、夏育。战国时卫人。据说孟贲能拔牛角，夏育能力举千钧，都为秦武王所用。[16]伍子胥：名员，字子胥，春秋楚人。楚平王杀其父兄伍奢及伍尚，子胥逃奔郑，又奔吴，帮助吴王阖闾即位并成就霸业。橐（tuó）：袋子。昭关：春秋时楚吴两国交通要冲，地在今安徽含山县北。伍子胥逃离楚国，入吴途中经此。[17]菱夫：即溧水，在今江苏省西南部。[18]蒲伏：同"匍匐"。[19]吴市：今江苏溧阳一带。《吴越春秋》卷三："（子胥）至吴，疾于中道，乞食溧阳。"[20]阖闾：吴王阖闾，前514—前496年在位。[21]箕子：商纣王的叔父，封于箕（今山西太谷东北）。因谏纣王而被囚禁。接舆：春秋楚隐士，人称楚狂，曾唱《凤兮》歌讽劝孔子避世隐居。[22]蹶：跌倒。[23]太后：指秦昭王之母宣太后。秦武王骨折而死，子昭王即位才19岁，尚未行冠礼，宣太后掌握实权。[24]保傅：太保、太傅。周代以太师、太傅、太保为三公。这里泛指辅佐国王的大臣。[25]宗庙：古代帝王、诸侯等祭祀祖宗的处所，引申为王室的代称。[26]恩（hùn）：打扰，烦劳。

简 析

范雎，本是战国魏人，在魏不得意，又遭诬陷，受冤屈，遂入秦献书昭王，被昭王召见。本篇所记，就是昭王初见范雎时，昭王执礼甚恭，范雎试探再三才进说的情景。后来,秦王毅然废太后,逐穰侯,用范雎为相,并封其为应侯。

鲁共公择言

《战国策》

梁王魏婴觞诸侯于范台[1],酒酣,请鲁君举觞。鲁君兴,避席择言曰:"昔者,帝女令仪狄作酒而美[2],进之禹;禹饮而甘之[3],遂疏仪狄,绝旨酒。曰:'后世必有以酒亡其国者。'齐桓公夜半不嗛[4],易牙乃煎、熬、燔、炙[5],和调五味而进之[6];桓公食之而饱,至旦不觉,曰:'后世必有以味亡其国者。'晋文公得南之威[7],三日不听朝,遂推南之威而远之,曰:"后世必有以色亡其国者。"楚王登强台而望崩山[8],左江而右湖,以临彷徨,其乐忘死,遂盟强台而弗登,曰:'后世必有以高台、陂池亡其国者。'今主君之尊[9],仪狄之酒也;主君之味,易牙之调也;左白台而右闾须[10],南威之美也;前夹林而后兰台[11],强台之乐也。有一于此,足以亡其国,今主君兼此四者,可无戒与?"梁王称善相属[12]。

注 释

[1] 梁王魏婴:即梁惠王,前369—前319年在位。诸侯:指公元前359年来朝见惠王的鲁共公、宋剔成、卫成侯和韩鳌侯。范台:梁国台观名。[2] 帝女:传说是夏禹的女儿。仪狄:传说夏禹时的酿酒人。[3] 甘:甜美。[4] 齐桓公:前685—前643年在位。春秋五霸之一。不嗛(qiè):不满足。这里指吃得不饱。[5] 易牙:名雍巫,齐桓公的厨师。燔(fán):烧。炙(zhì):烤。[6] 五味:酸、甜、苦、辣、咸。这里指各种调味品。[7] 晋文公:前637—前628年在位。春秋五霸之一。南之威:美女名,也称南威。[8] 楚王:即楚庄王,前613—前591年在位。强台:即章华台。在今湖北潜江西南。崩山:荆山。在今湖北武当山东南,汉水南岸。[9] 主君:指梁惠王。尊:通"樽"。[10] 白台、闾须:皆美女名。[11] 夹林:楚国

地名。兰台：楚国的宫苑。[12] 属（zhǔ）：连续。

简 析

本文记述了鲁共公在梁王宴会上的即兴发言，只在开头和结尾处描写了当时宴会的情景。文字简短生动，内容有一定教育意义。

[秦] 李 斯

秦宗室大臣皆言秦王曰："诸侯人来事秦者，大抵为其主于秦耳[1]。请一切逐客[2]。"李斯议亦在其中。

斯乃上书曰："臣闻吏议逐客，窃以为过矣[3]。昔穆公求士[4]，西取由余于戎[5]，东得百里奚于宛[6]，迎蹇叔于宋[7]，来丕豹、公孙支于晋[8]。此五人者，不产于秦，而穆公用之，并国二十，遂霸西戎[9]。孝公用商鞅之法[10]，移风易俗，民以殷盛，国以富强。百姓乐用，诸侯亲服。获楚魏之师，举地千里[11]，至今治强。惠王用张仪之计[12]，拔三川之地；西并巴蜀[13]；北收上郡[14]；南取汉中，包九夷，制鄢郢[15]；东据城皋之险[16]，割膏腴之壤。遂散六国之纵，使之西面事秦，功施到今。昭王得范雎[17]，废穰侯，逐华阳[18]，强公室，杜私门，蚕食诸侯，使秦成帝业。此四君者，皆以客之功。由此观之，客何负于秦哉？向使四君却客而不内[19]，疏士而不用，是使国无富利之实，而秦无强大之名也。

"今陛下致昆山之玉，有随和之宝，垂明月之珠[20]，服太阿之剑，乘纤离之马，建翠凤之旗，树灵鼍之鼓[21]。此数宝者，秦不生一焉，而陛下说之[22]，何也？必秦国之所生然后可，则是夜光之璧不饰朝廷，犀象之器不为玩好，郑魏之女不充后宫，而骏马駃騠不实外厩[23]，江南金锡不为用，西蜀丹青不为采。所以饰后宫、充下陈[24]、娱心意、说耳目者，必出于秦然后可，则是宛珠之簪、傅玑之珥、阿缟之衣、锦绣之饰不进于前[25]，而随俗雅化[26]、佳冶窈窕、赵女不立于侧也。夫击瓮叩缶、弹筝搏髀而歌呼呜呜、快耳目者[27]，真秦之声也。郑卫桑间，韶虞武象者[28]，异国之乐也。今弃击瓮而就郑卫，退弹筝而取韶虞，若是者何也？快意当前，适观而已矣。

"今取人则不然，不问可否，不论曲直，非秦者去，为客者逐。然则是所重者在乎色乐珠玉，而所轻者在乎人民也，此非所以跨海内制诸侯之术也。臣闻地广者粟多，国大者人众，兵强则士勇。是以泰山不让土壤，故能成其大；河海不择细流，故能就其深；王者不却众庶，故能明其德。是以地无四方，民无异国，四时充美，鬼神降福，此五帝三王之所以无敌也[29]。今乃弃黔首以资敌国，却宾客以业诸侯，使天下之士，退而不敢西向，裹足不入秦，此所谓'藉寇兵而赍盗粮者'也[30]。夫物不产于秦可宝者多，士不产于秦而愿忠者众。今逐客以资敌国，损民以益雠[31]，内自虚而外树怨于诸侯，求国之无危，不可得也。"

秦王乃除逐客之令，复李斯官。

注 释

[1]游间：游说离间。[2]客：指"客卿"。他国人在本国做官，称为客卿。[3]过：错。[4]穆公：春秋秦君，在位39年。[5]由余：春秋晋人。逃到西戎，戎王命出使秦国，为秦穆公所用。献策攻戎，开境千里，使穆公称霸。[6]百里奚：春秋楚人。曾为楚人奴隶，秦穆公闻其名，以五羖（公羊）皮赎他，用为相。[7]蹇叔：春秋时人，居宋，穆公迎为大夫。穆公出兵袭郑，蹇叔谏阻，不听。秦军为晋军在殽地击败。[8]丕豹：春秋晋人，父丕郑为晋惠公所杀，因奔秦，穆公用为大夫。公孙支：秦人，游晋，后归秦，穆公用为大夫。荐孟明于穆公，为人所称。[9]并国二十：指用由余而攻占的西戎20部落。[10]孝公：战国秦君，名渠梁。在位24年。商鞅：即公孙鞅，战国卫人，仕魏为中庶子。入秦，说孝公变法，为左庶长。定变法令，废井田，开阡陌，倡农战，使国富兵强。封于商，称商君。孝公死，为惠王所杀。[11]获楚魏之师：商鞅率兵攻魏，虏公子卬，大破魏军。魏献河西地于秦。商鞅获楚师事不详。[12]惠王：秦孝公子，名驷。用张仪为相，使司马错灭蜀，又夺取楚汉中地六百里，始称王，在位27年。张仪：战国魏人，与苏秦同师鬼谷子，同为纵横家。[13]拔三川之地，西并巴蜀：张仪与司马错争论，张仪主张取三川，司马错主张取蜀，惠王用司马错取蜀。当时张仪为相，故

归功张仪。惠王死,武王立。命甘茂取宜阳,通三川,也归功张仪。三川,东周以伊水、洛水、黄河为三川。巴蜀,指今四川省。[14]北收上郡:惠王十年,魏向秦献上郡(今陕西省北部)十五县。[15]南取汉中:惠王十三年,攻楚汉中,取地六百里。汉中,今陕西南部。九夷:楚地的各种夷族。鄢郢:在今湖北宜城县。[16]城皋:在今河南。[17]昭王:战国秦武王弟,名稷。用范雎为相。[18]穰侯:魏冉,秦昭王母宣太后的异父同母弟。昭王即位,年少,宣太后用冉执政,封为穰侯。华阳:宣太后弟,封华阳君。[19]内:同"纳"。[20]昆山:即昆冈,出宝玉,在于阗(今属新疆)。随和之宝:相传春秋时随侯救了受伤的大蛇,后蛇于江中衔大珠以报,称随珠。春秋时楚人卞和得璞,剖璞得宝玉,琢为璧,称和璧。明月之珠:即夜光珠。[21]太阿:宝剑名。纤离:良马名。翠凤之旗:用翡翠羽毛作成凤形装饰的旗子。灵鼍(tuó)之鼓:用扬子鳄皮制成的鼓。[22]说:通"悦"。[23]駃騠(jué tí):北方良马。[24]下陈:站在后列。[25]宛珠之簪:用宛(今河南南阳县)地的珠来装饰的簪。簪,定发髻的长针。傅玑之珥:装有玑的耳饰。玑,不圆的珠。阿缟:东阿(在今山东)出产的丝织品。[26]随俗雅化:随着世俗使俗变为雅。[27]搏髀(bì):拍大腿以节歌。[28]郑卫桑间:《礼·乐记》:"郑卫之音,乱世之音也,比于慢矣。桑间濮上之音,亡国之音也。"桑间,卫国濮水上的地名。以上指当时民间的音乐。韶虞武象:韶是虞舜时的音乐。武是周武王时的乐舞,故称武象。以上指当时的雅乐。[29]五帝:《史记·五帝本纪》以黄帝、颛顼、帝喾、尧、舜为五帝。三王:指夏禹、商汤和周文王、周武王。[30]黔首:以黑巾裹头,指平民。业:立功业。赍(jī):给。[31]雠:通"仇",仇敌。

简 析

本篇见于《史记·李斯列传》。战国末年,韩国派水工郑国到秦国去,建议秦国在泾阳县西北开凿渠道,引泾水东流入洛水,想用它来阻挡秦国向韩国出兵。事情被秦人发觉后,秦宗室大臣提出逐客的主张,李斯也在被逐之中,因此他写了这封《谏逐客书》来劝谏秦王。

五帝本纪赞

[西汉] 司马迁

太史公曰[1]：学者多称五帝，尚矣[2]。然《尚书》独载尧以来[3]，而百家言黄帝，其文不雅驯[4]，荐绅先生难言之[5]。孔子所传《宰予问五帝德》及《帝系姓》[6]，儒者或不传[7]。余尝西至空桐[8]，北过涿鹿[9]，东渐于海[10]，南浮江淮矣，至长老皆各往往称黄帝、尧、舜之处[11]，风教固殊焉。总之，不离古文者近是[12]。予观《春秋》、《国语》[13]，其发明《五帝德》、《帝系姓》章矣[14]，顾弟弗深考[15]，其所表见皆不虚[16]。《书》缺有间矣[17]，其轶乃时时见于他说[18]。非好学深思，心知其意，固难为浅见寡闻道也。余并论次，择其言尤雅者，故著为本纪书首[19]。

注 释

[1] 太史公：司马迁自称。[2] 尚：久远。[3]《尚书》：主要记载商、周帝王的言论和文告，同时也有东周、战国时代人根据传说编造的虞、夏史事的记载。[4] 雅驯：正确可信。雅，正确。驯，通"训"。这里说得通、合理的意思。[5] 荐绅先生：这里指有地位的人。荐绅：即搢绅。古代官员上朝把手里拿着的手板插在腰上。称为"搢绅"。[6]《宰予问五帝德》、《帝系姓》：是《大戴礼》和《孔子家语》中的篇名。[7] 或：有的人。[8] 空桐：也写作"崆峒"，在今甘肃平凉西。[9] 涿鹿：山名，在今河北涿鹿东南。[10] 渐：入，到。[11] 长老：年长的人。[12] 古文：指《尚书》、《宰予问五帝德》、《帝系姓》等用上古文字写成的古籍。[13] 予：我。《春秋》：春秋时期鲁国的编年体史书。《国语》：西周末至春秋时期周、鲁、齐、晋、郑、楚、吴、越八国的国别史。[14] 章：明。[15] 顾：但。弟：通"第"，只是。[16] 见（xiàn）：通"现"。[17] 有间（jiàn）：指年月长。[18] 轶（yì）：通"佚"，散失。[19] 著为本纪书首：写成《五帝本纪》，放在《史记》全书的开头。

简　析

　　本文记述的是传说中上古五个帝王——黄帝、颛顼、帝喾、尧、舜的事迹。文中也告诉我们，司马迁对史料进行了考订，并以审慎的态度对这些材料进行了研究，选择了他认为是信实可靠的部分，才写成了《五帝本纪》。

伯夷列传

[西汉] 司马迁

　　夫学者载籍极博[1]，犹考信于六艺[2]。《诗》、《书》虽缺[3]，然虞、夏之文可知也[4]。尧将逊位[5]，让于虞舜。舜禹之间，岳牧咸荐[6]，乃试之于位，典职数十年[7]，功用既兴，然后授政，示天下重器[8]。王者大统，传天下若斯之难也。而说者曰："尧让天下于许由[9]，许由不受，耻之逃隐。及夏之时，有卞随、务光者[10]。"此何以称焉[11]？太史公曰："余登箕山[12]，其上盖有许由冢云。孔子序列古之仁圣贤人，如吴太伯、伯夷之伦详矣[13]。余以所闻由、光义至高，其文辞不少概见，何哉？"

　　孔子曰："伯夷、叔齐，不念旧恶，怨是用希[14]。""求仁得仁，又何怨乎[15]？"余悲伯夷之意，睹轶诗可异焉[16]。其传曰：伯夷、叔齐，孤竹君之二子也[17]。父欲立叔齐。及父卒，叔齐让伯夷。伯夷曰："父命也。"遂逃去。叔齐亦不肯立而逃之；国人立其中子。于是伯夷、叔齐闻西伯昌善养老[18]，"盍往归焉[19]！"及至，西伯卒，武王载木主[20]，号为文王，东伐纣[21]。伯夷、叔齐叩马而谏曰："父死不葬，爰及干戈[22]，可谓孝乎？以臣弑君，可谓仁乎？"左右欲兵之。太公曰[23]："此义人也。"扶而去之。武王已平殷乱，天下宗周，而伯夷、叔齐耻之，义不食周粟，隐于首阳山[24]，采薇而食之[25]。及饿且死，作歌，其辞曰："登彼西山兮，采其薇矣。以暴易暴兮，不知其非矣。神农、虞、夏忽焉没兮[26]，我安适归矣？于嗟徂兮[27]，命之衰矣！"遂饿死于首阳山。由此观之，怨邪非邪？

　　或曰："天道无亲，常与善人[28]。"若伯夷、叔齐，可谓善人者非邪？积仁洁行如此而饿死！且七十子之徒，仲尼独荐颜渊为好学[29]。然回也屡空，糟糠不厌，而卒蚤夭。天之报施善人，其何如哉？盗跖日杀不辜[30]，肝人之肉，暴戾恣睢[31]，聚党数千人，横行天下，竟以寿终，是遵何德哉？此其尤大彰明较著者也。若至近世，操行不轨，事犯忌讳，而终身逸乐，富厚累世不绝；或择地而蹈之，时然后出言，行不由径，非公正不发愤，而遇祸灾者，不可胜数也[32]！余甚惑焉，傥所谓天道，是邪非邪？

子曰[33]："道不同，不相为谋。"亦各从其志也。故曰[34]："富贵如可求，虽执鞭之士，吾亦为之。如不可求，从吾所好。""岁寒，然后知松柏之后凋[35]。"举世混浊，清士乃见。岂以其重若彼，其轻若此哉？

"君子疾没世而名不称焉[36]"。贾子曰[37]："贪夫徇财，烈士徇名，夸者死权，众庶冯生[38]。"同明相照，同类相求[39]。"云从龙，风从虎。圣人作而万物睹[40]。"伯夷、叔齐虽贤，得夫子而名益彰，颜渊虽笃学，附骥尾而行益显。岩穴之士[41]，趋舍有时[42]，若此类名堙灭而不称[43]，悲夫！闾巷之人，欲砥行立名者[44]，非附青云之士[45]，恶能施于后世哉[46]！

注　释

[1] 载籍：书籍。[2] 六艺：即六经，《诗》、《书》、《礼》、《乐》、《易》、《春秋》。[3]《诗》：我国最早的一部诗歌总集。后称为《诗经》。书：《尚书》，上古时代的史料汇编，汉代称《书经》。[4] 虞：虞舜。夏：夏禹。[5] 逊：退让。[6] 岳：指四岳，传说是尧、舜时分掌四方部落的四个首领。牧：指九牧。[7] 典：主持。[8] 重器：象征国家权力的宝物。[9] 许由：传说为上古隐士，尧要把天下让给他，他拒不接受，逃隐到颍水以北。[10] 卞（biàn）随：夏桀时人，相传汤灭夏桀后曾让天下于卞随，卞随不受，投水而死。务光：夏桀时人，相传汤灭夏桀后曾让天下于务光，务光不受而逃隐。[11] 称：说。[12] 箕山：在今河南登封南。[13] 吴太伯：周朝祖先古公亶父的长子，让位于弟弟季历。[14] 引文见于《论语·公冶长》。是用：因此。用，通"以"，因。[15] 引文见于《论语·述而》。[16] 轶（yì）诗：指下文的《采薇歌》。轶，散失。[17] 孤竹君：孤竹国国君。[18] 西伯昌：即周文王姬昌，当时他是西方诸侯之长，故称西伯。[19] 盍（hé）：何不。[20] 木主：木牌位。[21] 纣（zhòu）：商代的最后

一个帝王。[22] 爰（yuán）：乃，这里是"竟"的意思。[23] 太公：本姓姜，字子牙。[24] 首阳山：在今山西永济南。[25] 薇：野菜，可生食。[26] 神农：神农氏，传说中的远古帝王。[27] 于嗟：感叹词。徂（cú）：通"殂"，死。[28] 与：帮助。[29] 仲尼：孔丘的字。颜渊：名回，字子渊。孔子的弟子。[30] 盗跖（zhí）：相传为春秋时期反抗贵族统治的领袖，历史上诬为大盗。不辜：无辜，没有罪的人。[31] 恣睢（suī）：放肆行凶。[32] 胜（shēng）：尽。[33] 子：指孔子。下句引文见于《论语·卫灵公》。[34] 引文见《论语·述而》。[35] 此句见《论语·子罕》。[36] 此句见《论语·卫灵公》。[37] 贾子：贾谊，西汉初年杰出的政论家。[38] 冯（píng）：仗恃，这里有贪求的意思。[39] 这两句是从《易·乾卦》。[40] 引文见《易·乾卦》。[41] 岩穴之士：隐士。[42] 趋：进取，指成名于世。舍：舍弃，指湮没无闻。[43] 堙（yīn）灭：或作"湮灭"，埋没。[44] 砥（dǐ）：磨刀石。这里作动词，磨练的意思。[45] 青云之士：高超的人。这里指孔子。[46] 恶（wū）：何。施（yì）：延续。

简 析

本文简要记述了孤竹君的两个儿子伯夷、叔齐的事迹，歌颂了他们注重节义的品德，也纠正了关于他们死时毫无怨恨的说法；并以许由、务光与之对比，说明伯夷、叔齐名闻后世与孔子对他们的称颂有关。本文以议论为主，以叙事为辅，以含蓄的笔法提出尖锐的问题，纵横议论，气势连贯。

滑稽列传

[西汉] 司马迁

孔子曰："六艺于治一也[1]。《礼》以节人，《乐》以发和，《书》以导事，《诗》以达意，《易》以神化，《春秋》以道义。"太史公曰[2]："天道恢恢[3]，岂不大哉！谈言微中，亦可以解纷。"

淳于髡者[4]，齐之赘婿也[5]。长不满七尺[6]，滑稽多辩，数使诸侯，未尝屈辱。齐威王之时喜隐[7]，好为淫乐长夜之饮，沉湎不治，委政卿大夫[8]。百官荒乱，诸侯并侵，国且危亡，在于旦暮，左右莫敢谏。淳于髡说之以隐曰："国中有大鸟，止王之庭，三年不蜚又不鸣[9]，王知此鸟何也？"王曰："此鸟不蜚则已，一蜚冲天；不鸣则已，一鸣惊人。"于是乃朝诸县令长七十二人[10]，赏一人，诛一人，奋兵而出。诸侯振惊，皆还齐侵地。威行三十六年。语在《田完世家》中[11]。

威王八年，楚大发兵加齐。齐王使淳于髡之赵请救兵，赍金百斤，车马十驷[12]。淳于髡仰天大笑，冠缨索绝[13]。王曰："先生少之乎？"髡曰："何敢！"王曰："笑岂有说乎？"髡曰："今者臣从东方来，见道旁有禳田者[14]，操一豚蹄，酒一盂，而祝曰：'瓯窭满篝[15]，污邪满车[16]，五谷蕃熟，穰穰满家。'臣见其所持者狭而所欲者奢，故笑之。"于是齐威王乃益赍黄金千镒[17]，白璧十双，车马百驷。髡辞而行，至赵。赵王与之精兵十万，革车千乘。楚闻之，夜引兵而去。

威王大说，置酒后宫，召髡赐之酒。问曰："先生能饮几何而醉？"对曰："臣饮一斗亦醉，一石亦醉。"威王曰："先生饮一斗而醉，恶能饮一石哉！其说可得闻乎？"髡曰："赐酒大王之前，执法在傍，御史在后[18]，髡恐惧俯伏而饮，不过一斗径醉矣。若亲有严客，髡帣韝鞠䠱[19]，侍酒于前，时赐余沥，奉觞上寿，数起，饮不过二斗径醉矣。若朋友交游，久不相见，卒然相睹，欢然道故，私情相语，饮可五六斗径醉矣。若乃州闾之会，男女杂坐，行酒稽留，六博投壶[20]，相引为曹[21]，握手无罚，目眙不禁[22]，前有堕珥，后有遗簪，髡窃乐此，饮可八斗而醉二参。日暮酒阑，合尊促坐，男女同席，履舄交错，杯盘狼藉，堂上烛灭，主人留髡而送客。罗襦襟解，微闻芗泽[23]，当此之时，髡心最欢，能饮一石。故曰：'酒极则乱，乐极则悲。'万事尽然。"言不可极，极之而衰，以讽谏焉。齐王曰："善。"乃罢长夜之饮，以髡为诸侯主客[24]。宗室置酒，髡尝在侧[25]。

注 释

[1]六艺：指儒家经典《六经》，即下文列举的《礼》、《乐》、《书》、《诗》、《易》、《春秋》。[2]太史公：司马迁自称。[3]天道：天的法则。恢恢：宽广的样子。[4]淳于髡（kūn）：人名。"淳于"是姓，源于周初至春秋

的淳于国（今山东安丘县东北）。[5]赘（zhuì）婿：旧时男子因家贫卖身给人家，得招为婿者，称为赘婿。[6]七尺：周尺比今尺短，七尺大约相当于今1.60米左右。[7]隐：隐语，谜语的古称。[8]卿大夫：周代国王及诸侯的高级臣属。卿的地位高于大夫，常掌握国政和统兵之权。[9]蜚（fēi）：通"飞"。[10]令长：战国秦汉时县的行政长官名称。人口万户以上的县称令，万户以下的县称长。[11]《田完世家》：指《史记·田敬仲完世家》。[12]车马十驷：指车十乘。古代一车配四马为一乘。[13]索：尽。[14]禳（ráng）田：古代祈求农事顺利、无灾无害的祭祀活动。[15]瓯窭（lóu）：狭小的高地。篝（gōu）：竹笼。[16]污邪：地势低下、容易积水的劣田。[17]赍（jī）：以物赠人。[18]御史：秦以前的御史为史官，汉代御史也有掌纠察、治狱的。[19]帣（juàn）：通"捲"，束衣袖。鞲（gōu）：臂套。鞠：弯屈。跽（jì）：长跪。[20]六博：古代博戏，两人对局，各执黑白棋六子。投壶：古代游戏，宴饮时用箭投入一定距离外的酒壶，以投中多少定胜负，负者罚酒。[21]曹：游戏时的分组。[22]眙（chì）：直视。[23]芗泽：泛指香气。芗，五谷的香气。[24]诸侯主客：简称"主客"，战国齐设置的官名，接待诸侯宾客的官吏。[25]尝：通"常"。

❀ 简　析

"滑稽"一词的古义与今义并不全同。古义有多义性，屈原在《楚辞·卜居》中使用它时带贬义，有圆滑谄媚的意思；司马迁在《滑稽列传》里使用它带着褒义，有能言善辩的意思。本文比喻新奇浅近，寓意深刻明白。行文韵散相间、错落有致，人物形象鲜明生动。

太史公自序

《史记》

太史公曰[1]："先人有言[2]：'自周公卒五百岁而有孔子[3]。孔子卒后至于今五百岁，有能绍明世、正《易传》[4]，继《春秋》[5]、本

《诗》[6]、《书》[7]、《礼》[8]、《乐》[9]之际.'意在斯乎!意在斯乎!小子何敢让焉!"

上大夫壶遂曰[10]:"昔孔子何为而作《春秋》哉?"太史公曰:"余闻董生曰[11]:'周道衰废,孔子为鲁司寇[12],诸侯害子,大夫雍之。孔子知言之不用,道之不行也,是非二百四十二年之中,以为天下仪表,贬天子,退诸侯,讨大夫,以达王事而已矣。'子曰:'我欲载之空言,不如见之于行事之深切著明也。'夫《春秋》,上明三王之道[13],下辨人事之纪,别嫌疑,明是非,定犹豫,善善恶恶,贤贤贱不肖,存亡国,继绝世,补敝起废,王道之大者也。《易》著天地、阴阳、四时、五行[14],故长于变;《礼》经纪人伦,故长于行;《书》记先王之事,故长于政;《诗》记山川、溪谷、禽兽、草木、牝牡、雌雄[15],故长于风;《乐》乐所以立,故长于和;《春秋》辨是非,故长于治人。是故《礼》以节人,《乐》以发和,《书》以道事,《诗》以达意,《易》以道化,《春秋》以道义。拨乱世反之正,莫近于《春秋》。《春秋》文成数万,其指数千[16]。万物之散聚皆在《春秋》。《春秋》之中,弑君三十六[17],亡国五十二,诸侯奔走不得保其社稷者不可胜数[18]。察其所以,皆失其本已。故《易》曰:'失之毫厘,差之千里。'故曰:'臣弑君,子弑父,非一旦一夕之故也,其渐久矣'。故有国者不可以不知《春秋》,前有谗而弗见,后有贼而不知。为人臣者不可以不知《春秋》,守经事而不知其宜,遭变事而不知其权。为人君父而不通于《春秋》之义者,必蒙首恶之名。为人臣子而不通于《春秋》之义者,必陷篡弑之诛,死罪之名。其实皆以为善,为之不知其义,被之空言而不敢辞。夫不通礼义之旨,至于君不君、臣不臣、父不父、子不子。君不君则犯,臣不臣则诛,父不父则无道,子不子则不孝。此四行者,天下之大过也。以天下之大过予之,则受而弗敢辞。故《春秋》者,礼义之大宗也。夫礼禁未然之前,法施已然之后;法之所为用者易见,而礼之所为禁者难知。"

壶遂曰:"孔子之时,上无明君,下不得任用,故作《春秋》,垂空文以断礼义,当一王之法。今夫子上遇明天子,下得守职,万事既具,咸各序其宜,夫子所论,欲以何明?"

太史公曰:"唯唯,否否,不然。余闻之先人曰:'伏羲至纯厚[19],作《易》八卦。尧舜之盛[20],《尚书》载之[21],礼乐作焉。汤武之隆[22],诗人歌之[23]。《春秋》采善贬恶,推三代之德[24],褒周室,非独刺讥而已也。'

汉兴以来，至明天子，获符瑞[25]，建封禅[26]，改正朔[27]，易服色[28]，受命于穆清[29]，泽流罔极，海外殊俗，重译款塞[30]，请来献见者不可胜道。臣下百官力诵圣德，犹不能宣尽其意。且士贤能而不用，有国者之耻；主上明圣而德不布闻，有司之过也。且余尝掌其官，废明圣盛德不载，灭功臣世家贤大夫之业不述，堕先人所言，罪莫大焉。余所谓述故事，整齐其世传，非所谓作也，而君比之于《春秋》，谬矣。"

　　于是论次其文。七年而太史公遭李陵之祸[31]，幽于缧绁[32]。乃喟然而叹曰："是余之罪也夫。是余之罪也夫！身毁不用矣！"退而深惟曰："夫《诗》、《书》隐约者，欲遂其志之思也。昔西伯拘羑里，演《周易》[33]；孔子厄陈蔡，作《春秋》[34]；屈原放逐，著《离骚》[35]；左丘失明，厥有《国语》[36]；孙子膑脚，而论兵法[37]；不韦迁蜀，世传《吕览》[38]；韩非囚秦，《说难》、《孤愤》[39]；《诗》三百篇[40]，大抵贤圣发愤之所为作也。此人皆意有所郁结，不得通其道也，故述往事，思来者。"于是卒述陶唐以来[41]，至于麟止[42]，自黄帝始[43]。

注　释

　　[1]太史公：司马迁自称。[2]先人：指司马迁的父亲司马谈。[3]周公：姓姬，名旦，周武王之弟，周成王之叔。武王死时，成王尚年幼，于是就由周公摄政（代掌政权）。周朝的礼乐制度相传是由周公制定的。[4]《易传》：《周易》。[5]《春秋》：儒家经典，相传是孔子根据鲁国史官编的《春秋》加以整理、修订而成。[6]《诗》：《诗经》，儒家经典之一，是我国第一部诗歌总集。[7]《书》：《尚书》，儒家经典之一。[8]《礼》：儒家经典《礼记》。[9]《乐》：儒家经典之一，今已不传。《易传》、《春秋》、《诗》、《书》、《礼》、《乐》，汉时称"六艺"。[10]壶遂：人名，官至詹事（积掌皇后太子家事）。[11]董生：指汉代儒学大师董仲舒。[12]司寇：掌管刑狱的官。[13]三王：指夏、商、周三代的开国之君禹、汤、周文王。[14]阴阳：古代以阴阳解释世间万物的发展变化，凡天地万物皆分属阴阳。四时：春、夏、秋、冬四季。五行：水、火、木、金、土等五种基本元素，古人认为它们之间会相生相克。[15]牝牡（pìnmǔ）：牝为雌，牡为雄。[16]指：通"旨"，道理。[17]弑（shì）：古时称臣杀君、子杀父母曰"弑"。[18]社稷：土神

和谷神。古时王朝建立，必先立社稷坛；灭人之国，也必先改置被灭国的社稷坛。故以社稷为国家政权的象征。[19]伏羲：神话中人类的始祖。曾教民结网，从事渔猎畜牧。[20]尧：传说中我国父系社会后期部落联盟的领袖。舜：由尧的推举，继任部落联盟的领袖。[21]《尚书》载之：《尚书》的第一篇《尧典》，记载了尧禅位给舜的事迹。[22]汤：商朝的建立者。原是部落的领袖，后任用贤相伊尹执政，积聚力量，先后十一次出征，消灭了邻近几个部落。最后一举灭夏，建立商朝。武：周武王，西周王朝的建立者。继承文王的遗志，率部东攻，在牧野（今河南淇县西南）大败商纣王部队，建立周朝。[23]诗人歌之：《诗经》中有《商颂》五篇，内容多是对殷代先王先公的赞颂。[24]三代：夏、商、周。[25]符瑞：吉祥的征兆。[26]封禅：帝王祭天地的典礼。秦汉以后成为国家大典。封，在泰山上筑土为坛祭天。禅，在泰山下的梁父山上辟出一块场地祭地。[27]正朔：正是一年的开始，朔是一月的开始；正朔即指一年的第一天。古时候改朝换代，都要重新确定何时为一年的第一个月，以示受命于天。周以夏历的十一月为岁首；秦以夏历的十月为岁首；汉初承秦制，至汉武帝元封元年（前104）改用"太初历"，才用夏历的正月为岁首，从此直到清末，历代沿用。"改正朔"即指此。[28]易服色：更改车马、祭牲的颜色。秦汉时代，盛行"五德终始说"。认为每一个朝代在五行中必定占居一德。与此相应，每一朝代都崇尚一种颜色。所谓夏朝为水德，故崇尚黑色；商朝为金德，故崇尚白色；周朝为火德，故崇尚赤色；汉初四十年，汉人认为自己是水德，故崇尚黑色，后经许多人的抗争，到武帝时正式改定为土德，崇尚黄色。[29]穆清：指天。[30]重译：喻远方使者辗转多次，前来请见。款塞：叩关。[31]遭李陵之祸：李陵，陇西成纪（今甘肃秦安）人，汉名将李广之孙，善于骑射，汉武帝时官拜骑都尉。天汉二年（前99），汉武帝出兵三路攻打匈奴，以他的宠妃李夫人之弟、将军李广利为主力，李陵为偏师。李陵率军深入腹地，遇匈奴主力而被围。李广利按兵不动，致使李陵兵败投降。司马迁认为李陵是难得的将才，在武帝面前为他辩解，竟被下狱问罪，处以宫刑。这就是"李陵之祸"。[32]缧绁（lěi xiè）：原是捆绑犯人的绳索，这里引申为监狱。[33]西伯拘羑（yǒu）里，演《周易》：周文王被殷纣王拘禁在羑里（今河南汤阴县北）时，把上古时代的八卦（相传是伏羲所作）推演成六十四卦，这就是《周易》一书的中心。[34]孔子厄陈蔡，作《春秋》：孔子为了宣传自己的政治主张，曾周游列国,但到处碰壁,在陈国和蔡国,还受到了绝粮和围攻的困厄。其后返回鲁国写作《春秋》。[35]屈原:战国时期楚国诗人。他忠于楚国,因人谗毁,被楚怀王放逐。[36]左丘:春秋时鲁国的史官。相传他失明以后,撰写成《国语》一书。[37]孙子膑(bìn)脚,而论兵法:孙子,即孙膑,齐国人,曾与庞涓一起从鬼谷子学兵法。后庞涓担任魏国大将,忌孙之才,把孙膑骗到魏国,挖去他的膝盖骨。孙膑后被齐威王任为军师,著有《孙膑兵法》。[38]不韦迁蜀,世传《吕览》:不韦即吕不韦,战国末年的大商人。秦庄襄王时,被任为相国,封文信侯。始皇即位,称吕不韦为"尚父"。他曾命门下的宾客编撰了《吕氏春秋》(又称《吕览》)一书。[39]韩非囚秦,《说难》、《孤愤》:韩非是战国末期法家的代表,出身韩国贵族,为李斯所谗,在狱中自杀。《说难》、《孤愤》是《韩非子》中的两篇。[40]《诗》三百篇:今《诗经》共305篇,这里是指约数。[41]陶唐:即唐尧。尧最初住在陶丘(今山东定陶县南),后又迁往唐(今河北唐县),故称陶唐氏。[42]至于麟止:汉武帝元狩元年(前122),猎获白麟一只,《史记》记事即止于此年。鲁哀公十四年(前481),亦曾猎获麒麟,孔子听说后,停止了《春秋》的写作,后人称之为"绝笔于获麟"。《史记》写到捕获白麟为止,是有意仿效孔子作《春秋》的意思。[43]黄帝:传说中中原各族的共同祖先。

简 析

《太史公自序》是司马迁为《史记》一书撰写的序言。原序由三部分组成:概括了自己前半生的经历;第二部分(即这里节选的部分)利用对话的形式,鲜明地表达了作者撰写《史记》的目的就是为了完成父亲临终前的嘱托,以《史记》续孔子的《春秋》,并通过对历史人物的描绘、评价,来抒发自己心中的抑郁不平,并以古人身处逆境、发愤著书的事迹自励,在遭受官刑之后,忍辱负重才完成了《史记》这部巨著;第三部分是《史记》130篇的小序。全序是研究司马迁及其《史记》的重要资料。

报任安书

[西汉] 司马迁

太史公牛马走司马迁再拜言[1]。少卿足下：曩者辱赐书[2]，教以慎于接物，推贤进士为务[3]。意气勤勤恳恳，若望仆不相师[4]，而用流俗人之言。仆非敢如是也！朴虽罢驽[5]，亦尝侧闻长者之遗风矣。顾自以为身残处秽[6]，动而见尤[7]，欲益反损，是以独抑郁而谁与语。谚曰："谁为为之？孰令听之？"盖钟子期死[8]，伯牙终身不复鼓琴[9]。何则？士为知己者用，女为说己者容。若仆大质已亏缺矣[10]，虽才怀随和[11]，行若由夷[12]，终不可以为荣，适足以见笑而自点耳[13]。书辞宜答，会东从上来[14]，又迫贱事[15]，相见日浅，卒卒无须臾之闲[16]，得竭指意。今少卿抱不测之罪，涉旬月[17]，迫季冬[18]，仆又薄从上雍[19]，恐卒然不可为讳[20]，是仆终已不得舒愤懑以晓左右[21]，则长逝者魂魄[22]，私恨无穷。请略陈固陋。阙然久不报[23]，幸勿为过。

仆闻之：修身者，智之符也；爱施者，仁之端也；取予者，义之表也；耻辱者，勇之决也；立名者，行之极也[24]。士有此五者，然后可以讬于世，而列于君子之林矣。故祸莫憯于欲利[25]，悲莫痛于伤心，行莫丑于辱先，诟莫大于宫刑[26]。刑余之人，无所比数，非一世也，所从来远矣。昔卫灵公与雍渠同载[27]，孔子适陈；商鞅因景监见[28]，赵良寒心[29]；同子参乘[30]，袁丝变色[31]：自古而耻之。夫中材之人，事有关于宦竖[32]，莫不伤气，而况于慷慨之士乎？如今朝廷虽乏人，奈何令刀锯之余荐天下之豪俊哉！仆赖先人绪业[33]，得待罪辇毂下[34]，二十余年矣。所以自惟，上之不能纳忠效信，有奇策材力之誉，自结明主；次之又不能拾遗补阙[35]，招贤进能，显岩穴之士[36]；外之不能备行伍，攻城野战，有斩将搴旗之功；下之不能积日累劳，取尊官厚禄，以为宗族交游光宠。四者无一遂，苟合取容，无所短长之效，可见于此矣。向者仆亦尝厕下大夫之列[37]，陪奉外廷末议[38]，不以此时引纲维[39]，尽思虑，今已亏形为扫除之隶[40]，在阘茸之中[41]，乃欲仰首伸眉，论列是非，不亦轻朝廷、羞当世之士邪？嗟乎！嗟乎！如仆尚何言哉！尚何言哉！

且事本末未易明也。仆少负不羁之才[42],长无乡曲之誉[43].主上幸以先人之故,使得奏薄伎[44],出入周卫之中[45]。仆以为戴盆何以望天,故绝宾客之知[46],亡室家之业,日夜思竭其不肖之才力,务一心营职,以求亲媚于主上。而事乃有大谬不然者!

夫仆与李陵[47],俱居门下,素非能相善也。趋舍异路[48],未尝衔杯酒、接殷勤之余欢。然仆观其为人,自守奇士,事亲孝,与士信,临财廉,取与义,分别有让,恭俭下人,常思奋不顾身,以殉国家之急。其素所蓄积也,仆以为国士之风。夫人臣出万死不顾一生之计,赴公家之难,斯已奇矣。今举事一不当,而全躯保妻子之臣,随而媒蘖其短[48],仆诚私心痛之。且李陵提步卒不满五千,深践戎马之地,足历王庭[50],垂饵虎口,横挑强胡[51],仰亿万之师[52],与单于连战十有余日,所杀过当,虏救死扶伤不给。旃裘之君长咸震怖[53],乃悉征其左右贤王[54],举引弓之人,一国共攻而围之。转斗千里,矢尽道穷,救兵不至,士卒死伤如积。然陵一呼劳军,士无不起,躬自流涕,沫血饮泣[55],更张空拳,冒白刃,北向争死敌者[57]。陵未没时,使有来报,汉公卿王侯皆奉觞上寿。后数日,陵败书闻,主上为之食不甘味,听朝不怡,大臣忧惧,不知所出。仆窃不自料其卑贱,见主上惨怆怛悼[58],诚欲效其款款之愚[59]。以为李陵素与士大夫绝甘分少[60],能得人之死力,虽古之名将,不能过也。身虽陷败,彼观其意[61],且欲得其当而报于汉。事已无可奈何,其所摧败,功亦足以暴于天下矣。仆怀欲陈之,而未有路,适会召问,即以此指[62],推言陵之功[63],欲以广主上之意,塞睚眦之辞[64]。未能尽明,明主不晓,以为仆沮贰师[65],而为李陵游说,遂下于理[66]。拳拳之忠[67],终不能自列[68],因为诬上,卒从吏议。家贫,货赂不足以自赎[69];交游莫救视,左右亲近不为一言。身非木石,独与法吏为伍,深幽囹圄之中[70],谁可告诉者!此真少卿所亲见,仆行事岂不然乎?李陵既生降,隤其家声,而仆又茸之蚕室[71],重为天下观笑[72]。悲夫!悲夫!事未易一二为俗人言也。

仆之先非有剖符丹书之功[73],文史星历[74],近乎卜祝之间[75],固主上所戏弄,倡优所畜[76],流俗之所轻也。假令仆伏法受诛,若九牛亡一毛,与蝼蚁何以异?而世俗又不能与死节者次比[77],特以为智穷罪极,不能自免,卒就死耳。何也?素所自树立使然也。人固有一死,或重于泰山,或轻于鸿毛,用之所趋异也[78]。太上不辱先,其次不辱身,其次不辱理色,其次不辱辞令，其次诎体受辱[79]，其次易服受辱[80]，其次关木索、被箠楚受辱，其次剔毛发、婴金铁受辱，其次毁肌肤、断肢体受辱[81]，最下腐刑极矣！传曰[82]："刑不上大夫。"此言士节不可不勉励也。猛虎在深山，百兽震恐，及在槛阱之中[83]，摇尾而求食，积威约之渐也[84]。故士有画地为牢，势不可入；削木为吏，议不可对，定计于鲜也[85]。今交手足，受木索，暴肌肤，受榜箠[86]，幽于圜墙之中。当此之时，见狱吏则头抢地，视徒隶则心惕息[87]。何者？积威约之势也。及以至是，言不辱者，所谓强颜耳，曷足贵乎！且西伯[88]，伯也[89]，拘于羑里[90]；李斯[91]，相也，具于五刑[92]；淮阴[93]，王也，受械于陈[94]；彭越[95]、张敖[96]，南向称孤，系狱具罪；绛侯诛诸吕[97]，权倾五伯，囚于请室[98]；魏其[99]，大将也，衣赭衣[100]、关三木[101]；季布为朱家钳奴[102]；灌夫受辱于居室[103]。此人皆身至王侯将相，声闻邻国，及罪至罔加[104]，不能引决自裁，在尘埃之中，古今一体，安在其不辱也！由此言之，勇怯，势也；强弱，形也。审矣，何足怪乎？且人不能早自裁绳墨之外[105]，以稍陵迟，至于鞭箠之间，乃欲引节[106]，斯不亦远乎！古人所以重施刑于大夫者，殆为此也。

夫人情莫不贪生恶死，念父母，顾妻子；至激于义理者不然，乃有所不得已也。今仆不幸，早失父母，无兄弟之亲，独身孤立，少卿视仆于妻子何如哉？且勇者不必死节，怯夫慕义，何处不勉焉！仆虽怯懦，欲苟活，亦颇识去就之分矣，何至自沉溺缧绁之辱哉[107]！且夫臧获婢妾[108]，犹能引决，况若仆之不得已乎？所以隐忍苟活，幽于粪土之中而不辞者，恨私心有所不尽，鄙陋没世，而文采不表于后也。

古者富贵而名摩灭，不可胜记，唯倜傥非常之人称焉[109]。盖文王拘而演《周易》[110]；仲尼厄而作《春秋》[111]；屈原放逐[112]，乃赋《离骚》[113]；左丘失明[114]，厥有《国语》[115]；孙子膑脚[116]，《兵法》修列[117]；不韦迁蜀[118]，世传《吕览》[119]；韩非囚秦[120]，《说难》、《孤愤》[121]；《诗》三百篇[122]，大底贤圣发愤之所为作也[123]。此人皆意有所郁结，不得通其道，故述往事，思来者。乃如左丘无目，孙子断足，终不可用，退而论书策，以舒其愤，思垂空文以自见。仆窃不逊，近自托于无能之辞，网罗天下放失旧闻，略考其事，综其终始，稽其成败兴坏之纪[124]。上计轩辕[125]，下至于兹，为十表、本纪十二、书八章、世家三十、列传七十，凡百三十篇。亦欲以究天人之际，通古今之变，成一家之言。草创未就，会遭此祸，惜其不成，是以就极刑而无愠色。仆诚已著此书[126]，藏之名山，传之其人，通邑大都。则仆偿前辱之责[127]，虽万被戮，岂有悔哉！然此可为智者道，难为俗人言也。

且负下未易居[128]，下流多谤议。仆以口语遇遭此祸，重为乡党所戮笑，以污辱先人，亦何面目复上父母之丘墓乎？虽累百世，垢弥甚耳！是以肠一日而九回，居则忽忽若有所亡，出则不知其所往。每念斯耻，汗未尝不发背沾衣也。身直为闺阁之臣[129]，宁得自引深藏岩穴邪？故且从俗浮沉，与时俯仰，通其狂惑[130]。今少卿乃教以推贤进士，无乃与仆私心刺谬乎[131]？今虽欲自彫琢，曼辞以自饰[132]，无益于俗，不信，适足取辱耳。要之死日，然后是非乃定。书不能悉意[133]，略陈固陋。谨再拜。

注　释

[1] 太史公：汉代史官太史令的通称，这里是司马迁自指。牛马走：像牛马那样被驱使的仆人，这是司马迁自谦的说法。走，这里是"仆"的意思。[2] 曩（nǎng）：从前。[3] 务：事。[4] 望：怨恨。[5] 罢驽：疲弱无能的劣马，这里比喻才能庸劣。罢，通"疲"，疲弱。驽（nú），劣马。[6] 顾：只是。[7] 尤：指责。[8] 钟子期：春秋时楚国人，最会欣赏伯牙的琴音。[9] 伯牙：春秋时楚国人，善于弹琴，钟子期最会欣赏他的琴音。钟子期死后，伯牙认为世无知音，便破琴绝弦，从此不再弹琴。[10] 大质：身体。[11] 随和：随侯珠与和氏璧，都是战国时最贵重的宝物。[12] 由夷：许由与伯夷。传说两人都是古代品德高洁的人。[13] 点：通"玷"，污。[14] 会：适逢。上：当今皇帝，指汉武帝。这里指汉武帝太始四年（前93）三月司马迁随从武帝东巡泰山，五月回到长安事。[15] 迫：急。贱事：谦词，指自己所担负的烦琐事务。[16] 卒卒（cù）：匆促。卒，通"猝"。须臾：片刻。闲：空暇。[17] 涉：渡过。旬月：满月。[18] 迫：接近。季冬：十二月。汉代法律规定，十二月是行刑的时期。[19] 薄：迫近。雍：地名，在今陕西凤翔南。当时雍筑有祭五帝的坛，汉武帝常到这里来祭祀。据《汉书·武帝纪》载，太始四年冬十二月汉武帝到雍祭祀。[20] 卒（cù）然：突然。不可为讳：委婉说法，即不可避忌的事，指任安将被处死刑。[21] 左右：指任安。不直称对方，表示尊敬。[22] 长逝者：死者，指任安。[23] 阙然：指隔了很久。[24] 极：最高准则。[25] 憯（cǎn）：通

"惨"。欲：贪欲。[26] 诟（gòu）：耻辱。宫刑：古代割除男性生殖器官的一种刑法。[27] 卫灵公：卫国国君，前534—前493年在位。他和夫人同车出游，令太监雍渠坐在旁边，让孔子坐在后面车上。孔子认为这是耻辱，便离开了卫国。[28] 商鞅：秦孝公时的政治家，曾协助秦孝公变法。景监：秦孝公宠幸的太监。[29] 赵良：秦孝公时的贤士，曾劝商鞅引退。寒心：感到恐惧。[30] 同子：汉文帝时的宦官赵谈，"子"是尊称。司马迁因父亲司马谈与赵谈同名，为避父讳，称他为"同子"。参（cān）乘：古时乘车陪坐在车子右面的人。[31] 袁丝：袁盎，字丝，汉文帝时的大臣。[32] 宦竖：宦官。宦，宦官。竖，宫廷中供役使的小臣。[33] 绪业：余业，先人未完成的事业。[34] 待罪：即做官，谦词。辇毂（niǎn gǔ）下：指皇帝所在的京城。辇毂，皇帝的车驾。[35] 拾遗补阙：为皇帝拾取遗漏、弥补缺失，即向皇帝进谏以纠正皇帝的过错。[36] 岩穴之士：指隐士。[37] 厕：夹杂。下大夫：汉代沿用古制，分大夫为上、中、下三等，太史令属下大夫。[38] 外廷：本为皇帝与大臣议事的朝堂，这里指外朝官。汉朝官员分外朝官与中朝官。太史令属外朝官。末议：微末的意见，谦词。[39] 纲维：指国家的法度。[40] 扫除之隶：谦词，指地位低下的人。[41] 阘（tà）茸：卑贱。[42] 负：怀抱。[43] 乡曲：乡里。[44] 奏：贡献。薄伎：微薄的才能。[45] 周卫：严密防卫的地方，指宫禁。[46] 知：知遇、了解，这里指交往。[47] 李陵：汉朝名将李广的孙子，汉武帝时的将领。曾率兵与匈奴交战，矢尽援绝，投降匈奴。李陵曾任侍中，与太史令都是能出入宫门的人，所以后面说"俱居门下"。[48] 趋舍：进退。[49] 媒蘖（niè）其短：指把李陵的过失构陷成大罪。媒蘖，酒麹，这里作动词用，酿成的意思。[50] 王庭：匈奴首领单（chán）于居住的地方。[51] 横（hèng）挑：勇猛地挑战。[52] 仰：仰攻。李陵军被围在山谷中，匈奴军居高临下，所以李陵军是仰攻。[53] 旃（zhān）裘：匈奴人用的毛毡、皮裘，这里代指匈奴。旃，通"毡"。[54] 左右贤王：左贤王与右贤王，匈奴君主单于下面的最高官位，各统率一万余骑兵。[55] 沫（huì）血：血流满面。沫，洗脸。[56] 张：举。弮（quān）：弩弓。[57] 死敌：为同敌人战斗而死。[58] 惨怆怛（dá）悼：悲哀伤心。[59] 款款：忠实恳切的样子。[60] 士大夫：这里指李陵的部下将领。绝甘：甘美的东西自己不吃。分少：把仅有的少量的物品分给别人。[61] 彼观：即观彼。[62] 指：意思。[63] 推言：阐述。[64] 睚眦

(yá zì)：瞪眼怒视。[65] 沮：毁谤。贰师：指贰师将军李广利。他是汉武帝的宠妃李夫人的哥哥。征和三年，汉武帝派李广利率军征匈奴，以李陵为辅助。李陵被围，李广利未及时救援。司马迁为李陵辩护，汉武帝认为他在诋毁李广利。[66] 理：即大理，掌管刑法的官。[67] 拳拳：忠诚恭谨的样子。[68] 列：陈说。[69] 自赎：汉代法令规定，可以用钱赎罪。[70] 囹圄（líng yǔ）：监狱。[71] 茸：推置。蚕室：刚受过宫刑的人怕风寒，必须住在严密、温暖的屋子里。它像养蚕的房子一样，所以称蚕室。[72] 重（chóng）：深深地。[73] 剖符：剖分开的信符。古代的符一分为二，君臣各执一半，上写誓词，以示信守。丹书：即丹书铁券，在铁券上用朱砂写上誓词。汉初规定，凡受封剖符丹书的有功之臣，后世子孙有罪可以赦免。[74] 文史星历：都是太史令掌管的事。文，文献。史，史籍。星，天文。历，历法。[75] 卜：负责占卜的官。祝：祭祀时负责祭礼的人。[76] 倡优：古代的伶人、乐工等伎艺人，社会地位极低。所畜：被豢养。[77] 次比：相提并论。[78] 用之所趋异也：死亡的作用不同。用，名词，用处、作用。之，连词，相当于"的"。所趋，趋向的目标。[79] 诎体：指被捆绑。诎，通"屈"。[80] 关：套上。木索：刑具，木枷和绳索。箠楚：指用来打犯人的棍棒，箠杖。楚，荆条。[81] 剔毛发：即髡（kūn）刑。剔，通"剃"。婴金铁：脖子上戴着铁圈，即钳（qián）刑。婴，缠绕。[82] 传（zhuàn）：记载。引文见《礼记·曲礼上》。[83] 槛：关兽的笼子。阱：捕兽的陷坑。[84] 约：约制。渐：逐步形成。[85] 鲜：明，指态度鲜明，即自杀。[86] 榜：鞭打。[87] 徒隶：狱卒。惕息：胆战心惊。[88] 西伯：即周文王姬昌。[89] 伯：方伯，一方诸侯之长。周文王曾为西方诸侯之长。[90] 羑（yǒu）里：殷纣王囚禁周文王的地方，在今河南汤阴境里。[91] 李斯：秦始皇的丞相。[92] 具五刑：指先后受五种刑罚，即劓（割鼻子）、刖（斩左右趾）、笞杀（打死）、枭首（斩首）、菹（剁成肉酱）。具，具备。[93] 淮阴：汉高祖刘邦的大将淮阴侯韩信。[94] 受械于陈：刘邦打败项羽后，封韩信为楚王。后有人告发韩信谋反，刘邦就以游云梦为借口，在陈地乘韩信谒见的时机，把他抓起来。韩信被赦免后，降为淮阴侯。械（xiè）：手铐脚镣一类的刑具。[95] 彭越：刘邦的功臣，被封为梁王。后因有人告发他谋反，被夷灭三族。[96] 张敖：刘邦的功臣赵王张耳的儿子、刘邦的女婿。张耳死后，他继嗣为赵王，因谋反罪被捕入狱。[97] 绛侯：刘邦的功臣绛侯周勃。诸吕：刘邦之妻吕后的亲族。[98] 请室：请罪之室。一说官署名，应作"清室"，皇帝外出时请室令在前清道。请室有特设的监狱。周勃曾因有人诬告谋反，被囚于请室。[99] 魏其：汉景帝时的大将军魏其侯窦婴。[100] 衣（yì）：动词，穿。赭衣：囚犯所穿的赭色衣服。[101] 三木：在头、手、足三处所加的刑具，即枷、手铐和脚镣。[102] 季布：项羽的将领。项羽失败后，刘邦用重金购求季布，季布便髡（剃毛发）、钳（颈带铁圈），卖身于当时鲁国的大侠朱家为奴，以避祸。[103] 灌夫：汉景帝时为郎中将，汉武帝时为太仆，因得罪丞相，被囚居室。居室：官署名，当时拘讯犯罪贵族的地方。[104] 罔：通"网"，法网。[105] 绳墨：指法律。[106] 引节：等于说死节，为坚持气节而死。[107] 沉溺：陷入。缧绁（léi xiè）：指捆缚囚犯的绳索。缧，大绳子。绁，长绳子。[108] 臧获：古时对奴婢的贱称。[109] 倜傥（tì tǎng）：卓越。[110] 演：推演。《周易》：相传周文王被拘羑里时，推演六十四卦，成为《周易》一书的纲要。[111] 厄：困厄。孔子周游列国，受到围攻、绝粮等困厄，便回到鲁国写作《春秋》。《春秋》：春秋时期鲁国的编年体史书。[112] 屈原：战国时期楚国人，我国古代第一个伟大诗人。他忠于楚国，却因别人谗毁，被楚怀王放逐到江南。[113] 《离骚》：屈原所作的抒情长诗。[114] 左丘：左丘明，春秋时期鲁国史官。传说《国语》是他作的。[115] 《国语》：西周末至春秋时期周、鲁、齐、晋、郑、楚、吴、越八国的国别史。[116] 孙子：战国时大军事家孙膑，著有兵法。膑：除去膝盖骨。[117] 修列：编成。[118] 不韦：秦始皇的相国吕不韦。秦始皇十年，吕不韦因罪免职，后又奉命迁蜀，在途中自杀。[119] 《吕览》：吕不韦为丞相时，命他的门客著书，书名为《吕氏春秋》，又称《吕览》。《吕览》作于吕不韦迁蜀之前。[120] 韩非：韩国的公子，战国时法家的代表人物，后到秦国，为李斯所陷害，下狱而死。[121] 《说难》、《孤愤》：《韩非子》中的篇名，作于韩非到秦国去之前。[122] 《诗》：《诗经》，是我国最早的一部诗歌总集，收西周和春秋时期的诗歌305篇。[123] 大底：大抵。[124] 稽：考察。纪：纲纪，这里指道理、规律。[125] 轩辕：即黄帝，传说中中原各族的祖先。[126] 已：通"以"。[127] 责：通"债"。[128] 负：背负。下：低下，这里指因有罪受刑而带来的坏名声。[129] 直：副词，只不过。闺阁之臣：指宦官。[130] 通：抒发。狂惑：指内心的悲愤和矛盾。[131] 剌（là）谬：违背。[132] 曼：美

[133] 要之：总之。[133] 悉：尽。

简 析

任安，字少卿，荥阳人，曾任益州刺史、北军使者护军。他是司马迁的朋友，曾写信给司马迁，要他利用担任中书令的机会"推贤进士"。司马迁写了这封信答复任安时，他已经因事下狱。信中，司马迁历叙身世遭遇，抒发了自己内心极大的悲愤和痛苦。信中还表现了司马迁积极的处世态度，提出了"人固有一死，或重于泰山，或轻于鸿毛"的人生观，明确地表示：只要能够完成"究天人之际，通古今之变，成一家之言"的《史记》，虽万死而不辞。全文感情真挚强烈，夹叙夹议，把作者的心声表现得淋漓尽致。

高帝求贤诏

《汉书》

盖闻王者莫高于周文[1]，伯者莫高于齐桓[2]，皆待贤人而成名。今天下贤者、智能，岂特古之人乎[3]？患在人主不交故也，士奚由进[4]！今吾以天之灵、贤士大夫定有天下，以为一家。欲其长久，世世奉宗庙亡绝也[5]。贤人已与我共平之矣，而不与吾共安利之，可乎？贤士大夫有肯从我游者，吾能尊显之。布告天下，使明知朕意，御史大夫昌下相国[6]，相国酇侯下诸侯王[7]，御史中执法下郡守[8]，其有意称明德者[9]，必身劝，为之驾，遣诣相国府，署行、义、年[10]。有而弗言，觉，免。年老癃病[11]，勿遣。

注 释

[1] 周文：周文王，姓姬，名昌。原是商朝末年的一个诸侯，后在姜尚的帮助下吞并了许多小国，扩大统治范围，为其子武王推翻商朝，建立周王朝奠定了基础。[2] 伯：通"霸"，诸侯联盟的首领。桓：齐桓公，姓姜名小白。春秋时期第一个霸主。[3] 特：只。[4] 士：知识分子。下文"士大夫"

指官僚阶层。奚由：从何，通过什么途径。[5]亡：通"无"。[6]御史大夫：汉朝中枢机构的最高长官之一。协助相国，掌管机要文书和监察事务。昌：人名，姓周。下：下达。相国：即丞相，秉承皇帝旨意处理国家政事的最高行政长官。[7]酇（zàn）侯：指萧何。[8]御史中执法：又称御史中丞。地位仅次于御史大夫。郡守：郡的最高长官。[9]意：美好的名声。称（chèn）：相副。明德：美德。[10]署：题写。行：事迹。义：通"仪"，像貌。年：年龄。[11]癃（lóng）：腰部弯曲、背部隆起。这里泛指残疾。

简 析

高帝即汉高祖刘邦，他是汉朝第一个皇帝。他在用人的问题上主张论功行赏，量才录用，反对任人唯亲。本文就是刘邦征集人才的文告。他把选才任人作为帝王事业能否成功的重要条件。文章很有气魄，展现刘邦不让前人的进取精神。

治安策（节选）

[西汉] 贾 谊

夫树国固[1]，必相疑之势[2]，下数被其殃[3]，上数爽其忧[4]，甚非所以安上而全下也[5]。今或亲弟谋为东帝[6]，亲兄之子西乡而击[7]，今吴又见告矣[8]。天子春秋鼎盛[9]，行义未过[10]，德泽有加焉，犹尚如是，况莫大诸侯[11]，权力且十此者乎！然而天下少安，何也？大国之王幼弱未壮[12]，汉之所置傅、相方握其事[13]。数年之后，诸侯之王大抵皆冠[14]，血气方刚，汉之傅相称病而赐罢[15]，彼自丞尉以上偏置私人[16]，如此，有异淮南、济北之为邪！此时而欲为治安，虽尧、舜不治[17]。

黄帝曰[18]："日中必熭[19]，操刀必割。"今令此道顺而全安[20]，甚易；不肯早为，已乃堕骨肉之属而抗刭之[21]，岂有异秦之季世乎[22]？夫以天子之位，乘今之时，因天之助，尚惮以危为安[23]，以乱为治，假设陛下居齐桓之处[24]，将不合诸侯而匡天下乎[25]？臣又知陛下有所必不能矣。假设天下如曩时[26]，淮阴侯尚王楚，黥布王淮南，彭越王梁，韩信王韩，张敖王赵，贯高为相，卢绾王燕，陈豨在代[27]，令此六、七公者皆无恙[28]，当是时而陛下即天子位，能自安乎？臣有以知陛下之不能也。天下淆乱[29]，高皇帝与诸公并起[30]，非有仄室之势以豫席之也[31]。诸公幸者乃为中涓[32]，其次厪得舍人[33]，材之不逮至远也[34]。高皇帝以明圣威武即天子位，割膏腴之地以王诸公[35]，多者百余城，少者乃三四十县，德至渥也[36]。然其后七年之间，反者九起。陛下之与诸公，非亲角材而臣之也[37]，又非身封王之也。自高皇帝不能以是一岁为安，故臣知陛下之不能也。

然尚有可诿者[38]，曰疏[39]。臣请试言其亲者[40]。假令悼惠王王齐，元王王楚，中子王赵，幽王王淮阳，共王王梁，灵王王燕，厉王王淮南[41]，六七贵人皆亡恙，当是时陛下即位，能为治乎？臣又知陛下之不能也。若此诸王，虽名为臣，实皆有布衣昆弟之心[42]，虑亡不帝制而天子自为者[43]。擅爵人[44]，赦死罪，甚者或戴黄屋[45]，汉法令非行也。虽行，不轨如厉王者，令之不肯听，召之安可致乎！幸而来至，法安可得加！动一亲戚，天下圜视而起[46]，陛下之臣虽有悍如冯敬者[47]，适启其口，匕首已陷其胸矣。陛下虽贤，谁与领此[48]？故疏者必危，亲者必乱，已然之效也[49]。其异姓负强而动者[50]，汉已幸胜之矣，又不易其所以然[51]。同姓袭是迹而动[52]，既有征矣[53]，其势尽又复然！殃祸之变，未知所移[54]，明帝处之尚不能以安，后世将如之何！

屠牛坦一朝解十二牛[55]，而芒刃不顿者[56]，所排击剥割皆众理解也[57]。至于髋髀之所[58]，非斤则斧[59]。夫仁义恩厚，人主之芒刃也；权势法制，人主之斤斧也。今诸侯王皆众髋髀也，释斤斧之用，而欲婴以芒刃[60]，臣以为不缺则折。胡不用之淮南、济北？势不可也。

臣窃迹前事[61]，大抵强者先反。淮阴王楚，最强，则最先反；韩信倚胡[62]，则又反；贯高因赵资[63]，则又反；陈豨兵精，则又反；彭越用梁[64]，则又反；黥布用淮南，则又反；卢绾最弱，最后反。长沙乃在二万五千户耳[65]，功少而最完[66]，势疏而最忠[67]，非独性异人也，亦形势然也。曩令樊、郦、绛、灌据数十城而王[68]，今虽已残[69]，亡可也。令信、越之伦列为彻侯而居[70]，虽至今存，可也。然则天下之大计可知已。欲诸王之皆忠附，则莫若令如长沙王；欲臣子之勿菹醢[71]，则莫若令如樊、郦等；欲天下之治安，莫若众建诸侯而少其力[72]。力少则易使以义[73]，国小则亡邪心。令海内之势，如身之使臂，臂之使指，莫不制从。诸侯之君不敢有异心，辐凑并进而归命天子[74]。虽在细民[75]，且知其安，故天下咸知陛下之明。割地定制[76]，令齐、赵、楚各为若干国，使悼惠王、幽王、元王之子孙毕以次各受祖之分地，地尽而止，及燕梁他国皆然。其分地众而子孙少者，建以为国，空而置之，须其子孙生者，举使君之[77]。诸侯之地，其削颇入汉者[78]，为徙其侯国及封其子孙也[79]，所以数偿之[80]。一寸之地，一人之众，天子亡所利焉，诚以定治而已[81]，故天下咸知陛下之廉。地制一定，宗室子孙莫虑不王[82]，下无倍畔之心[83]，上无诛伐之志，故天下咸知陛下之仁。法立而不犯，令行而不逆，贯高、利几之谋不生[84]，柴奇、开章之计不萌[85]，细民乡善[86]，大臣致顺，故天下咸知陛下之义。卧赤子天下之上而安[87]；植遗腹[88]，朝委裘[89]，而天下不乱。当时大治，后世诵圣。一动而五业附[90]，陛下谁惮而久不为此[91]？

天下之势方病大瘇[92]。一胫之大几如要[93]，一指之大几如股[94]，平居不可屈信[95]，一二指搐[96]，身虑亡聊[97]。失今不治，必为锢疾[98]，后虽有扁鹊[99]，不能为已。病非徒瘇也，又苦蹠盭[100]。元王之子[101]，帝之从弟也，今之王者[102]，从弟之子也。惠王之子[103]，亲兄子也，今之王者[104]，兄子之子也。亲者或亡分地以安天下[105]，疏者或制大权以逼天子[106]。臣故曰：非徒病瘇也，又苦蹠盭。可痛哭者，此病是也[107]。

注　释

[1] 树国：建立诸侯国。　[2] 相疑：指朝廷同封国之间互相猜忌。[3] 被：遭受。[4] 爽：伤败，败坏。[5] 安上而全下：指稳定中央政权，保全黎民百姓。[6] 亲弟：指汉文帝的弟弟淮南厉王刘长。谋为东帝：《汉书·五行志下之上》：淮南王长"归聚奸人谋逆乱，自称东帝"。刘长的封地在今安徽淮河以南地区，在长安的东方。刘长谋反后被废死。[7] 亲兄之子：济北王刘兴居，他是汉文帝之兄刘肥的儿子。乡：向。汉文帝三年（前177）济北王谋反，发兵袭击荥阳，失败被杀。[8] 见告：被告发。句指吴王刘濞抗拒朝廷法令而被告发。　[9] 春秋：指年龄。春秋鼎盛，即正当壮年。[10] 行义未过：行为得宜，没有过失。　[11] 莫大：最大。十此：10 倍于此。全句意指吴王等诸侯的实力，要比前述亲弟、亲兄之子大得多。[12] 大

国之王：指较大的封国的诸侯王。[13] 傅：朝廷派到诸侯国的辅佐之官。相：朝廷派到诸侯国的行政长官。[14] 冠：20岁。古代男子20岁时举行冠礼，标志已成年。天子、诸侯则在20岁时加冠。[15] 称病赐罢：被以衰病为由罢免。[16] 丞尉：县官。"丞尉以上"泛指诸侯国之官吏。偏：同"遍"。[17] 尧舜：上古传说中的圣明之君。[18] 黄帝：古史传说中的上古帝王。[19] 蕙（wèi）：晒，晒干。两句比喻机不可失。二句见《六韬》太公之语，《六韬》是一部讲兵法的书。[20] 此道：即前引黄帝话中的道理。顺：遵循。全安：下全上安。[21] 堕：毁弃。骨肉之属：指同姓诸侯王，他们都是皇帝的亲属。抗：举。刭：割头颈。[22] 季世：末年。[23] 以危为安：把危险变为平安。[24] 齐桓：齐桓公，春秋时齐国国君，曾多次大会诸侯订立盟约，成为春秋时第一个霸主。[25] 匡：匡正，挽救。[26] 以上三句的假设是说，如果文帝处于齐桓公的地位（没有天子之位，没有有利的时机，没有天助），便一定不能成为霸主。[26] 曩时：从前，以往。[27] "淮阴侯"八句：淮阴侯即韩信，汉朝建立时封为楚王，后降为淮阴侯，因谋反为吕后所杀；黥布即英布，汉初封为淮南王，彭越汉初封为梁王，都因谋反被刘邦所杀；韩信指韩王信，战国时韩国的后代，汉初封韩王，后投降匈奴反汉；张敖，汉高祖刘邦的女婿，汉初诸侯王赵王张耳的儿子，袭封赵王，后因与赵丞相贯高谋刺刘邦的事有牵连，改封平宣侯；卢绾（wǎn），汉初封燕王，后叛逃匈奴，被封为东胡卢王，死于匈奴中；陈豨（xī），汉初任诸侯国代国丞相，后反汉，自立为赵王，被杀。这些人都为异姓诸侯王。[28] 亡恙：无病。亡，同"无"。[29] 毂乱：混乱。毂，同"淆"。[30] 高皇帝：即汉高祖刘邦。并起：一齐起兵反秦。[31] 仄室：侧室。豫：预。席：凭藉。文帝刘恒自称高皇帝侧室之子，吕后死后，周勃等平定诸吕，刘恒以代王入为帝。这里以刘邦同文帝比。[32] 中涓：皇帝的亲近之臣。刘邦起兵时，任命曹参为中涓，周勃等亦曾为中涓。[33] 舍人：门客。樊哙等曾为刘邦舍人。[34] 不逮：不及。[35] 膏腴：肥沃。王（wàng）：封王，动词。[36] 渥：优厚。[37] 角：竞争、较量。臣之：使他们臣服。[38] 诿：推诿，推托。[39] 疏：疏远。指相对于亲戚而言，韩信等都是异姓王。[40] 亲者：指同姓诸侯王。[41] "假令"七句：悼惠王，刘肥，刘邦子，封齐王；元王，刘交，刘邦弟，封楚王；中子，刘邦子如意，封赵王；幽王，刘邦子刘友，封淮阳王，后徙赵；共（gōng）王，刘邦子刘恢，封梁王；灵王,刘邦子刘健,封燕王;厉王,即淮南王刘长,厉是谥号。[42]布衣:平民百姓。昆弟:兄弟。句意说同姓诸侯王并不把君臣之义放在眼里,只是以平民兄弟的关系看待文帝。[43]帝制:指仿行皇帝的礼仪制度。[44]爵人:封人以爵位。二句所写封爵、赦死罪,都是应属于皇帝的权力。[45]黄屋:黄缯车盖。皇帝专用。[46]圜(huán)视而起:向四方看。圜,围绕。起:发生骚乱。[47]冯敬:汉初御史大夫,曾弹劾淮南厉王长。[48]谁与:与谁。领:治理。[49]效:结果。[50]负强而动:凭恃强大发动暴乱。[51]其所以然:指导致这种局面的分封制度。[52]袭:沿袭。这句暗指吴王刘濞。[53]征:征象,兆头。[54]移:改变。这里有趋向的意思。[55]坦:春秋时人名,以屠牛为业。[56]芒刃:锋刃。顿:通"钝"。[57]排:批,分开。理:肌肝之文理。解(xiè):通"懈",四肢关节、骨头之间的缝隙。[58]髋(kuān):上股与尻之间的大骨。髀(bì):股骨。髋髀泛指动物体中的大骨。[59]斤:砍木的斧头。斤、斧在这里作动词用。[60]婴:施加。[61]迹:追寻。迹前事,总结历史的经验。[62]胡:匈奴。[63]因:凭借。资:资助,供给。[64]用梁:利用封为梁王的势力。[65]长沙:长沙王。汉初吴芮被封为长沙王,子孙世袭。在:同"才"。只。二万五千户,指长沙王所统治的户数。[66]完:保全。[67]势疏:与皇帝关系疏远。[68]樊:舞阳侯樊哙。郦:曲周侯郦商。绛:绛侯周勃。灌:颍阴侯灌婴。[69]以:同"已"。[70]信:韩信。越:彭越。伦:辈。彻侯:爵位名,后避汉武帝刘彻讳改为通侯,又改为列侯,只享受封地的租税,不问封地行政,也不一定住在封地。[71]菹醢(zū hǎi):把人杀死剁成肉酱。[72]众建诸侯而少其力:多封诸侯国而减弱每个诸侯国的力量。[73]使以义:使之遵守朝廷法纪。[74]辐(fú):车轮中连接轮圈与轮轴的直木。辐凑,归聚。[75]细民:平民。[76]割地定制:定出分割土地的制度。[77]举使君之:让他们去做空置的诸侯国的国君。[78]削颇入汉者:诸侯王有(因犯罪)而被削地由汉朝中央政府没收的。颇:大量。因被削之地可能在诸侯国的中心地带,所以下文有"为徙其侯国"的做法。[79]为徙其侯国:把这个侯国迁往他处。[80]数偿之:照数偿还。即将被没收的土地还给他们。[81]"一寸之地"四句:意为天子多封王并非与各诸侯王争利,而是为了稳定国家。[82]莫虑不王:不愁不做王。[83]倍畔:背叛。倍,同"背"。[84]利几:人名,项羽部将,降汉被封为颍川侯,后反叛被杀。[85] 柴奇、开章：人名，两人均参与淮南王刘长的谋反事件，为之出谋划策。[86] 乡：向。[87] 赤子：婴儿。这里指年幼的皇帝。句意说即使初生的婴儿继承帝位，天下也仍然太平。[88] 植：扶植。遗腹，遗腹子。句意说让没有被皇帝亲自立为太子的儿子继承帝位。[89] 朝：朝拜。委裘：亡君留下的衣冠。句意说旧君已死，新君未立，把亡君的衣冠放在皇座上接受朝拜。一说，谓幼君不胜礼服，坐朝则委裘于地。[90] 五业：指上文所说的明、廉、仁、义、圣五项功业。[91] 谁惮：惮谁，顾忌什么。谁，何。[92] 瘇（zhǒng）：腿脚浮肿。[93] 胫：小腿。要：腰。[94] 指：脚趾。股：大腿。[95] 平居：平时。信：伸。[96] 搐：抽搐。[97] 亡聊：无所依赖。两句意为一两个肿着的脚趾一抽搐，就害怕整个身体支撑不住。[98] 锢疾：积久不易治的病症。[99] 扁鹊：人名，春秋战国时的名医。[100] 跖（zhí）戾：脚掌扭折。[101] 元王：楚元王刘交，刘邦的弟弟。元王之子，楚夷王刘郢客。[102] 今之王者：指楚王刘戊。[103] 惠王：齐悼惠王刘肥，刘邦子。[104] 今之王者：指齐共王刘喜。[105] 亲者：指文帝的子弟。[106] 疏者：指从弟、兄子之子。偪：同"逼"。[107] "可痛哭者"两句：贾谊《治安策》开首有："臣窃惟事势，可为痛哭者一，可为流涕者二，可以长叹息者六……"这里节选的一大段，就是"可为痛哭者一"。

简 析

　　西汉初年，对韩信、陈豨等诸侯的叛乱的镇压，沉重地打击了异姓诸侯王的割据势力。但到汉文帝时，同姓诸侯王的封地仍然很大，力量很强，直接威胁着西汉朝廷的安全。贾谊敏锐地觉察到这一问题的严重性，在呈给汉文帝的《治安策》中，着重论述了这一问题。他总结了汉初反分裂的历史经验和现实斗争的经验，指出诸侯王封国的强盛必然导致谋叛作乱，暂时的安定只是表面现象，如不及早采取措施，削弱诸侯王的势力，一定会引起天下大乱。他进而提出了"众建诸侯而少其力"的主张，以保证中央政府的统治。后来的吴楚七国之乱等事件，证实了贾谊的预见。文章气势磅礴，以理服人，是论说文的典范。这里的《治安策》是节录。

论贵粟疏

[西汉] 晁 错

圣王在上,而民不冻饥者,非能耕而食之[1],织而衣之也[2],为开其资财之道也[3]。故尧、禹有九年之水,汤有七年之旱,而国无捐瘠者[4],以畜积多而备先具也。今海内为一,土地人民之众不避汤禹[5],加以亡天灾数年之水旱,而畜积未及者,何也?地有余利,民有余力,生谷之土未尽垦,山泽之利未尽出也,游食之民未尽归农也。

民贫,则奸邪生。贫生于不足,不足生于不农,不农则不地著[6],不地著则离乡轻家,民如鸟兽。虽有高城深池,严法重刑,犹不能禁也。夫寒之于衣,不待轻暖;饥之于食,不待甘旨;饥寒至身,不顾廉耻。人情一日不再食则饥,终岁不制衣则寒。夫腹饥不得食,肤寒不得衣,虽慈母不能保其子,君安能以有其民哉?明主知其然也,故务民于农桑,薄赋敛,广畜积,以实仓廪[7],备水旱,故民可得而有也。

民者,在上所以牧之[8],趋利如水走下,四方无择也。夫珠玉金银,饥不可食,寒不可衣,然而众贵之者,以上用之故也。其为物轻微易藏,在于把握,可以周海内而亡饥寒之患。此令臣轻背其主,而民易去其乡,盗贼有所劝,亡逃者得轻资也。粟米布帛生于地,长于时,聚于力,非可一日成也。数石之重[9],中人弗胜[10],不为奸邪所利;一日弗得而饥寒至。是故明君贵五谷而贱金玉。

今农夫五口之家,其服役者不下二人,其能耕者不过百亩,百亩之收不过百石。春耕,夏耘,秋获,冬藏,伐薪樵,治官府,给徭役;春不得避风尘,夏不得避暑热,秋不得避阴雨,冬不得避寒冻,四时之间,无日休息。又私自送往迎来,吊死问疾,养孤长幼在其中[11]。勤苦如此,尚复被水旱之灾,急政暴虐[12],赋敛不时,朝令而暮改[13]。当其有者半贾而卖,无者取倍称之息[14];于是有卖田宅、鬻子孙以偿债者矣。而商贾大者积贮倍息[15],小者坐列贩卖,操其奇赢[16],日游都市,乘上之急,所卖必倍。故其男不耕耘,女不蚕织,衣必文采,食必粱肉;无农夫之苦,有阡陌之得[17]。因其富厚,交通王侯,力过吏势,以利相倾;千里游遨,冠盖相望,乘坚策肥[18],

履丝曳缟[19]。此商人所以兼并农人，农人所以流亡者也。今法律贱商人，商人已富贵矣；尊农夫，农夫已贫贱矣。故俗之所贵，主之所贱也；吏之所卑，法之所尊也。上下相反，好恶乖迕[20]，而欲国富法立，不可得也。

方今之务，莫若使民务农而已矣。欲民务农，在于贵粟；贵粟之道，在于使民以粟为赏罚。今募天下入粟县官[21]，得以拜爵[22]，得以除罪。如此，富人有爵，农民有钱，粟有所渫[23]。夫能入粟以受爵，皆有余者也。取于有余，以供上用，则贫民之赋可损[24]，所谓损有余、补不足，令出而民利者也。顺于民心，所补者三：一曰主用足，二曰民赋少，三曰劝农功。今令民有车骑马一匹者[25]，复卒三人。车骑者，天下武备也，故为复卒。神农之教曰："有石城十仞，汤池百步，带甲百万，而亡粟，弗能守也。"以是观之，粟者，王者大用[26]，政之本务。令民入粟受爵，至五大夫以上[27]，乃复一人耳，此其与骑马之功相去远矣。爵者，上之所擅[28]，出于口而无穷；粟者，民之所种，生于地而不乏。夫得高爵与免罪，人之所甚欲也。使天下人入粟于边，以受爵免罪，不过三岁，塞下之粟必多矣。

注 释

[1]食（sì）之：给他们吃。"食"作动词用。[2]衣（yì）之：给他们穿。"衣"作动词用。[3]道：途径。[4]捐瘠（jí）：被遗弃和瘦弱的人。捐，抛弃；瘠，瘦。[5]不避：不让，不次于。[6]地著（zhuó）：定居一地。《汉书·食货志》："理民之道，地著为本。"颜师古注："地著，谓安土也。"[7]廪（lǐn）：米仓。[8]牧：养，引申为统治、管理。[9]石：重量单位。汉制三十斤为钧，四钧为石。[10]弗胜：不能胜任，指拿不动。[11]长（zhǎng）：养育。[12]政：通"征"。虐：王念孙以为当作"赋"。[13]改：王念孙以为本作"得"。[14]倍称（chèn）之息：加倍的利息。称，相等，相当。[15]贾（gǔ）：商人。[16]奇（jī）赢：利润。奇，指余物；赢：指余利。[17]阡陌（qiān mò）之得：指田地的收获。阡陌，田间小路，此代田地。[18]乘坚策肥：乘坚车，策肥马。策，用鞭子赶马。[19]履丝曳（yè）缟（gǎo）：脚穿丝鞋，身披绸衣。曳，拖着。缟，一种精致洁白的丝织品。[20]乖迕（wǔ）：相违背。[21]县官：汉代对官府的通称。[22]拜爵：封爵位。[23]渫（xiè）：散出。[24]损：减。[25]车骑马：指战马。[26]大用：

最需要的东西。[27]五大夫：汉代的一种爵位，在侯以下二十级中属第九级。凡纳粟四千石，即可封赐。[28]擅：专有。

简　析

西汉初期，汉高祖刘邦由于实施了重农抑商、轻徭薄赋等一系列措施，使秦朝末年因连年战争而遭到严重破坏的农业生产逐渐得以恢复。文帝即位后继续奉行"与民休息"的政策，重视农桑，促进了农业的繁荣和商业的发展。但由此也产生了因商业发展而导致大地主、大商人对农民的侵夺加剧，大批农民流离失所，阶级矛盾日趋激化的社会现象。针对这一问题，晁错上了这篇奏疏，全面论述了"贵粟"（重视粮食）的重要性，提出重农抑商、入粟于官、拜爵除罪等一系列主张，这对当时发展生产和巩固国防，都具有一定的进步意义。本文观点精辟、分析透彻、逻辑谨严、文笔犀利，具有汪洋恣肆的气势和流畅浑厚的风格。

狱中上梁王书

[西汉] 邹　阳

邹阳从梁孝王游[1]。阳为人有智略，慷慨不苟合，介于羊胜、公孙诡之间[2]，胜等疾阳，恶之孝王。孝王怒，下阳吏[3]，将杀之。阳乃从狱中上书曰："臣闻忠无不报，信不见疑，臣常以为然，徒虚语耳。昔荆轲慕燕丹之义，白虹贯日[3]，太子畏之[4]；卫先生为秦画长平之事[5]，太白食昴[6]，昭王疑之。夫精变天地而信不谕两主，岂不哀哉！今臣尽忠竭诚，毕议愿知，左右不明，卒从吏讯[7]，为世所疑。是使荆轲、卫先生复起，而燕秦不寤也。愿大王熟察之。

昔玉人献宝[8]，楚王诛之；李斯竭忠，胡亥极刑[9]。是以箕子阳狂[10]，接舆避世[11]，恐遭此患也。愿大王察玉人李斯之意，而后楚王胡亥之听，毋使臣为箕子接舆所笑。臣闻比干剖心[12]，子胥鸱夷[13]，臣始不信，乃今知之。愿大王熟察，少加怜焉。

语曰:"有白头如新,倾盖如故[14]。"何则?知与不知也。故樊於期逃秦之燕[15],借荆轲首以奉丹事;王奢去齐之魏[16],临城自刭以却齐而存魏。夫王奢、樊於期非新于齐秦而故于燕魏也,所以去二国死两君者,行合于志,慕义无穷也。是以苏秦不信于天下[17],为燕尾生[18];白圭战亡六城[19],为魏取中山[20]。何则?诚有以相知也。苏秦相燕,人恶之燕王,燕王按剑而怒,食以駃騠[21];白圭显于中山,人恶之于魏文侯,文侯赐以夜光之璧。何则?两主二臣,剖心析肝相信,岂移于浮辞哉!

故女无美恶,入宫见妒;士无贤不肖,入朝见嫉。昔司马喜膑脚于宋[22],卒相中山;范雎拉胁折齿于魏[23],卒为应侯[24]。此二人者,皆信必然之画,捐朋党之私,挟孤独之交,故不能自免于嫉妒之人也。是以申徒狄蹈雍之河[25],徐衍负石入海[26],不容于世,义不苟取比周于朝以移主上之心[27]。故百里奚乞食于道路[28],缪公委之以政[29];宁戚饭牛车下[30],桓公任之以国[31]。此二人者,岂素宦于朝,借誉于左右,然后二主用之哉?感于心,合于行,坚如胶漆,昆弟不能离,岂惑于众口哉?故偏听生奸,独任成乱。昔鲁听季孙之说逐孔子[32],宋任子冉之计囚墨翟[33]。夫以孔墨之辩,不能自免于谗谀,而二国以危。何则?众口铄金,积毁销骨也。秦用戎人由余而伯中国[34],齐用越人子臧而强威宣[35]。此二国岂系于俗,牵于世,系奇偏之浮辞哉?公听并观,垂明当世。故意合则胡越为兄弟,由余子臧是矣;不合则骨肉为仇敌,朱象管蔡是矣[36]。今人主诚能用齐秦之明,后宋鲁之听,则五伯不足侔[37],而三王易为也[38]。

是以圣王觉寤,捐子之之心[39],而不说田常之贤[40],封比干之后,修孕妇之墓[41],故功业覆于天下。何则?欲善无厌也。夫晋文亲其雠[42],强伯诸侯;齐桓用其仇[43],而一匡天下。何则?慈仁殷勤,诚加于心,不可以虚辞借也。

至夫秦用商鞅之法[44],东弱韩魏,立强天下,卒车裂之[45]。越用大夫种之谋[46],禽劲吴而伯中国,遂诛其身[47]。是以孙叔敖三去相而不悔[48],于陵子仲辞三公为人灌园[49]。今人主诚能去骄傲之心,怀可报之意,披心腹,见情素[50],堕肝胆[51],施德厚,终与之穷达,无爱于士,则桀之犬可使吠尧,跖之客可使刺由[52],何况因万乘之权[53],假圣王之资乎!然则荆湛七族[54],要离燔妻子[55],岂足为大王道哉!

臣闻明月之珠,夜光之璧,以暗投人于道,众莫不按剑相眄者[56]。何则？无因而至前也。蟠木根柢，轮囷离奇[57]，而为万乘器者，以左右先为之容也。故无因而至前，虽出随珠和璧[58]，只怨结而不见德；有人先游，则枯木朽株，树功而不忘。今夫天下布衣穷居之士，身在贫羸，虽蒙尧舜之术，挟伊管之辩[59]，怀龙逢比干之意[60]，而素无根柢之容，虽极精神，欲开忠于当世之君，则人主必袭按剑相眄之迹矣。是使布衣之士不得为枯木朽株之资也。

是以圣王制世御俗，独化于陶钧之上[61]，而不牵乎卑乱之语，不夺乎众多之口。故秦皇帝任中庶子蒙嘉之言[62]，以信荆轲，而匕首窃发；周文王猎泾渭[63]，载吕尚归[64]，以王天下。秦信左右而亡，周用乌集而王[65]。何则？以其能越挛拘之语[66]，驰域外之议，独观乎昭旷之道也。今人主沉谄谀之辞，牵帷墙之制[67]，使不羁之士与牛骥同皂[68]，此鲍焦所以愤于世也[69]。

臣闻盛饰入朝者，不以私污义，底厉名号者，不以利伤行[70]。故里名胜母，曾子不入[71]；邑号朝歌[72]，墨子回车[73]。今欲使天下寥廓之士笼于威重之权，胁于位势之贵，回面污行，以事谄谀之人[74]，而求亲近于左右，则士有伏死堀穴巖薮之中耳[75]，安有尽忠信而趋阙下者哉[76]！"

注 释

[1]梁孝王：刘武，西汉文帝次子。景帝同母弟。[2]羊胜、公孙诡：梁孝王的门客。孝王怨恨爰盎等人阻止景帝立自己为嗣，胜、诡二人与孝王谋划刺杀爰盎等十余人。事被景帝发觉，派人到梁国追查，二人受孝王命自杀。[3]荆轲：战国末卫人，后入燕国，好读书击剑，嗜酒善歌。燕丹：燕太子丹，燕国最后一个君王燕王喜之子。曾在秦国作人质，逃回燕国后，厚交荆轲，使刺秦王，未成，荆轲身亡。白虹贯日：古人常以天人感应的说法解释罕见的天文现象。此指荆轲的精诚感动了上天。贯：穿过。[4]畏：引申为担心。荆轲为等候一个友人而拖延了赴秦的行期，太子丹担心他变卦。[5]卫先生：秦将白起手下的谋士。长平之事：公元前260年，白起大破赵军于长平（今山西高平西北），欲乘势灭赵，派卫先生回秦向昭王要增兵增粮。秦相范雎从中阻挠，害死卫先生。[6]太白：金星。古时认为是战争的征兆。昴（mǎo）：二十八宿之一，西方白虎七宿的第四宿，据说它的星象和冀州（包括赵国在内）的人事有关。太白食昴，是说太白星侵入了昴星座，象征赵

国将遭到军事失利。[7]从：听凭。[8]玉人：指楚人卞和。《韩非子·和氏》记卞和得璞（蕴玉之石）于楚山，献楚厉王，厉王令玉匠察看，回说不是玉，就以欺君的罪名斩去卞和左脚；厉王死，武王立。卞和又献，武王也命玉匠察看，玉匠回说不是玉，又以欺君的罪名斩去卞和右脚。武王死，文王立，卞和抱玉哭于楚山下，三日三夜泪尽泣血，文王听说，召卞和令玉匠凿璞，果得宝玉，加工成璧，称为和氏之璧。[9]胡亥：秦二世名，秦始皇次子。纵情声色，不理政事，信任奸臣赵高。赵高诬李斯父子谋反，陷李斯于冤狱，二世不察，腰斩李斯于咸阳市，夷三族。[10]箕子：商纣王的叔父。阳狂：即佯狂。[11]接舆：春秋时代楚国隐士，人称楚狂。[12]比干：商纣王的叔父，因纣王荒淫，极力劝谏，被纣王剖心而死。[13]子胥：伍员，字子胥，春秋楚人。被楚平王迫害逃到吴国，吴王阖闾用伍子胥、孙武之计，大破楚军，占领楚都，称霸一时。阖闾死，夫差立，败越后不灭越，又以重兵北伐齐国。子胥力陈吴之患在越，夫差不听，反信谗言，迫使子胥自杀。鸱夷：马皮制的袋。伍子胥临死说："我死后把我眼睛挖出来挂在吴国东城门上，观看越寇奸灭吴国。"夫差大怒，用鸱夷盛子胥尸投入钱塘江中。[14]白头如新：指有的人相处到老而不相知。倾盖如故：路遇贤士，停车而谈，初交却一见如故。盖，车上的帐顶，车停下时车盖就倾斜。[15]樊於期：原为秦将，因得罪秦王，逃亡到燕国，受到太子丹礼遇。秦王以千金、万户邑悬赏捉拿樊於期。荆轲入秦行刺，建议献樊於期的头以取得秦王信任，樊於期知情后，慷慨自刎而死。[16]王奢：战国时齐大臣，因得罪齐王，逃到魏国。后来齐伐魏，王奢跑到城墙上对齐将说："讲义气的人不苟且偷生，我决不为了自己使魏国受牵累。"自刎而死。[17]苏秦：战国时洛阳人，游说六国联合抵制秦国，为纵约长，挂六国相印。后秦国利用六国间的矛盾，破坏合纵之约。苏秦失信于诸国，只有燕国仍信用他。[18]尾生：《汉书·古今人表》说他名高，鲁人。尾生与女子约于桥下，女未至，潮涨，尾生抱桥柱被淹死。古人以他为守信的典范。苏秦与燕王相约，假装得罪了燕王而逃到齐国去，设法从内部削弱齐国以增强燕国，后来苏秦为此在齐国死于车裂。这里用尾生来比喻他以生命守信于燕。[19]白圭：战国初中山国之将，连失六城，中山国君要治他死罪，他逃到魏国，魏文侯厚待他，于是他助魏攻灭了中山国。[20]中山：春秋时建，战国初建都于顾（今河北定县），魏文侯十七年（前429）灭。[21]驶騠（jué tí）：良马名。[22]司马喜：《战国策·中山策》记载他三次任中山国相，但未提及他在宋国受膑刑的事。膑：古代肉刑之一，剔除膝盖骨。[23]拉胁折齿：腋下的肋骨和牙齿都被打折。范雎随魏中大夫须贾出使到齐国，齐襄公听说范雎口才好，派人送礼金给他，须贾回国后报告魏相，中伤范雎泄密，使范雎遭到笞刑。[24]卒为应侯：范雎入秦为相，封应侯。[25]申徒狄：古代投水自尽的贤人。雍：古代黄河的支流，久已堙。故道大约在今山东菏泽附近。之：到。[26]徐衍：史书无传，据说是周之末世人。[27]比周：结党营私。[28]百里奚：春秋时虞国人，虞为晋灭，成了俘虏，落魄到身价只值五张黑羊皮。秦穆公听说他贤能，为他赎身，用为相。[29]缪公：即秦穆公，善用谋臣，称霸一时。[30]宁戚：春秋时卫国人，到齐国经商，夜里边喂牛边敲着牛角唱"生不遭尧与舜禅"，桓公听了，知是贤者，举用为田官之长。[31]桓公：姜姓，名小白，春秋五霸之一。[32]季孙：鲁大夫季桓子，名斯。鲁定公十四年，孔子由大司寇代理国相，齐国选送能歌善舞的美女八十人送给鲁定公，季桓子收下了女乐，致使鲁君怠于政事，三日不听政，孔子为此弃官离开鲁国。[33]子冉：史书无传。墨翟：即墨子，墨家的创始人。墨子后来长期住在鲁国，可能与"宋任子冉之计"而囚禁过他有关。[34]由余：祖先本是晋国人，早年逃亡到西戎。戎王派他到秦国去观察，秦穆公发现他有才干，用计把他拉拢过来。后来依靠他伐西戎，灭国十二，开地千里，从而称霸一时。[35]越人子臧：史书无传。《鲁仲连邹阳列传》作"越人蒙"。威、宣：齐威王，任用邹忌为相，田忌为将，孙膑为军师，国力渐强；齐宣王，齐威王之子。[36]朱：丹朱，尧的儿子，相传他顽凶不肖，因而尧禅位给舜。象：舜的同父异母弟，傲慢，常想杀舜而不可得。管、蔡：管叔，蔡叔，皆周武王之弟。武王死后，子成王年幼，由周公摄政。管叔、蔡叔与纣王之子武庚一起叛乱，周公东征，诛武庚、管叔，放逐蔡叔。[37]五伯：即春秋五霸，指齐桓公、晋文公、秦穆公、宋襄公、楚庄王。[38]三王：指夏禹、商汤、周武王。[39]子之：战国时燕王哙之相。燕王哙学尧让国，让子之代行王事，三年而国大乱。齐国乘机伐燕，燕王哙死，子之被剁成肉酱。[40]田常：即陈恒，齐简公时为左相，杀简公宠臣，又杀简公，立简公弟平公，政权皆归田常。[41]修孕妇之墓：纣王残暴，曾剖孕妇子腹，观看胎儿。武王克殷后，为被残杀的孕妇修墓。[42]亲其雠：指晋文公重耳为公子时，其父晋献公听信骊姬之言，派宦者履鞮杀重耳，重耳跳墙逃脱，履鞮斩下他的衣袖。重耳即位后，吕省、郤芮策划谋杀他，履鞮告密，晋文公不念旧恶，接见了他，挫败了吕、郤的阴谋。[43]齐桓用其仇：指桓公未立时，其异母兄公子纠由管仲为傅，管仲准备射死桓公（公子小白），结果射中带钩而未死。桓公立后，听从鲍叔牙荐贤，重用管仲为大夫。[44]商鞅：战国卫人，入秦辅佐孝公变法，奠定了秦国富强的基础。[45]车裂：古代酷刑，俗称五马分尸。秦孝公死后，商鞅被贵族诬害，车裂而死。[46]大夫种：春秋时越国大夫文种。勾践为吴王夫差战败，文种、范蠡等向夫差求和成功，免于灭国。后越攻灭吴国，称霸中原。[47]诛其身：勾践平吴后，疑忌文种功高望重，赐剑令其自尽。[48]孙叔教：春秋楚庄王时人。三去相：《庄子·田子方》说孙叔教"三为（楚）令尹而不荣华，三去之而无忧色"。去：离职。[49]于陵子仲：即陈仲子，战国齐人，因见兄长食禄万锺以为不义，避兄离母，隐居在于陵（今山东邹平县境）。楚王派使者持黄金百镒聘他为官，他和妻子一起逃走为人灌园。事见《孟子·滕文公下》、《列女传》、《战国策·齐策四》、《荀子·非十二子》等。三公：周代以太师、太傅、太保为三公，也泛指国王的辅佐。[50]素：通"愫"，真诚。[51]堕（huī）：通"隳"，毁坏，引申为剖开。[52]跖：春秋末鲁国人，相传他领导奴隶暴动，"从卒九千人，横行天下，侵暴诸侯"（《庄子·盗跖》），被诬称为盗跖。由：许由。相传尧要让天下给他，他不受，洗耳于颍水之滨，遁耕于箕山之上。[53]万乘：周制天子可拥有兵车万乘，后以喻称帝王。[54]湛（chén）：通"沉"。湛七族：灭七族。荆轲刺秦王不遂，五年后秦亡燕。灭荆轲七族事史书不传。[55]要离：春秋时吴国刺客。他用苦肉计，要公子光斩断自己的右手，烧死自己妻子儿女，然后逃到吴王僚的儿子庆忌那里，伺机行刺，为公子光效死。[56]眄（miǎn）：斜视。[57]轮囷：屈曲貌。[58]随珠：即明月之珠。春秋时随侯救活了一条受伤的大蛇，后来大蛇衔来一颗明珠报答他的恩惠。后世称为随珠。[59]伊：伊尹，商汤用为贤相，是灭夏建商的功臣。管：管仲。助齐桓公富国强兵，成为霸主。[60]龙逢：关龙逢，夏末贤臣，因忠谏夏桀，被囚杀。[61]陶钧：制陶器所用的转轮。比喻造就、创建。[62]中庶子：官名，掌管诸侯卿大夫庶子之教育管理。蒙嘉：秦王的宠臣。荆轲至秦，先以千金之礼厚赂蒙嘉，由蒙嘉说秦王同意接见荆轲。[63]周文王猎泾渭：周文王出猎泾水渭水之前占卜，得卦说是"所获非龙非螭，非虎非熊；所获霸王之辅。"后在渭水北边遇到了吕尚。[64]吕尚：姜姓，字子牙，号太公望。[65]用：因为。乌集：乌指赤乌，相传周之兴有赤乌之瑞。"乌集"在此象征西伯（周文王）得姜尚。[66]謇拘之语：卷舌聱牙的话，喻姜尚说的羌族口音的话。[67]帷：床帐，喻指妃妾。[68]皂：喂牛马的槽。[69]鲍焦：春秋时齐国人，厌恶时世污浊，自己采蔬而食。子贡讥讽他：你不受君王俸禄，为什么住在君王的土地上，吃它长出来的蔬菜呢？鲍焦就丢掉蔬菜而饿死。[70]底厉。通"砥砺"，磨刀石，这里作动词，修养。[71]曾子：名参，孔子弟子，以纯孝著名。《淮南子·说山》："曾子立孝，不过胜母之闾。"[72]朝歌：殷代后期都城，在今河南淇县。[73]墨子回车：墨子主张"非乐"，不愿进入以"朝歌"为名的城邑。见《淮南子·说山训》。[74]诣谀之人：指羊胜、公孙诡一流。[75]堀：同"窟"。薮：草泽。[76]阙下：宫阙之下，喻指君王。

简 析

邹阳被关在狱中，将遭杀身之祸，但他的这封书信并未曲意迎合，而是直言进谏，字里行间，还很有些"不逊"（司马迁语），充分显示了他"抗直"和"不苟合"的性格，也是他"有智略"的表现。借古喻今，揭示了人主听谀谄则危，任忠信则兴的道理。全文善用比喻，富于文采，是汉代散文名篇之一。

上书谏猎

[西汉] 司马相如

相如从上至长杨猎[1]。是时，天子方好自击熊豕，驰逐野兽。相如因上疏谏曰："臣闻物有同类而殊能者，故力称乌获[2]，捷言庆忌[3]，勇期贲、育[4]。臣之愚，窃以为人诚有之，兽亦宜然。今陛下好陵阻险，射猛兽，卒然遇逸材之兽[5]，骇不存之地，犯属车之清尘[6]，舆不及还辕[7]，人不暇施巧，虽有乌获、逢蒙之技不得用[8]，枯木朽株尽为难矣。是胡越起于毂下[9]，而羌夷接轸也[10]，岂不殆哉！虽万全而无患，然本非天子之所宜近也。

"且夫清道而后行，中路而驰，犹时有衔橜之变[11]。况乎涉丰草，骋丘墟，前有利兽之乐，而内无存变之意，其为害也不难矣。夫轻万乘之重不以为安[12]，乐出万有一危之涂以为娱，臣窃为陛下不取。

"盖明者远见于未萌，而知者避危于无形，祸固多藏于隐微，而发于人之所忽者也。故鄙谚曰：'家累千金，坐不垂堂[13]。'此言虽小，可以喻大。臣愿陛下留意幸察。"

注　释

[1]长杨：秦汉宫殿名，故址在今陕西周至。[2]乌获：战国时秦国力士。[3]庆忌：吴王僚之子。《吴越春秋》说他有万人莫当之勇，奔跑极速，能追奔兽、接飞鸟。颜师古则说他能射快箭。[4]贲、育：孟贲、夏育，皆战国卫人，著名勇士。[5]卒（cù）然：同"猝"，突然。逸材：过人之材。这里喻指凶猛超常的野兽。[6]属车：随从车辆。这里是皇帝的婉转说法。清尘：即尘土。"清"是一种美化的说法。[7]还（xuán）：通"旋"。辕：车舆前端伸出的直木或曲木。这里借指舆车。[8]逢（páng）蒙：夏代善于射箭的人，相传学射于羿。[9]毂（gǔ）：车轮中心用以镶轴的圆木，也可代称车轮。[10]轸（zhěn）：车箱底部四围横木。也用为车的代称。[11]衔：马嚼。橛（jué）：车的钩心。衔橛之变：泛指行车中的事故。[12]万乘：指皇帝。[13]垂堂：靠近屋檐下，坐不垂堂是防万一屋瓦坠落伤身。《史记·袁盎传》亦有"千金之子，坐不垂堂"语。

简　析

本篇是作者规劝汉武帝不要沉迷于游猎的一篇奏章。汉武帝虽有雄才大略的一面，但却迷信神仙、奢侈靡费、贪恋女色、沉湎于游猎等。司马相如曾作为武帝的随从行猎长，知道武帝不仅迷恋驰逐野兽的游戏，还喜欢亲自搏击熊和野猪。司马相如写的这篇谏猎书，由于行文委婉，武帝看了也称"善"。

报孙会宗书

[西汉] 杨 恽

恽既失爵位家居，治产业，起室宅，以财自娱。岁余，其友人安定太守西河孙会宗[1]，知略士也，与恽书，谏戒之。为言大臣废退，当阖门惶惧，为可怜之意；不当治产业，通宾客，有称誉。恽宰相子，少显朝廷，一朝暗昧，语言见废，内怀不服。报会宗书曰：

"恽材朽行秽，文质无所底[2]，幸赖先人余业，得备宿卫。遭遇时变，以获爵位，终非其任，卒与祸会。足下哀其愚蒙，赐书教督以所不及，殷勤甚厚。然窃恨足下不深推其终始，而猥随俗之毁誉也。言鄙陋之愚心，若逆指而文过；默而息乎，恐违孔氏'各言尔志'之义[3]。故敢略陈其愚，唯君子察焉。

"恽家方隆盛时，乘朱轮者十人[4]，位在列卿[5]，爵为通侯[6]，总领从官[7]，与闻政事。曾不能以此时有所建明，以宣德化，又不能与群僚同心并力，陪辅朝廷之遗忘，已负窃位素餐之责久矣。怀禄贪势，不能自退，遭遇变故，横被口语，身幽北阙[8]，妻子满狱。当此之时，自以夷灭不足以塞责，岂意得全首领，复奉先人之丘墓乎？伏惟圣主之恩不可胜量。君子游道，乐以忘忧；小人全躯，说以忘罪[9]。窃自思念，过已大矣，行已亏矣，长为农夫以没世矣。是故身率妻子，戮力耕桑，灌园治产，以给公上。不意当复用此为讥议也。

"夫人情所不能止者，圣人弗禁，故君父至尊亲，送其终也[10]，有时而既。臣之得罪已三年矣。田家作苦，岁时伏腊[11]，烹羊炰羔[12]，斗酒自劳。家本秦也，能为秦声，妇赵女也，雅善鼓瑟，奴婢歌者数人。酒后耳热，仰天拊缶[13]，而呼乌乌。其诗曰：'田彼南山，芜秽不治，种一顷豆，落而为萁。人生行乐耳，须富贵何时！'是日也，拂衣而喜，奋袖低昂，顿足起舞，诚淫荒无度，不知其不可也。恽幸有余禄，方籴贱贩贵，逐什一之利。此贾竖之事，污辱之处，恽亲行之。下流之人，众毁所归，不寒而栗。虽雅知恽者，犹随风而靡，尚何称誉之有？董生不云乎[14]：'明明求仁义，常恐不能化民者，卿大夫之意也；明明求财利，尚恐困乏者，庶人之事也。'故道不同，不相为谋。今子尚安得以卿大夫之制而责仆哉？

"夫西河魏土[15]，文侯所兴[16]。有段干木、田子方之遗风[17]，漂然皆有节概，知去就之分。顷者，足下离旧土，临安定，安定山谷之间，昆戎旧壤[18]，子弟贪鄙，岂习俗之移人哉？于今乃睹子之志矣！方当盛汉之隆，愿勉旃[19]，毋多谈！"

注 释

[1] 安定：郡名。西河：郡名。孙会宗：安定太守，西河人。[2] 底：通"抵"，达到。[3] 各言尔志：各自说说你们的志向。这是孔丘对他的弟子讲的话，原话是"盍各言尔志乎？"[4] 朱轮：用丹漆涂车毂（gǔ）的车子。汉制，公卿列侯及二千石以上的官员才能乘坐朱轮。[5] 列卿：汉代中央政府主管各个官署的长官。[6] 通侯：也称列侯或彻侯。汉代刘姓子孙封侯称"诸侯"，异姓功臣封侯称"通侯"。[7] 从官：皇帝的侍从官。[8] 北阙：古代宫殿北面的门楼。臣子都在这里上书奏事。犯罪的臣子也拘禁在这里听候处罚。[9] 说：通"悦"。[10] 终：死亡。给长辈安排丧事，称送终。这里指为国君和父亲服丧。按古制，臣子为君父服丧3年。3年后，起居和行动就不再受丧服的限制。所以下文说"有时而既"。[11] 伏腊：泛指一般节日。伏，夏至后第三个在庚日叫初伏，古代伏祭在这一天，是个大节日。腊，也是一个祭日，汉代在冬至后第三个戌日。[12] 炰（páo）：裹起来烤。[13] 拊缶（fǔ fǒu）：怕打着缶。缶是一种瓦制乐器。[14] 董生：指董仲舒，汉代景帝时的大儒。[15] 西河：郡名。战国时魏国的领土，辖境在今陕西东部黄河西岸地区。汉代的西河郡，即孙会宗出生的地方，和魏国的西河本不是一个地方。杨恽这样说，是为了讽刺孙会宗。[16] 文侯：战国时魏国创始之君魏文侯，以贤君而著称。[17] 段干木，田子方：均为魏文侯的老师，贤人。[18] 昆戎：西戎。旧壤：旧地。[19] 旃（zhān）：之焉的合音，勉旃：勉励之义。

简 析

杨恽，臣相杨敞的儿子，司马迁的外孙。因为官廉洁公正为人忌恨，后被诬，腰斩而死。文中，作者以嬉笑怒骂的态度来表达自己胸怀不平的真实情感，反映出作者敢于向权贵挑战的性格。

诫兄子严敦书

[东汉] 马 援

　　援兄子严、敦并喜讥议[1]，而通轻侠客。援前在交阯[2]，还书诫之曰：

　　"吾欲汝曹闻人过失，如闻父母之名，耳可得闻，口不可得言也。好议论人长短，妄是非正法，此吾所大恶也，宁死不愿闻子孙有此行也。汝曹知吾恶之甚矣，所以复言者，施衿结缡[3]，申父母之戒，欲使汝曹不忘之耳。

　　"龙伯高敦厚周慎[4]，口无择言，谦约节俭，廉公有威，吾爱之重之，愿汝曹效之。杜季良豪侠好义[5]，忧人之忧，乐人之乐，清浊无所失。父丧致客，数郡毕至。吾爱之重之，不愿汝曹效也。效伯高不得，犹为谨敕之士，所谓刻'鹄不成尚类鹜'者也[6]；效季良不得，陷为天下轻薄子，所谓'画虎不成反类狗'者也。讫今季良尚未可知，郡将下车辄切齿[7]，州郡以为言，吾常为寒心，是以不愿子孙效也。"

注 释

　　[1] 严：马严，字威卿。敦：马敦，字儒卿。[2] 交阯（阯亦作趾）：郡名，辖境在今越南北部。[3] 施衿（jīn）结缡（lí）：古代父母送女儿出嫁时，要亲自给她系上带子，系上佩巾，并再三叮嘱她到夫家要恭顺，不要出差错等等。[4] 龙伯高：名述，京兆人。初为山都长，刘秀看到马援给兄子严、敦的信后，提升他为零陵郡太守。[5] 杜季良：名保，京兆人。光武时，官越骑司马。[6] 鹄（hú）：天鹅。鹜（wù）：家鸭。[7] 郡将：即郡守。汉代郡守都兼武事，所以称郡将。

简 析

　　马援（前14—49年），东汉初扶风茂陵人。新莽末，为新城大尹（汉中太守）。后归向刘秀。建武十七年（41），任伏波将军，驻扎交阯时写了这封信。信中以自己的生平经验告诫他两个侄子为人处世的原则，同时举现实人物作例来说明自己的意思，语言生动形象。

前出师表

[三国·蜀] 诸葛亮

臣亮言：先帝创业未半而中道崩殂[1]，今天下三分[2]，益州疲敝[3]，此诚危急存亡之秋也。然侍卫之臣不懈于内，忠志之士忘身于外者，盖追先帝之殊遇，欲报之于陛下也[4]。诚宜开张圣听[5]，以光先帝遗德，恢弘志士之气，不宜妄自菲薄，引喻失义，以塞忠谏之路也。宫中府中俱为一体[6]，陟罚臧否[7]，不宜异同。若有作奸犯科及为忠善者，宜付有司论其刑赏[8]，以昭陛下平明之治，不宜偏私，使内外异法也。

侍中、侍郎郭攸之、费祎、董允等[9]，此皆良实，志虑忠纯，是以先帝简拔以遗陛下。愚以为宫中之事[10]，事无大小，悉以咨之，然后施行，必能裨补阙漏[11]，有所广益。将军向宠[12]，性行淑均，晓畅军事，试用于昔日，先帝称之曰能，是以众议举宠以为督。愚以为营中之事，事无大小，悉以咨之，必能使行阵和穆[13]，优劣得所也。亲贤臣，远小人，此先汉所以兴隆也；亲小人，远贤臣，此后汉所以倾颓也。先帝在时，每与臣论此事，未尝不叹息痛恨于桓灵也[14]。侍中、尚书、长史、参军[15]，此悉贞亮死节之臣也，愿陛下亲之信之，则汉室之隆，可计日而待也。

臣本布衣[16]，躬耕于南阳[17]，苟全性命于乱世，不求闻达于诸侯[18]。先帝不以臣卑鄙[19]，猥自枉屈[20]，三顾臣于草庐之中，谘臣以当世之事，由是感激，遂许先帝以驱驰。后值倾覆[21]，受任于败军之际，奉命于危难之间，尔来二十有一年矣[22]。先帝知臣谨慎，故临崩寄臣以大事也[23]。受命以来，夙夜忧叹，恐托付不效，以伤先帝之明。故五月渡泸[24]，深入不毛[25]。今南方已定，兵甲已足，当奖率三军[26]，北定中原[27]，庶竭驽钝[28]，攘除奸凶，兴复汉室，还于旧都[29]。此臣所以报先帝而忠陛下之职分也。至于斟酌损益[30]，进尽忠言，则攸之、祎、允之任也。愿陛下托臣以讨贼兴复之效；不效，则治臣之罪，以告先帝之灵。若无兴德之言，则责攸之、祎、允之咎[31]，以彰其慢[32]。陛下亦宜自谋，以咨诹善道[33]，察纳人言，深追先帝遗诏，臣不胜受恩感激。今当远离，临表涕零，不知所云。

注释

[1] 先帝：去世的皇帝，这里指刘备。崩殂（cú）：古代帝王死亡称崩，殂也是死亡的意思。[2] 三分：指当时魏、蜀、吴三国鼎立的局势。[3] 益州：相当于今四川的大部分及云南、贵州的一部分地区。[4] 陛下：古代臣下对帝王的尊称。这里指刘备的儿子刘禅。[5] 圣：对皇帝的尊称，这里指刘禅。[6] 宫中：指刘禅的宫廷内部。府中：指丞相府。[7] 陟罚臧否：赏善罚恶。陟（zhì），升迁，赏。臧（zāng），善。否（pǐ），恶。[8] 有司：专管某事的官吏或部门。[9] 侍中：官名。侍从皇帝左右。侍郎：官名。[10] 愚：自我谦称。[11] 裨（bì）：补益。阙，通"缺"，过失。漏：疏漏。[12] 向宠：初任牙门将，后任典宿卫兵。当初，刘备伐吴时遭到惨败，只有向宠的部队未受损失，诸葛亮认为向宠善于治军，故临行留他掌管军事。[13] 行（háng）阵：这里指军队。穆：通"睦"。[14] 桓灵：指东汉末年的皇帝桓帝刘志和灵帝刘宏。[15] 尚书：协助皇帝处理政务的官吏。这里指陈震。长（zhǎng）吏：这里指张裔。[16] 布衣：平民。[17] 躬耕：亲自耕种。南阳：郡名。[18] 闻达：显达。[19] 卑鄙：浅陋。[20] 猥（wěi）：卑下。[21] 倾覆：大败。[22] 尔来：从那时以来。[23] 寄：托付。[24] 泸：泸水，即金沙江。[25] 深入不毛：深入不生五谷的未开发地带。[26] 三军：春秋时各大国多有左、中、右三军。这里指全军。[27] 中原：指黄河流域。这里指曹魏所占的地区。[28] 庶：但愿。竭：尽。驽（nú）钝：比喻自己才能低劣。[29] 旧都：这里指两汉国都长安和洛阳。[30] 斟酌：衡量考虑。损益：减、增。[31] 咎（jiù）：过失。[32] 彰：显明。[33] 咨诹：询问。

简析

建兴五年（227），诸葛亮率军北驻汉中，准备征伐曹魏。行前，感到刘禅的软弱，颇有内顾之忧，所以上表劝诫，写下这篇《前出师表》。文中分析精辟，情词真切，比喻中肯。其中，他追述受任创业的艰辛，感情尤为诚挚。

后出师表

[三国·蜀] 诸葛亮

先帝虑汉贼不两立[1]，王业不偏安[2]，故托臣以讨贼也。以先帝之明，量臣之才，故知臣伐贼，才弱敌强也。然不伐贼，王业亦亡；惟坐而待亡，孰与伐之[3]？是故托臣而弗疑也。

臣受命之日，寝不安席，食不甘味。思惟北征[4]，宜先入南[5]。故五月渡泸，深入不毛，并日而食[6]。臣非不自惜也，顾王业不可得偏全于蜀都[7]，故冒危难，以奉先帝之遗意也，而议者谓为非计[8]。今贼适疲于西，又务于东[9]，兵法乘劳，此进趋之时也[10]。谨陈其事如左：

高帝明并日月[11]，谋臣渊深[12]，然涉险被创[13]，危然后安。今陛下未及高帝，谋臣不如良平[14]，而欲以长策取胜[15]，坐定天下[16]，此臣之未解一也[17]。

刘繇、王朗，各据州郡[18]，论安言计，动引圣人，群疑满腹，众难塞胸，今岁不战，明年不征，使孙策坐大[19]，遂并江东[20]，此臣之未解二也。

曹操智计，殊绝于人[21]，其用兵也，仿佛孙吴[22]，然困于南阳[23]，险于乌巢[24]，危于祁连[25]，偪于黎阳[26]，几败北山[27]，殆死潼关[28]，然后伪定一时尔[29]。况臣才弱，而欲以不危而定之，此臣之未解三也。

曹操五攻昌霸不下[30]，四越巢湖不成[31]，任用李服，而李服图之[32]，委任夏侯，而夏侯败亡[33]，先帝每称操为能，犹有此失，况臣驽下，何能必胜？此臣之未解四也。

自臣到汉中[34]，中间期年耳[35]，然丧赵云、阳群、马玉、阎芝、丁立、白寿、刘郃、邓铜等及曲长、屯将七十余人[36]，突将无前、賨叟、青羌、散骑、武骑一千余人[37]。此皆数十年之内所纠合四方之精锐，非一州之所有；若复数年，则损三分之二也，当何以图敌[38]？此臣之未解五也。

今民穷兵疲，而事不可息；事不可息，则住与行，劳费正等。而不及今图之，欲以一州之地，与贼持久，此臣之未解六也。

夫难平者[39]，事也。昔先帝败军于楚[40]，当此时，曹操拊手[41]，谓天下以定^[42]。然后先帝东连吴越^[43]，西取巴蜀^[44]，举兵北征，夏侯授首^[45]，此操之失计，而汉事将成也。然后吴更违盟，关羽毁败^[46]，秭归蹉跌^[47]，曹丕称帝^[48]。凡事如是，难可逆料^[49]。臣鞠躬尽力^[50]，死而后已；至于成败利钝^[51]，非臣之明所能逆睹也^[52]。

注　释

[1] 汉：指蜀汉。贼：指曹魏。古时往往把敌方称为贼。[2] 偏安：指王朝局处一地，自以为安。[3] 孰与：谓两者相比，应取何者。[4] 惟：助词。[5] 入南：指诸葛亮深入南中，平定四郡事。[6] 并日：两天合作一天。[7] 顾：这里有"但"的意思。蜀都：此指蜀汉之境。[8] 议者：指对诸葛亮决意北伐发表不同意见的官吏。[9] 这两句指建兴六年（228）诸葛亮初出祁山（在今甘肃省礼县东）时，曹魏西部的南安、天水、安定三郡叛变，牵动关中局势；在魏、吴边境附近的夹石（今安徽省桐城县北），东吴大将陆逊击败魏大司马曹休两事。[10] 进趋：快速前进。[11] 高帝：刘邦死后的谥号为"高皇帝"。并：平列。[12] 渊深：指学识广博，计谋高深莫测。[13] 被创：受创伤。这句说：刘邦在楚汉战争中，屡败于楚军，公元前203年，在广武（今河南省荥阳县）被项羽射伤胸部；在汉朝初建时，因镇压各地的叛乱而多次出征，公元前195年又曾被淮南王英布的士兵射中；公元前200年在白登山还遭到匈奴的围困。[14] 良：张良，汉高祖的著名谋士，与萧何、韩信被称为"汉初三杰"。平：陈平，汉高祖的著名谋士。后位至丞相。[15] 长计：长期相持的打算。[16] 坐：安安稳稳。[17] 未解：不能理解。胡三省认为"解"应读作"懈"，未解，即未敢懈怠之意。两说皆可通。[18] 刘繇（yóu）：字正礼，东汉末年任扬州刺史，因受淮南大军阀袁术的逼迫，南渡长江，不久被孙策攻破，退保豫章（今江西省南昌市），后为豪强笮融攻杀。《三国志·吴书》有传。王朗：字景兴，东汉末年为会稽（治所在今浙江省绍兴市）太守，孙策势力进入江浙时，兵败投降，后为曹操所征召，仕于曹魏。[19] 孙策：字伯符，孙权的长兄。父孙坚死后，借用袁术的兵力，兼并江南地区，为孙吴政权的建立打下基础，不久遇刺身死。[20] 江东：指长江中下游地区。[21] 殊绝：极度超出的意思。[22] 孙：指孙武，春秋时人，曾为吴国将领，善用兵，著有兵法十三篇。吴：指吴起，

战国时秦大将,在统一战争中屡建战功。[23] 困于南阳:建安二年(197)曹操在宛城(今河南省南阳市,汉时南阳郡的治所)为张绣所败,身中流矢。[24] 险于乌巢:建安五年(200),曹操与袁绍在官渡相持,因乏粮难支,在荀攸等人的劝说下,坚持不退,后焚烧掉袁绍在乌巢所屯的粮草,才得险胜。[25] 危于祁连:这里的"祁连",据胡三省说,可能是指邺(在今河北省磁县东南)附近的祁山,当时(204)曹操围邺,袁绍少子袁尚败守祁山(在邺南面),操再败之,并还围邺城,险被袁将审配的伏兵所射中。[26] 偪(bì)于黎阳:建安七年(202)五月,袁绍死,袁谭、袁尚固守黎阳(今河南浚县东),曹操连战不克。[27] 几败北山:事不详。可能指建安二十四年(219),曹操率军出斜谷,至阳平北山(今陕西沔县西),与刘备争夺汉中,备据险相拒,曹军心涣散,遂撤还长安。[28] 殆死潼关:建安十六年(211),曹操与马超、韩遂战于潼关,在黄河边与马超军遭遇,曹操避入舟中,马超骑兵沿河追射之。殆,几乎。[29] 伪定:此言曹氏统一北中国,僭称国号。诸葛亮以蜀汉为正统,因斥曹魏为"伪"。[30] 昌霸:又称昌豨。建安四年(199),刘备袭取徐州,东海昌霸叛曹,郡县多归附刘备。[31] 四越巢湖:曹魏以合肥为军事重镇,巢湖在其南面。而孙吴在巢湖以南长江边上的濡须口设防,双方屡次在此一带作战。[32] 李服:建安四年,车骑将军董承根据汉献帝密诏,联络将军吴子兰、王服和刘备等谋诛曹操,事泄,董承、吴子兰、王服等被杀。据胡三省云:"李服,盖王服也。"[33] 夏侯:指夏侯渊。曹操遣夏侯渊镇守汉中。刘备取得益州之后,于建安二十四年出兵汉中,蜀将黄忠于阳平关定军山(今陕西省沔县东南)击杀夏侯渊。[34] 汉中:郡名,以汉水上流(沔水)流经而得名,治所在南郑(今陕西省汉中县东)。[35] 期(jī)年:一周年。[36] 赵云、阳群等都是蜀中名将。曲长、屯将是部曲中的将领。[37] 突将、无前:蜀军中的冲锋将士。賨(cóng)叟、青羌:蜀军中的少数民族部队。散骑、武骑:都是骑兵的名号。[38] 图:对付。[39] 夫:发语词。平:同"评",评断。[40] 败军于楚:指建安十三年(208),曹操大军南下,刘备在当阳长坂被击溃事。当阳属古楚地,故云。[41] 拊手:拍手。[42] 以定:已定,以,同"已"。[43] 本句指刘备遣诸葛亮去江东连和,孙刘联军在赤壁大破曹军。[44] 本句指建安十六年(211)刘备势力进入刘璋占据的益州,后来攻下成都,取得巴蜀地区。[45] 授首:交出脑袋。[46] 关羽:字云长,蜀汉大将,刘备入川时，镇守荆州，建安二十四年，他出击曹魏，攻克襄阳，擒于禁，斩庞德，威震中原。孙权趁机用吕蒙计谋偷袭荆州，擒杀关羽父子。[47] 本句指刘备因孙权背盟，袭取荆州，杀害关羽，就亲自领兵伐吴，在秭归（在今湖北省宜昌市北）被吴将陆逊所败。蹉跌，失坠，喻失败。[48] 曹丕：字子桓，曹操子。在公元220年废汉献帝为山阳公，建立魏国，是为魏文帝。[49] 逆见：预见，预测。[50] 鞠躬尽力：指为国事用尽全力。一作"鞠躬尽瘁"。[51] 利钝：喻顺利或困难。[52] 睹：亦即"逆见"，预料。

简 析

《后出师表》是《前出师表》的姊妹篇，写于建兴六年（228）。《后出师表》作于第一次北伐失败之后，大臣们对再次北出征伐颇有异议。诸葛亮立论于汉贼不两立和敌强我弱的严峻事实，向后主阐明北伐不仅是为实现先帝的遗愿，也关乎蜀汉的生死存亡，不能因"议者"的不同看法而有所动摇。正因为本表涉及军事态势的分析，事关蜀汉的安危，其忠贞壮烈，似又超过前表。表中"鞠躬尽力，死而后已"之句，正是作者在当时形势下所表露的坚贞誓言，读来令人肃然起敬。

陈 情 表

[西晋] 李 密

臣密言：臣以险衅[1]，夙遭闵凶[2]。生孩六月，慈父见背[3]；行年四岁，舅夺母志[4]。祖母刘，愍臣孤弱，躬亲抚养。臣少多疾病，九岁不行，零丁孤苦，至于成立[5]。既无叔伯，终鲜兄弟，门衰祚薄[6]，晚有儿息[7]。外无期功强近之亲[8]，内无应门五尺之童[9]，茕茕孑立[10]，形影相吊[11]。而刘夙婴疾病[12]，常在床蓐[13]，臣侍汤药，未曾废离[14]。

逮奉圣朝，沐浴清化[15]。前太守臣逵[16]，察臣孝廉[17]；后刺史臣荣[18]，举臣秀才[19]。臣以供养无主，辞不赴命。诏书特下，拜臣郎中[20]，寻蒙国恩[21]，除臣洗马[22]。猥以微贱[23]，当侍东宫[24]，非臣陨首所能上报[25]。臣具以表闻，辞不就职。诏书切峻[26]，责臣逋慢[27]；郡县逼迫，催臣上道；州司临门[28]，急于星火。臣欲奉诏奔驰，则以刘病日笃[29]，欲苟顺私情[30]，则告诉不许。臣之进退，实为狼狈。

伏惟圣朝以孝治天下[31]，凡在故老[32]，犹蒙矜育[33]，况臣孤苦，特为尤甚。且臣少事伪朝[34]，历职郎署[35]，本图宦达，不矜名节[36]。今臣亡国贱俘，至微至陋，过蒙拔擢，岂敢盘桓[37]，有所希冀！但以刘日薄西山，气息奄奄，人命危浅，朝不虑夕。臣无祖母，无以至今日，祖母无臣，无以终余年，祖孙二人，更相为命，是以区区不能废远[38]。臣密今年四十有四，祖母刘今年九十有六，是臣尽节于陛下之日长[39]，报刘之日短也。乌鸟私情[40]，愿乞终养。

臣之辛苦，非独蜀之人士及二州牧伯所见明知[41]，皇天后土[42]，实所共鉴，愿陛下矜愍愚诚[43]，听臣微志[44]，庶刘侥幸，卒保余年。臣生当陨首，死当结草[45]。臣不胜犬马怖惧之情[46]，谨拜表以闻。

🌸 注 释

[1]险衅(xìn)：灾难祸患。指命运坎坷。[2]夙：早。这里指幼年时。闵凶：忧患。[3]背：背弃。指死亡。[4]舅夺母志：指由于舅父的意志侵夺了李密母亲守节的志向。[5]成立：长大成人。[6]祚(zuò)：福泽。[7]息：子女。[8]期功强近之亲：指比较亲近的亲戚。古代丧礼制度以亲属关系的亲疏规定服丧时间的长短，服丧一年称"期"，九月称"大功"，五月称"小功"。[9]应门五尺之僮：指负责照管客人和开门等事的小童。[10]茕(qióng)茕孑(jié)立：生活孤单无靠。[11]吊：安慰。[12]婴：纠缠。[13]蓐(rù)：通"褥"，褥子。[14]废离：废弃而远离。[15]清化：清明的政治教化。[16]太守：郡的地方长官。[17]察：考察。这里是推举的意思。孝廉：当时推举人才的一种科目，"孝"指孝顺父母，"廉"指品行廉洁。[18]刺史：州的地方长官。[19]秀才：当时地方推举优秀人才的一种科目，由州推举，与后来经过考试的秀才不同。[20]拜：授官。郎中：官名。晋时各部有郎中。[21]寻：不久。[22]除：任命官职。洗马：官名。太子的属官，在宫中服役，掌管图书。[23]猥：辱。自谦之词。[24]东宫：太子居住的地方。这里指太子。[25]陨(yǔn)首：丧命。[26]切峻：急切严厉。[27]逋慢：回避

怠慢。[28]州司：州官。[29]日笃：日益沉重。[30]苟顺：姑且迁就。[31]伏惟：旧时奏疏、书信中下级对上级常用的敬语。[32]故老：遗老。[33]矜育：怜惜抚育。[34]伪朝：指蜀汉。[35]历职郎署：指曾在蜀汉官署中担任过郎官职务。[36]矜：矜持爱惜。[37]盘桓：逗留，迟疑不决的样子。[38]区区：渺小的意思。形容感情恳切。[39]陛下：对帝王的尊称。[40]乌鸟私情：相传乌鸦能反哺，所以常用来比喻子女对父母的孝养之情。[41]二州：指益州和梁州。益州在今四川省成都市，梁州在今陕西省勉县东，二州区域大致相当于蜀汉所统辖的范围。牧伯：指州郡行政长官。[42]皇天后土：指天地神明。[43]愚诚：愚拙的至诚之心。[44]听：听许，同意。[45]结草：据《左传·宣公十五年》记载，晋国大夫魏武子临死的时候，嘱咐他的儿子魏颗，把他的遗妾杀死以后殉葬。魏颗没有照他父亲说的话做。后来魏颗跟秦国的杜回作战，看见一个老人把草打了结把杜回绊倒，杜回因此被擒。到了晚上，魏颗梦见结草的老人，他自称是没有被杀死的魏武子遗妾的父亲。后来就把"结草"用来作为报答恩人心愿的表示。[46]犬马：作者自比，表示谦卑。

简 析

晋武帝征召李密为太子洗马，李密不愿应诏，就写了这篇申诉自己不能应诏的苦衷。文章从自己幼年的不幸遭遇写起，说明自己与祖母相依为命的特殊感情，叙述委婉，辞意恳切，语言简洁生动，极富感染力。相传晋武帝看了此表后很受感动，特赏赐给李密奴婢二人，并命郡县按时给其祖母供养。

兰亭集序

[东晋] 王羲之

永和九年[1]，岁在癸丑，暮春之初，会于会稽山阴之兰亭[2]，修禊事也[3]。群贤毕至[4]，少长咸集[5]。此地有崇山峻岭，茂林修竹，又有清流激湍，映带左右。引以为流觞曲水[6]，列坐其次，虽无丝竹管弦之盛，一觞一咏，亦足以畅叙幽情。是日也，天朗气清，惠风和畅。仰观宇宙之大，俯察品类之盛，所以游目骋怀，足以极视听之娱，信可乐也。

夫人之相与，俯仰一世[7]。或取诸怀抱，晤言一室之内[8]；或因寄所托，放浪形骸之外[9]。虽趣舍万殊，静躁不同，当其欣于所遇，暂得于己，快然自足，曾不知老之将至[10]。及其所之既倦，情随事迁，感慨系之矣。向之所欣，俯仰之间，已为陈迹，犹不能不以之兴怀。况修短随化，终期于尽。古人云："死生亦大矣！"[11]岂不痛哉！

每览昔人兴感之由，若合一契[12]，未尝不临文嗟悼，不能喻之于怀。固知一死生为虚诞[13]，齐彭殇为妄作[14]。后之视今，亦犹今之视昔，悲夫！故列叙时人，录其所述。虽世殊事异，所以兴怀，其致一也。后之览者，亦将有感于斯文。

注 释

[1]永和：晋穆帝年号（345—356）。[2]会（kuài）稽：郡名，包括今浙江西部、江苏东南部一带地方。山阴：今浙江绍兴。[3]修禊（xì）：古代习俗，于阴历三月上旬的巳日（魏以后定为三月三日），人们群聚于水滨嬉戏洗濯，以祓除不祥，祈求幸福。实际上这是古人的一种游春活动。[4]群贤：指谢安等32位与会的名流。[5]少长：指王凝之等九位与会的本家子弟。[6]流觞曲水：用漆制的酒杯盛酒，放入弯曲的水道中任其漂流。杯停在某人面前，某人就引杯饮酒。这是古人一种劝酒取乐的方式。[7]俯仰一世：很快地过了一生。俯仰，低首抬头之间，形容时间短暂。[8]晤言：面对面谈话。《晋书·王羲之传》、《全晋文》均作"悟言"，指心领神会的妙悟之言。[9]放浪形骸之外：行为放纵不羁，形体不受世俗礼法所拘束。[10]老之将至：语出《论语·述而》："其为人也，发愤忘食，乐以忘忧，不知老之将至云尔。"[11]死生亦大矣：语出《庄子·德充符》。[12]契：符契，古代的一种信物。在符契上刻上字，剖而为二，各执一半，作为凭证。[13]一死生：把死和生看作一回事。语出《庄子·德充符》："以死生为一条。"又《庄子·大宗师》："孰知生死存亡之一体者，吾与之为友矣。"[14]齐彭殇：把高寿的彭祖和短命的殇子等量齐观。彭，彭祖，相传为颛顼的玄孙，活了800岁。殇，指短命夭折的人。《庄子·齐物论》："莫寿于殇子，而彭祖为夭。"

简 析

浙江绍兴西南渚山上的兰亭,周围环境优美,风景宜人。晋穆帝永和九年(353)三月三日,王羲之与当时名士谢安、孙绰以及本家子侄凝之、献之等41人宴集于兰亭,饮酒赋诗,各抒怀抱。王羲之除赋诗两首外,事后并为诗集写了这篇序。序文生动而形象地记叙了这次集会的盛况和乐趣,抒发了盛事不常、人生短暂的感慨。

在玄学盛行、崇尚清谈的东晋,王羲之能反对"虚谈废务,浮文妨要"(《世说新语·言语》),可谓独树一帜。本文在一定程度上表露出作者不甘虚度岁月的积极进取意向。南朝初期,雕辞琢句的骈文已逐渐风行,但这篇序文清新自然,抒怀写情,朴实深挚,自成一格。

五柳先生传

[东晋] 陶渊明

先生不知何许人也[1],亦不详其姓字[2]。宅边有五柳树,因以为号焉[3]。闲静少言,不慕荣利。好读书,不求甚解[4];每有会意[5],便欣然忘食。性嗜酒,家贫不能常得。亲旧知其如此[6],或置酒而招之。造饮辄尽[7],期在必醉;既醉而退,曾不吝情去留。环堵萧然[8],不蔽风日,短褐穿结[9],箪瓢屡空[10],晏如也[11]。常著文章自娱,颇示己志。忘怀得失,以此自终。

赞曰[12]:黔娄有言[13]:"不戚戚于贫贱[14],不汲汲于富贵[15]。"其言兹若人之俦乎[16]?衔觞赋诗,以乐其志,无怀氏之民欤[17]?葛天氏之民欤?

注 释

[1]何许:何处。[2]姓字:姓名。古代男子二十而冠,冠后另立别名称字。[3]号:古人除名、字之外,还有别号。[4]不求甚解:指对所读的书只求理解精神,不执着于对一字一句的解释。[5]有会意:指对书中的意义有所

体会。[6]如此：指上文所说的"性嗜酒，家贫不能常得"。[7]造：去、到。[8]环堵（dǔ）：房屋四壁。堵，墙壁。[9]短褐：粗布短衣。穿结：指衣服破烂。穿，破。结，缝补。[10]箪（dān）：盛饭的圆形竹器。瓢（piáo）：舀水的葫芦。[11]晏如：安然自得。[12]赞：古人常用于传记体文章的结尾处，表示作传人对被传人的评论。[13]黔（qián）娄：春秋时鲁国人，无意仕进，屡次辞去诸侯聘请。他死后，曾子前去吊丧，黔娄的妻子称赞黔娄"甘天下之淡味，安天下之卑位，不戚戚于贫贱，不汲汲于富贵。求仁而得仁，求义而得义"。[14]戚戚：忧虑的样子。[15]汲汲：极力营求的样子。[16]兹：此。指五柳先生。若人：那人。指黔娄。俦：类。[17]衔觞（shāng）：口含酒杯，指饮酒。觞是古时一种酒杯。无怀氏：与下面的"葛天氏"都是传说中古朴淳厚的上古社会中的帝王。

简 析

梁朝的萧统在《陶渊明传》中说："渊明少有高趣……尝著《五柳先生传》及以自况，时人谓之实录。"可见本文是作者自抒志趣的文章。文中描绘了一个爱好读书、不慕名利、安贫乐道、忘怀得失的知识分子的形象。

北山移文

[南朝·梁] 孔稚珪

钟山之英，草堂之灵[1]，驰烟驿路，勒移山庭[2]。夫以耿介拔俗之标[3]，潇洒出尘之想[4]，度白雪以方洁[5]，干青云而直上[6]，吾方知之矣。

若其亭亭物表，皎皎霞外[7]，芥千金而不盼，屣万乘其如脱[8]，闻凤吹于洛浦[9]，值薪歌于延濑[10]，固亦有焉。

岂期终始参差，苍黄反覆[11]，泪翟子之悲，恸朱公之哭[12]。乍回迹以心染，或先贞而后黩[13]，何其谬哉！呜呼，尚生不存，仲氏既往[14]，山阿寂寥，千载谁赏！

世有周子，隽俗之士，既文既博，亦玄亦史[15]。然而学遁东鲁，习隐南郭[16]，窃吹草堂，滥巾北岳[17]。诱我松桂，欺我云壑[18]。虽假容于江皋，乃缨情于好爵[19]。

其始至也，将欲排巢父，拉许由，傲百氏，蔑王侯[20]。风情张日，霜气横秋[21]。或叹幽人长往，或怨王孙不游[22]。谈空空于释部，核玄玄于道流[23]，务光何足比，涓子不能俦[24]。

及其鸣驺入谷，鹤书赴陇[25]，形驰魄散，志变神动。尔乃眉轩席次，袂耸筵上[26]，焚芰制而裂荷衣，抗尘容而走俗状[27]。风云凄其带愤，石泉咽而下怆[28]，望林峦而有失，顾草木而如丧。

至其纽金章，绾墨绶[29]，跨属城之雄，冠百里之首[30]。张英风于海甸，驰妙誉于浙右[31]。道帙长摈，法筵久埋[32]。敲扑喧嚣犯其虑，牒诉倥偬装其怀[33]。琴歌既断，酒赋无续，常绸缪于结课，每纷纶于折狱[34]，笼张赵于往图，架卓鲁于前录[35]，希踪三辅豪，驰声九州牧[36]。

使其高霞孤映，明月独举，青松落荫，白云谁侣？涧户摧绝无与归[37]，石径荒凉徒延伫[38]。至于还飙入幕，写雾出楹[39]，蕙帐空兮夜鹤怨，山人去兮晓猿惊。昔闻投簪逸海岸，今见解兰缚尘缨[40]。于是南岳献嘲，北陇腾笑，列壑争讥，攒峰竦诮[41]。慨游子之我欺，悲无人以赴吊。

故其林惭无尽，涧愧不歇，秋桂遣风[42]，春萝摆月。骋西山之逸议，驰东皋之素谒[43]。

今又促装下邑，浪栧上京[44]，虽情投于魏阙，或假步于山扃[45]。岂可使芳杜厚颜，薜荔蒙耻，碧岭再辱，丹崖重滓[46]，尘游躅于蕙路，污渌池以洗耳[47]。宜扃岫幌[48]，掩云关，敛轻雾，藏鸣湍。截来辕于谷口，杜妄辔于郊端[49]。于是丛条瞋胆，叠颖怒魄[50]。或飞柯以折轮，乍低枝而扫迹[51]。请回俗士驾，为君谢逋客[52]。

注 释

[1]英、灵：神灵。[2]驿路：通驿车的大路。勒：刻。[3]耿介：光明正直。拔俗：超越流俗之上。标：风度、格调。[4]潇洒：脱落无拘束的样子。出尘：超出世俗之外。[5]度：比量。方：比。[6]干：犯，凌驾。[7]物表：万物之上。霞外：天外。[8]芥：小草，此处用作动词。屣（xǐ）：此处用作动词。万乘：指天子。[9]"闻凤吹"句：《列仙传》："王子乔，周

灵王太子晋,好吹笙作凤鸣,常游于伊、洛之间。"浦:水边。[10]"值薪歌"句:《文选》吕向注:"苏门先生游于延濑,见一人采薪,谓之曰:'子以终此乎?'采薪人曰:'吾闻圣人无怀,以道德为心,何怪乎而为哀也。'遂为歌二章而去。"值:碰到。濑(lài):水流沙石上为濑。[11]苍黄:青色和黄色。反覆:变化无常。[12]翟子:墨翟。[13]乍:初、刚才。心染:心里牵挂仕途名利。贞:正。黩:污浊肮脏。[14]尚生:尚子平,西汉末隐士,入山担薪,卖之以供食饮。仲氏:仲长统,东汉末年人,每州郡命召,辄称疾不就,尝叹曰:"若得背山临水,游览平原,此即足矣,何为区区乎帝王之门哉!"[15]周子:周颙(yóng)。隽(jùn)俗:卓立世俗。亦玄亦史:《南齐书·周颙传》称周颙涉百家、长于佛理、兼善老易。玄,玄学,老庄之道。[16]东鲁:指颜阖(hé)。[17]窃吹:杂合众人吹奏乐器。巾:隐士所戴头巾。滥巾,即冒充隐士。北岳:北山。[18]壑(hè):山谷。[19]江皋:江岸。这里指隐士所居的长江之滨钟山。缨情:系情,忘不了。[20]拉:折辱。巢父、许由,都是尧时隐士。《高士传》:"尧让天下于许由,不受而逃去。尧又召为九州长,由不欲闻之,洗耳于颍水滨。时其友巢父牵犊欲饮之,见由洗耳,问其故,对曰:'尧欲召我为九州长,恶闻其声,是故洗耳。'巢父曰:'污吾犊口。'牵犊上流饮之。"[21]张:张大。横:弥漫。[22]幽人:隐逸之士。王孙:指隐士。《楚辞·招隐士》:"王孙游兮不归,春草生兮萋萋。"[23]空空:佛家义理。佛家认为世上一切皆空,以空明空,故曰"空空"。释部:佛家之书。核:研究。玄玄:道家义理。《老子》:"玄之又玄,众妙之门。"道流:道家之学。[24]务光:《列仙传》:"务光者,夏时人也……殷汤伐桀,因光而谋,光曰:'非吾事也。'汤得天下,已而让光,光遂负石沉蓼水而自匿。"涓子:《列仙传》:"涓子者,齐人也。好饵术,隐于宕山。"俦:匹敌。[25]鸣驺(zōu):指使者的车马。鸣,喝道;驺,随从骑士。鹤书:指征召的诏书。因诏板所用的书体如鹤头,故称。陇:山阜。[26]尔:这时。轩:高扬。袂(mèi)耸:衣袖高举。[27]芰(jì)制、荷衣:以荷叶做成的隐者衣服。《离骚》:"制芰荷以为衣兮,集芙蓉以为裳。"抗:高举,这里指张扬。走:驰骋。这里喻迅速。[28]咽(yè):悲泣。怆(chuàng):怨怒的样子。[29]纽:系。金章:铜印。绾(wǎn):系。墨绶:黑色的印带。金章、墨绶为当时县令所佩带。[30]跨:超越。属城:郡下所属各县。百里:古时一县约管辖百里。[31]张:播。海甸:海滨。驰:传。浙右:今浙江绍兴一带。[32]道帙（zhì）：道家的经典。帙：书套，这里指书籍。摈：一作"殡"，抛弃。法筵：讲佛法的几案。埋：废弃。[33]敲扑：鞭打。牒诉：诉讼状纸。倥偬（kǒng zǒng）：事务繁忙迫切的样子。[34]绸缪（chóu móu）：纠缠。结课：计算赋税。折狱：判理案件。[35]笼：笼盖。张赵：张敞、赵广汉。两人都做过京兆尹，是西汉的能吏。往图：过去的记载。架：超越。卓鲁：卓茂、鲁恭。两人都是东汉的循吏。[36]希踪：追慕踪迹。三辅：汉代称京兆、左冯翊、右扶风为三辅。三辅豪：三辅有名的能吏。九州：指天下。牧：地方长官，如刺史、太守之类。[37]摧绝：崩落。[38]延伫（zhù）：长久站立有所等待。[39]还飙（biāo）：旋风。写：通"泻"，吐。楹：屋柱。[40]投簪：抛弃冠簪。簪，古时连结官帽和头发的用具。逸：隐遁。兰：用兰做的佩饰，隐士所佩。缚尘缨：束缚于尘网。[41]攒（cuán）峰：密聚在一起的山峰。竦：同"耸"，跳动。献嘲、腾笑、争讥、竦诮，都是嘲笑、讥讽的意思。[42]遣：一作"遗"，排除。[43]骋、驰：都是传播之意。逸议：隐逸高士的清议。素谒：高尚有德者的言论。[44]促装：束装。下邑：指原来做官的县邑（山阴县）。浪栧（yì）：鼓棹，驾舟。[45]魏阙：高大门楼。这里指朝廷。假步：借住。山扃（jiōng）：山门。指北山。[46]重滓（zǐ）：再次蒙受污辱。[47]蠋（zhú）：足迹。汙：污。渌池：清池。[48]岫幌（xiù huǎng）：犹言山穴的窗户。岫，山穴。幌，帷幕。[49]杜：堵塞。妄辔：肆意乱闯的车马。[50]颖：草穗。[51]飞柯：飞落枝柯。乍：骤然。扫迹：遮蔽路径。[52]君：北山神灵。逋客：逃亡者，指周颙。

简 析

"移"是一种文体，相当于现在的通告、布告。北山，即钟山，在建康城（今南京市，南朝京都）北，故名北山。周颙，字彦伦，有文才。建元（齐高帝萧道成年号）中，为长沙王后军参军、山阴令，迁国子博士。五臣注《文选》吕向说："其先，周彦伦隐于北山，后应诏出为海盐县令，欲却过北山。孔生乃假山灵之意移之，使不许得至。"

本文是一篇揭露假隐士面目的文章，通篇用赋的形式写成。作者以丰富的想象力，通过拟人的手法，把山林草木描绘得富于情感，生动形象。

谏太宗十思疏

[唐] 魏 征

　　臣闻求木之长者，必固其根本；欲流之远者，必浚其泉源；思国之安者，必积其德义。源不深而望流之远，根不固而求木之长，德不厚而思国之安，臣虽下愚，知其不可，而况于明哲乎？人君当神器之重[1]，居域中之大[2]，不念居安思危，戒奢以俭，斯亦伐根以求木茂，塞源而欲流长也。

　　凡昔元首，承天景命[3]，善始者实繁，克终者盖寡。岂取之易，守之难乎？盖在殷忧[4]，必竭诚以待下；既得志，则纵情以傲物。竭诚，则吴越为一体；傲物，则骨肉为行路。虽董之以严刑[5]，振之以威怒，终苟免而不怀仁，貌恭而不心服。怨不在大，可畏惟人，载舟复舟，所宜深慎。

　　诚能见可欲，则思知足以自戒；将有作[6]，则思知止以安人；念高危，则思谦冲而自牧[7]；惧满盈，则思江海下百川；乐盘游[8]，则思三驱以为度[9]；忧懈怠，则思慎始而敬终；虑壅蔽，则思虚心以纳下；惧谗邪，则思正身以黜恶；恩所加，则思无因喜以谬赏；罚所及，则思无以怒而滥刑。总此十思，宏兹九德[10]。简能而任之[11]，择善而从之，则智者尽其谋，勇者竭其力，仁者播其惠，信者效其忠。文武并用，垂拱而治。何必劳神苦思，代百司之职役哉！

注　释

　　[1]神器：帝位。[2]居域中之大：占据天地间的一大。《老子》上篇："道大，天大，地大，王亦大。域中有四大，而王居其一焉。"域中，天地间。[3]景：大。[4]殷：深。[5]董：督责，监督。[6]作：兴作，建筑。指兴建宫室之类。[7]谦冲：谦虚。自牧：自我修养。[8]盘游：打猎游乐。[9]三驱：一年打猎三次。《礼·王制》："天子诸侯无事，则岁三田（猎）。"[10]九德：指忠、信、敬、刚、柔、和、固、贞、顺。[11]简：选拔。

简　析

　　唐太宗即位初期，因隋灭亡的教训，故能励精图治。随着功业日隆，生活渐加奢靡，魏征以此为忧，多次上书切谏，本文是其中的一篇。全文围绕"思国之安者，必积其德义"的主旨，规劝唐太宗在政治上要慎始敬终，虚心纳下，赏罚公正；用人时要知人善任，简能择善；生活上要崇尚节俭，不轻用民力。这些主张虽以巩固李唐王朝为出发点，但客观上使人民得以休养生息，有利于初唐的强盛。

　　本文以"思"为线索，将所要论述的问题连缀成文，文理清晰、结构缜密，并运用比喻、排比和对仗的修辞手法，说理透彻、音韵铿锵、气势充沛。

代李敬业传檄天下文

[唐] 骆宾王

　　伪临朝武氏者[1]，性非温顺，地实寒微[2]。昔充太宗下陈[3]，曾以更衣入侍[4]。洎乎晚节[5]，秽乱春宫[6]。潜隐先帝之私[7]，阴图后房之嬖[8]。入门见嫉，蛾眉不肯让人[9]；掩袖工谗[10]，狐媚偏能惑主[11]。践元后于翚翟[12]，陷吾君于聚麀[13]。加以虺蜴为心[14]，豺狼成性，近狎邪僻[15]，残害忠良[16]，杀姊屠兄[17]，弑君鸩母[18]。神人之所共疾，天地之所不容。犹复包藏祸心，窥窃神器[19]。君之爱子，幽之于别宫[20]；贼之宗盟[21]，委之以重任。呜呼！霍子孟之不作[22]，朱虚侯之已亡[23]。燕啄皇孙，知汉祚之将尽[24]；龙漦帝后，识夏庭之遽衰[25]。

　　敬业，皇唐旧臣，公侯冢子[26]。奉先帝之成业[27]，荷本朝之厚恩。宋微子之兴悲[28]，良有以也[29]；袁君山之流涕[30]，岂徒然哉！是用气愤风云，志安社稷[31]。因天下之失望，顺宇内之推心[32]，爰举义旗[33]，以清妖孽。南连百越[34]，北尽三河[35]，铁骑成群，玉轴相接[36]。海陵红粟[37]，仓储之积靡穷；江浦黄旗[38]，匡复之功何远？班声动而北风起[39]，剑气冲而南斗平。喑呜则山岳崩颓，叱咤则风云变色[40]。以此制敌，何敌不摧；以此攻城，何城不克！

公等或居汉地[41]，或协周亲[42]，或膺重寄于语言[43]，或受顾命于宣室[44]。言犹在耳，忠岂忘心？一抔之土未干，六尺之孤何托[45]？倘能转祸为福[46]，送往事居[47]，共立勤王之勋[48]，无废大君之命[49]，凡诸爵赏，同指山河[50]。若其眷恋穷城[51]，徘徊歧路，坐昧先几之兆[52]，必贻后至之诛[53]。

请看今日之域中，竟是谁家之天下！移檄州郡，咸使知闻。

注　释

[1] 伪：指非法的，表示不为正统所承认的意思。临朝：莅临朝廷掌握政权。[2] 地：指家庭、家族的社会地位。[3] 下陈：古人宾主相馈赠礼物、陈列在堂下，称为"下陈"。因而，古代统治者充实于府库、内宫的财物、妾婢，亦称"下陈"。这里指武则天曾充当过唐太宗的才人。[4] 更衣：换衣。古人在宴会中常以此作为离席休息或入厕的托言。《汉书》记载：歌女卫子夫乘汉武帝更衣时入侍而得宠幸。这里借以说明武则天以不光彩的手段得到唐太宗的宠幸。[5] 洎（jì）：及，到。晚节：后来。[6] 春宫：亦称东宫，是太子居住的地方，后人常借指太子。[7] 私：宠幸。[8] 嬖（pì）：宠爱。[9] 蛾眉：原以蚕蛾的触须比喻女子修长而美丽的眉毛，这里借指美女。[10] 掩袖工谗：说武则天善于进谗害人。《战国策》记载：楚王夫人郑袖对楚王所爱美女说："楚王喜欢你的美貌，但讨厌你的鼻子，以后见到楚王，要掩住你的鼻子。"美女照办，楚王因而发怒，割去美女的鼻子。这里借此暗指武则天曾偷偷窒息亲生女儿，而嫁祸于王皇后，使皇后失宠的事（见《新唐书·后妃传》）。[11] 狐媚：唐代迷信狐仙，认为狐狸能迷惑害人，所以称用手段迷人为狐媚。[12] 元后：正宫皇后。翚翟（huī dí）：用美丽鸟羽织成的衣服，指皇后的礼服。翚，五彩雉鸡。翟，长尾山鸡。[13] 聚麀（yōu）：多匹牡鹿共有一匹牝鹿。麀，母鹿。语出《礼记·曲礼上》："夫惟禽兽无礼，故父子聚麀。"这句意谓武则天原是唐太宗的姬妾，现在当上高宗的皇后，使高宗乱伦。[14] 虺蜴（huǐ yì）：指毒物。虺，毒蛇。蜴，蜥蜴，古人以为有毒。[15] 狎：亲近。邪僻：指不正派的人。[16] 忠良：指因反

对武后而先后被杀的长孙无忌、上官仪，褚遂良等大臣。[17] 杀姊屠兄：据《旧唐书·外戚传》记载：武则天被册立为皇后之后，陆续杀死侄儿武惟良、武怀远和姊女贺兰氏。兄武元庆、武元爽也被贬谪而死。 [18] 弑君鸩（zhèn）母：谋杀君王、毒死母亲。其实史书中并无武后谋杀唐高宗和毒死母亲的记载。弑，臣下杀死君王。鸩，传说中的一种鸟，用其羽毛浸酒能毒死人。[19] 窥窃神器：阴谋取得帝位。神器，指皇位。[20] 君之爱子，幽之于别宫：指唐高宗死后，中宗李显继位，旋被武后废为庐陵王，改立睿宗李旦为帝，但实际上是被幽禁起来（事见《新唐书·后妃传》）。二句为下文"六尺之孤何在"张本。[21] 宗盟：家属和党羽。[22] 霍子孟：名霍光，西汉大臣，受汉武帝遗诏，辅助幼主汉昭帝；昭帝死后，昌邑王刘贺继位，荒嬉无道，霍光又废刘贺，更立宣帝，是安定西汉王朝的重臣（事见《汉书·霍光传》）。作：兴起。[22] 朱虚侯：汉高祖子齐惠王肥的次子，名刘章，封朱虚侯。高祖死后，吕后专政，重用吕氏，危及刘氏天下，刘章与丞相陈平、太尉周勃等合谋，诛灭吕氏，拥立文帝，稳定了西汉王朝（事见《汉书·高五王传》）。[24] "燕啄皇孙"二句：《汉书·五行志》记载：汉成帝时有童谣说"燕飞来，啄皇孙"。后赵飞燕入宫为皇后，因无子而妒杀了许多皇子，汉成帝因此无后嗣。不久，王莽篡政，西汉灭亡。这里借汉朝故事，指斥武则天先后废杀太子李忠、李弘、李贤，致使唐室倾危。祚，指皇位，国统。[25] "龙漦（lí）帝后"二句：据《史记·周本纪》记载：当夏王朝衰落时，有两条神龙降临宫廷中，夏帝把龙的唾涎用木盒藏起来，到周厉王时，木盒开启，龙漦溢出，化为玄鼋流入后宫，一宫女感而有孕，生襃姒。后幽王为其所惑，废太子，西周终于灭亡。漦，涎沫。[26] 冢子：嫡长子。[27] 先帝：指刚死去的唐高宗。[28] 宋微子：微子名启，是殷纣王的庶兄，被封于宋，所以称"宋微子"。殷亡后，微子去朝见周王，路过荒废了的殷旧都，作《麦秀歌》来寄托自己亡国的悲哀（见《尚书大传》）。这里是李敬业的自喻。[29] 良：确实、真的。以：缘因。[30] 袁君山：东汉人，名谭，光武帝时为给事中，因反对当时盛行的谶纬神学，而被贬为六安县丞，忧郁而死。 [31] 社稷：原为帝王所祭祀的土神和谷神，后借指国家。[32] 宇内：天下。推心：指人心所推重。[33] 爰：于是。[34] 百越：通"百粤"。古代越族有百种，故称"百越"。这里指越人所居的偏远的东南沿海。[35] 三河：洛阳附近河东、河内、河南三郡，是当时政治中心所在的中原之地。[36] 玉轴：战车的美称。[37] 海陵：古县名，治所在今江苏省泰州市，地在扬州附近，汉代曾在此置粮仓。红粟：米因久藏而发酵变成红色。靡：无，不。[38] 江浦：长江沿岸。浦，水边的平地。黄旗：指王者之旗。[39] 班声：马嘶鸣声。[40] 喑（yìn）呜、叱咤（zhà）：发怒时的喝叫声。[41] 公等：诸位。家传汉爵：拥有世代传袭的爵位。汉初曾大封功臣以爵位，可世代传下去，所以称"汉爵"。[42] 协周亲：指身份地位都是皇家的宗室或姻亲。协，相配，相合。周亲，至亲。[43] 膺（yīng）：承受。[44] 顾命：君王临死时的遗命。宣室：汉宫中有宣室殿，是皇帝斋戒的地方，汉文帝曾在此召见并咨问贾谊，后借指皇帝郑重召问大臣之处。[45] 一抔（póu）之土：语出《史记·张释之传》："假令愚民取长陵（汉高祖陵）一抔土，陛下将何法以加之乎？"这里借指皇帝的陵墓。六尺之孤：指继承皇位的新君。[46] 傥：通"倘"，倘若，或者。[47] 送往事居：送走死去的，侍奉在生的。往，死者，指高宗。居，在生者，指中宗。[48] 勤王：指臣下起兵救援王室。[49] 旧君：指已死的皇帝，一作"大君"，义近。[50] "同指山河"二句：语出《史记》，汉初大封功臣，誓词云："使河如带，泰山若厉。国以永宁，爰及苗裔。"这里意为有功者授予爵位，子孙永享，可以指山河为誓。[51] 穷城：指孤立无援的城邑。[52] 昧：不分明。几（jī）：迹象。[53] 贻（yí）：遗下，留下。后至之诛：意思说迟疑不响应，一定要加以惩治。

🍁 简　析

骆宾王不仅以诗歌见长，文章也雄伟峭劲，这篇《代李敬业传檄天下文》，是其代表作。这篇檄文立论严正，列数武则天种种罪状，起到了很大的宣传鼓动作用。

本文亦称《讨武曌檄》，但武则天自名"曌"是在武后称帝以后的事，可知乃后人所改，现仍用本题。

滕王阁序

[唐] 王 勃

南昌故郡[1]，洪都新府[2]。星分翼轸[3]，地接衡庐[4]。襟三江而带五湖[5]，控蛮荆而引瓯越[6]。物华天宝，龙光射牛斗之墟[7]；人杰地灵，徐孺下陈蕃之榻[8]。雄州雾列，俊采星驰[9]。台隍枕夷夏之交，宾主尽东南之美。都督阎公之雅望，棨戟遥临[10]；宇文新州之懿范，襜帷暂驻[11]。十旬休假，胜友如云[12]；千里逢迎，高朋满座。腾蛟起凤，孟学士之词宗[13]；紫电清霜，王将军之武库[14]。家君作宰，路出名区，童子何知，躬逢胜饯。

时维九月，序属三秋[15]。潦水尽而寒潭清，烟光凝而暮山紫。俨骖騑于上路，访风景于崇阿。临帝子之长洲，得仙人之旧馆[16]。层峦耸翠，上出重霄；飞阁流丹，下临无地。鹤汀凫渚，穷岛屿之萦回；桂殿兰宫，列冈峦之体势。披绣闼，俯雕甍：山原旷其盈视，川泽纡其骇瞩。闾阎扑地，钟鸣鼎食之家[17]；舸舰迷津，青雀黄龙之轴[18]。虹销雨霁，彩彻云衢[19]。落霞与孤鹜齐飞，秋水共长天一色。渔舟唱晚，响穷彭蠡之滨[20]；雁阵惊寒，声断衡阳之浦[21]。

遥吟俯畅，逸兴遄飞[22]。爽籁发而清风生[23]，纤歌凝而白云遏[24]。睢园绿竹[25]，气凌彭泽之樽[26]；邺水朱华[27]，光照临川之笔[28]。四美具，二难并[29]。穷睇眄于中天，极娱游于暇日。天高地迥，觉宇宙之无穷；兴尽悲来，识盈虚之有数。望长安于日下[30]，指吴会于云间[31]。地势极而南溟深，天柱高而北辰远[32]。关山难越，谁悲失路之人；萍水相逢，尽是他乡之客。怀帝阍而不见[33]，奉宣室以何年[34]。嗟乎！时运不齐，命途多舛；冯唐易老[35]，李广难封[36]。屈贾谊于长沙，非无圣主[37]；窜梁鸿于海曲，岂乏明时[38]。所赖君子安贫[39]，达人知命[40]。老当益壮[41]，宁移白首之心；穷且益坚，不坠青云之志[42]。酌贪泉而觉爽[43]，处涸辙以犹欢[44]。北海虽赊，扶摇可接[45]；东隅已逝，桑榆非晚[46]。孟尝高洁，空怀报国之心[47]；阮籍猖狂，岂效穷途之哭[48]！

勃，三尺微命[49]，一介书生。无路请缨，等终军之弱冠[50]；有怀投笔，慕宗悫之长风[51]。舍簪笏于百龄[52]，奉晨昏于万里[53]。非谢家之宝树[54]，接孟氏之芳邻[55]。他日趋庭，叨陪鲤对[56]；今晨捧袂，喜托龙门[57]。杨意不逢,抚凌云而自惜[58];钟期既遇,奏流水以何惭[59]。呜呼!胜地不常,盛筵难再;兰亭已矣[60],梓泽丘墟[61]。临别赠言,幸承恩于伟饯;登高作赋,是所望于群公。敢竭鄙诚,恭疏短引;一言均赋,四韵俱成。滕王高阁临江渚,佩玉鸣鸾罢歌舞[62]。画栋朝飞南浦云,朱帘暮卷西山雨。闲云潭影日悠悠,物换星移几度秋。阁中帝子今何在?槛外长江空自流。

注 释

[1]南昌:为汉豫章郡治。滕王阁在今江西省南昌市。[2]洪都:汉豫章郡,唐改为洪州,设都督府。[3]星分翼轸(zhěn):古人习惯以天上星宿与地上区域对应,称为"某地在某星之分野"。据《晋书·天文志》,豫章属吴地,吴越扬州当牛斗二星的分野,与翼轸二星相邻。翼、轸,星宿名,属二十八宿。[4]衡庐:衡,衡山,此代指衡州(在今湖南省衡阳市)。庐,庐山,此代指江州(治所在今江西省九江市)。[5]三江:泛指长江中下游的江河。五湖:南方大湖的总称。[6]蛮荆:古楚地,今湖北、湖南一带。瓯越:古越地,即今浙江地区。[7]物华二句:据《晋书·张华传》,晋初,牛、斗二星之间常有紫气照射,据说是宝剑之精,上彻于天。张华命人寻找,果然在丰城(今江西省丰城县,古属豫章郡)牢狱的地下,掘出龙泉、太阿二剑。后这对宝剑入水化为双龙。[8]徐孺句:据《后汉书·徐稚传》,东汉名士陈蕃为豫章太守,不接宾客,徐稚来访时,才设一睡榻,徐稚去后又悬置起来。徐孺,徐孺子的省称。徐孺子名稚,东汉豫章南昌人,当时隐士。[9]采:官吏。[10]都督:掌管督察诸州军事的官员,唐代分上、中、下三等。阎公:名未详。棨(qǐ)戟:外有赤黑色缯作套的木戟,古代大官出行时用。这里代指仪仗。[11]宇文新州:复姓宇文的新州(在今广东境内)刺史,名未详。襜(chān)帷:车上的帷幕,这里代指车马。[12]十旬休假:唐制,十日为一旬,遇旬日则官员休沐,称为"旬休"。假:通"暇",空闲。[13]腾蛟起凤:《西京杂记》:"董仲舒梦蛟龙入怀,乃作《春秋繁露》。"又:"扬雄著《太玄经》,梦吐凤凰集《玄》之上,顷而灭。"孟学士:名未详。[14]紫电清霜:《古今注》:"吴大皇帝(孙权)有宝剑六,二曰紫电。"《西京杂记》:"高祖(刘邦)斩白蛇剑,刃上常带霜雪。"王将军:名未详。[15]三秋:古人称七、八、九月为孟秋、仲秋、季秋,三秋即季秋,九月。[16]帝

子、天人：都指滕王李元婴。[17]闾阎：里门，这里代指房屋。钟鸣鼎食：古代贵族鸣钟列鼎而食。[18]舸（gě）：《方言》："南楚江、湘，凡船大者谓之舸。"青雀黄龙：船的装饰形状。舳：通"舳（zhú）"，船尾把舵处，这里代指船只。[19]彩：虹。彻：通贯。[20]彭蠡：古大泽名，即今鄱阳湖。[21]衡阳：今属湖南省，境内有回雁峰，相传秋雁到此就不再南飞，待春而返。[22]遄（chuán）：急速。[23]爽籁：参差不齐的排箫。[24]白云遏：形容音响优美，能使行云停留。《列子·汤问》："薛谭学讴于秦青，未穷青之技，自谓尽之，遂辞归。秦青弗止，饯于郊衢。抚节悲歌，声振林木，响遏行云。"[25]睢（suī）园绿竹：睢园，即汉梁孝王菟园。《水经注》："睢水又东南流，历于竹圃……世人言梁王竹园也。"[26]彭泽：县名，在今江西湖口县东。陶渊明曾官彭泽县令，世称陶彭泽。樽：酒器。陶渊明《归去来兮辞》有"有酒盈樽"之句。[27]邺水：在邺下（今河北省临漳县）。邺下是曹魏兴起的地方。朱华：荷花。曹植《公宴诗》："秋兰被长坂，朱华冒绿池。"[28]光照句：临川，郡名。这里指代谢灵运。谢曾任临川内史，《宋书》本传称他"文章之美，江左莫逮"。[29]四美：指良辰、美景、赏心、乐事。二难：指贤主、嘉宾难得。[30]"望长安"句：《世说新语·夙惠》："晋明帝数岁，坐元帝膝上。有人从长安来，元帝因问明帝：'汝意谓长安何如日远？'答曰：'日远，不闻人从日边来，居然可知。'元帝异之。明日集群臣宴会，告以此意，更重问之，乃答曰：'日近。'元帝失色曰：'尔何故异昨日之言邪？'答曰：'举目见日，不见长安。'"[31]吴会：吴郡，在今江苏省苏州市。云间：江苏松江县（古华亭）的古称。《世说新语·排调》：陆云（字士龙）华亭人，未识荀隐，张华使其相互介绍而不作常语，"云因抗手曰：'云间陆士龙。'"[32]天柱：《神异经》："昆仑之山，有铜柱焉。其高入天，所谓天柱也。"北辰：《论语·为政》："为政以德，譬如北辰，居其所而众星共（拱）之。"[33]帝阍（hūn）：天帝的守门人。屈原《离骚》："吾令帝阍开关兮，倚阊阖而望予。"[34]"奉宣室"句：贾谊迁谪长沙四年后，汉文帝复召他回长安，于宣室中问鬼神之事。宣室，汉未央宫正殿，为皇帝召见大臣议事之处。[35]冯唐易老：《史记·冯唐列传》："（冯）唐以孝著，为中郎署长，事文帝。……拜唐为车骑都尉，主中尉及郡国车士。七年，景帝立，以唐为楚相，免。武帝立，求贤良，举冯唐。唐时年九十余，不能复为官。"[36]李广难封：李广，汉武帝时名将，多次与匈奴作战，军功卓著，却始终

未获封爵。[37]"屈贾谊"句:贾谊在汉文帝时被贬为长沙王太傅。圣主:指汉文帝。[38]"窜梁鸿"句:梁鸿,东汉人,因得罪章帝,避居齐鲁、吴中。明时:指章帝时代。[39]君子见机:《易·系辞下》:"君子见几(机)而作。"[40]达人知命:《易·系辞上》:"乐天知命故不忧。"[41]老当益壮:《后汉书·马援传》:"丈夫为志,穷当益坚,老当益壮。"[42]青云之志:《续逸民传》:"嵇康早有青云之志。"[43]酌贪泉句:据《晋书·吴隐之传》,廉官吴隐之赴广州刺史任,饮贪泉之水,并作诗说:"古人云此水,一歃怀千金。试使(伯)夷(叔)齐饮,终当不易心。"贪泉,在广州附近的石门,传说饮此水会贪得无厌。[44]处涸辙:《庄子·外物》有关于鲋鱼处涸辙的故事。涸辙,比喻困厄的处境。[45]"北海"两句:语意源《庄子·逍遥游》。[46]东隅二句:《后汉书·冯异传》:"失之东隅,收之桑榆。"东隅,日出处,表示早晨。桑榆,日落处,表示傍晚。[47]"孟尝"两句:孟尝字伯周,东汉会稽上虞人。曾任合浦太守,以廉洁奉公著称,后因病隐居。桓帝时,虽有人屡次荐举,终不见用。事见《后汉书·孟尝传》。[48]"阮籍"两句:阮籍,字嗣宗,晋代名士。《晋书·阮籍传》:籍"时率意独驾,不由径路。车迹所穷,辄恸哭而反。"[49]三尺:指幼小。[50]"无路"两句:据《汉书·终军传》,终军字子云,汉代济南人。武帝时出使南越,自请"愿受长缨,必羁南越王而致之阙下",时仅20余岁。等,相同,用作动词。弱冠,古人20岁行冠礼,表示成年,称"弱冠"。[51]投笔:用汉班超投笔从戎的故事,事见《后汉书·班超传》。"慕宗悫(què)"句:宗悫字元干,南朝宋南阳人,年少时向叔父自述志向,云"愿乘长风破万里浪"。事见《宋书·宗悫传》。[52]簪笏(hù):冠簪、手版。官吏用物,这里代指官职地位。百龄:百年,犹"一生"。[53]奉晨昏:《礼记·曲礼上》:"凡为人子之礼……昏定而晨省。"[54]"非谢家"句:《世说新语·言语》:"谢太傅(安)问诸子侄'子弟亦何预人事,而正欲使其佳?'诸人莫有言者。车骑(谢玄)答曰:'譬如芝兰玉树,欲使其生于庭阶耳。'"[55]"接孟氏"句:据说孟轲的母亲为教育儿子而三迁择邻,最后定居于学宫附近。事见刘向《列女传·母仪篇》。[56]"他日"两句:《论语·季氏》:"(孔子)尝独立,(孔)鲤趋而过庭。(子)曰:'学诗乎?'对曰:'未也。''不学诗,无以言。'鲤退而学诗。他日,又独立,鲤趋而过庭。(子)曰:'学礼乎?'对曰:'未也。''不学礼,无以立。'鲤退而学礼。"鲤,孔鲤,孔子之子。

[57]捧袂（mèi）：举起双袖，表示恭敬的姿势。喜托龙门：《后汉书·李膺传》："膺以声名自高，士有被其容接者，名为登龙门。"[58]"杨意"两句：据《史记·司马相如列传》，司马相如经蜀人杨得意引荐，方能入朝见汉武帝。又云："相如既奏《大人》之颂，天子大悦，飘飘有凌云之气。"杨意，杨得意的省称。凌云，指司马相如作《大人赋》。[59]"钟期"两句：《列子·汤问》："伯牙善鼓琴，钟子期善听。伯牙鼓琴……志在流水，钟子期曰：'善哉！洋洋兮若江河。'"钟期，钟子期的省称。[60]兰亭：在今浙江省绍兴市附近。晋穆帝永和九年（353）三月三日上巳节，王羲之与群贤宴集于此。[61]梓泽：即晋石崇的金谷园，故址在今河南省洛阳市西北。[62]佩玉鸣鸾：佩玉是古代士大夫的一种玉制衣饰，走路时，玉与玉相碰，发出音响。鸣鸾：车上鸾铃的声音。罢：指宴罢客散，歌舞停歇。

简 析

《滕王阁序》作为一篇赠序文，借登高之会感怀时事、慨叹身世，是作者的真情流露。但我们在文中更多地体验到的却是作者渴望入世的抱负。希望和失望兼有，追求和痛苦交织，这正是文章的动人之处。

作为一篇优秀的骈文，作者运用了对偶、用典等艺术手段，在精美严整的形式之中，表现了自然变化之趣；尤其是景物描写部分，以或浓或淡、或俯或仰、时远时近、有声有色的画面，把秋日风光描绘得神采飞动，令人击节叹赏。其中"落霞与孤鹜齐飞，秋水共长天一色"两句，动静相衬，意境浑融，成为千古传诵的名句。

吊古战场文

[唐] 李 华

浩浩乎平沙无垠[1]，敻不见人[2]。河水萦带，群山纠纷[3]。黯兮惨悴[4]，风悲日曛[5]。蓬断草枯[6]，凛若霜晨。鸟飞不下，兽铤亡群[7]。亭长告予曰[8]:"此古战场也,尝覆三军[9]。往往鬼哭,天阴则闻。"伤心哉!秦欤汉欤?将近代欤?

吾闻夫齐魏徭戍,荆韩召募[10]。万里奔走,连年暴露。沙草晨牧,河冰夜渡。地阔天长,不知归路。寄身锋刃,腷臆谁诉[11]?秦汉而还,多事四夷[12],中州耗斁[13],无世无之。古称戎夏[14],不抗王师[15]。文教失宣[16],武臣用奇[17]。奇兵有异于仁义[18],王道迂阔而莫为[19]。呜呼噫嘻!

吾想夫北风振漠,胡兵伺便。主将骄敌,期门受战[20]。野竖旌旗[21],川回组练[22]。法重心骇,威尊命贱。利镞穿骨,惊沙入面,主客相搏,山川震眩。声析江河[23],势崩雷电。至若穷阴凝闭[24],凛冽海隅[25],积雪没胫,坚冰在须。鸷鸟休巢,征马踟蹰。缯纩无温[26],堕指裂肤。当此苦寒,天假强胡,凭陵杀气[27],以相剪屠。径截辎重[28],横攻士卒。都尉新降[29],将军复没。尸填巨港之岸[30],血满长城之窟。无贵无贱,同为枯骨。可胜言哉[31]!鼓衰兮力尽,矢竭兮弦绝,白刃交兮宝刀折,两军蹙兮生死决[32]。降矣哉,终身夷狄;战矣哉,暴骨沙砾。鸟无声兮山寂寂,夜正长兮风淅淅。魂魄结兮天沉沉,鬼神聚兮云幂幂[33]。日光寒兮草短,月色苦兮霜白。伤心惨目,有如是耶!

吾闻之:牧用赵卒,大破林胡,开地千里,遁逃匈奴[34]。汉倾天下,财殚力痡[35]。任人而已,其在多乎!周逐猃狁,北至太原[36]。既城朔方[37],全师而还。饮至策勋[38],和乐且闲。穆穆棣棣[39],君臣之间。秦起长城,竟海为关。荼毒生灵[40],万里朱殷[41]。汉击匈奴,虽得阴山,枕骸遍野,功不补患[42]。

苍苍蒸民[43],谁无父母?提携捧负,畏其不寿。谁无兄弟?如足如手。谁无夫妇?如宾如友。生也何恩,杀之何咎?其存其没,家莫闻知。人或有言,将信将疑。悁悁心目[44],寤寐见之[45]。布奠倾觞[46],哭望天涯。天地为愁,草木凄悲。吊祭不至,精魂何依[47]。必有凶年,人其流离[48]。呜呼噫嘻!时耶命耶?从古如斯!为之奈何?守在四夷[49]。

注 释

[1]浩浩:辽阔的样子。垠(yín):边际。[2]敻(xiòng):远。[3]纠纷:重叠交错的样子。[4]黯:昏黑。[5]曛:赤黄色,形容日色昏暗。

[6]蓬：草名，即蓬蒿。秋枯根拔，随风飘转。[7]铤(tǐng)：疾走的样子。[8]亭长：秦汉时每十里为一亭，设亭长一人，掌管治安、诉讼等事。唐代在尚书省各部衙门设置亭长，负责省门开关和通报传达事务，是流外（不入九品职级）吏职。此借指地方小吏。[9]三军：周制，天子置六军，诸侯大国可置三军，每军一万二千五百人。此处泛指军队。[10]齐魏、荆韩：战国七雄中的四个国家。荆，即楚国。这里泛指战国时代。召募：以钱物招募兵员。[11]腷(bì)臆：心情苦闷。[12]四夷：四方边境的少数民族。夷，古时对异族的贬称。[13]耗斁(dù)：损耗败坏。[14]戎：西方少数民族。此泛指少数民族。夏：华夏，汉族。[15]王师：帝王的军队。[16]文教：指礼乐法度，文章教化。[17]用奇：使用阴谋诡计。[18]奇兵：乘敌不备进行突然袭击的部队。[19]王道：指礼乐仁义等治理天下的准则。迂阔：迂腐空疏。[20]期门：军营的大门。[21]旌旗：旗帜的统称。旌，用旄牛尾和彩色鸟羽作装饰的旗。[22]组练：即"组甲被练"，战士的衣甲服装。此代指战士。[23]析：分离，劈开。[24]穷阴：犹穷冬，极寒之时。[25]海隅：西北极远之地。海，瀚海，在蒙古高原东北；一说指今内蒙古自治区之呼伦贝尔湖。[26]缯纩(zēng kuàng)：缯，丝织品的总称。纩，丝绵。古代尚无棉花，絮衣都用丝棉。[27]凭陵：凭借，倚仗。[28]辎(zī)重：军用物资的总称。[29]都尉：官名，此指职位低于将军的武官。[30]踣(bó)：僵仆。[31]胜(shēng)：尽。[32]蹙(cù)：迫近，接近。[33]幂(mì)幂：深浓阴暗。[34]牧：李牧，战国末赵国良将，守雁门（今山西北部），大破匈奴的入侵，击败东胡，降服林胡（均为匈奴所属的部族）。其后十余年，匈奴不敢靠近赵国边境。见《史记·廉颇蔺相如列传》。[35]殚(dān)：尽。痡(pū)：劳倦，病苦。汉武帝时，多次大举征伐匈奴及大宛、西羌、南越，以至"赋税既竭，犹不足以奉战士"、"天下虚耗"，甚至"人复相食"。见《史记·平准书》、《汉书·食货志》。[36]猃狁(xiǎn yǔn)：古代北方的少数民族，即匈奴的前身。周宣王时，猃狁南侵，宣王命尹吉甫统军抗击，逐至太原（今宁夏固原县北），不再穷追。[37]城：筑城。朔方：北方。一说即今宁夏灵武县一带。句出《诗经·小雅·出车》："天子命我，城彼朔方。"[38]饮至：古代盟会、征伐归来后，告祭于宗庙，举行宴饮，称为"饮至"。策勋，把功勋记载在简策上。句出《左传》桓公二年："凡公行，告于宗庙；反行，饮至，舍爵策勋焉，礼也。"[39]穆穆：

端庄盛美,恭敬谨肃的样子,多用以形容天子的仪表,如《礼记·曲礼下》:"天子穆穆"。棣(dì)棣,文雅安和的样子。[40]荼(tú)毒:残害。[41]殷(yān):赤黑色。《左传》成公二年杜注:"血色久则殷。"[42]阴山:在今内蒙古中部,原为匈奴南部屏障,匈奴常由此以侵汉。汉武帝时,为卫青、霍去病统军夺取,汉军损失亦惨重。[43]苍苍:指天。蒸,通"烝",众,多。[44]悁(yuān)悁:忧愁郁闷的样子。[45]寤寐:梦寐。[46]布奠倾觞:把酒倒在地上以祭奠死者。布,陈列。奠,设酒食以祭祀。[47]不至:不能达于死者。精魂:精气灵魂。古时认为人死后,其精气灵魂能够离开身体而存在。[48]凶年:荒年。语出《老子道德经》第三十章:"大军之后,必有凶年"。大举兴兵造成大量农业劳动力的征调伤亡,再加上双方军队的蹂躏掠夺以及军费的负担,必然影响农业生产的种植和收成。故此处不仅指自然灾荒。[49]守在四夷:语出《左传》昭公二十三年:"古者天子,守在四夷。"

简 析

本文是作者精心构思的名篇。借着描写古战场上空旷寂寥、极目悲怆的情景,以及回顾昔日战争惊心动魄的场面,极力渲染战争的阴森可怖。本篇虽是骈文,但文字质朴,笔调哀婉,感情真挚。行文回环往复,凄凄切切,有很强的艺术感染力。

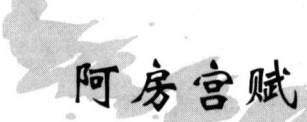

[唐] 杜 牧

　　六王毕[1],四海一。蜀山兀[2],阿房出[3]。覆压三百余里,隔离天日。骊山北构而西折[4],直走咸阳[5]。二川溶溶[6],流入宫墙。五步一楼,十步一阁;廊腰缦回,檐牙高啄[7]。各抱地势,钩心斗角。盘盘焉,囷囷焉[8],蜂房水涡,矗不知其几千万落。长桥卧波,未云何龙?复道行空[9],不霁何虹[10]?高低冥迷,不知西东。歌台暖响,春光融融;舞殿冷袖,风雨凄凄。

一日之内，一宫之间，而气候不齐。

妃嫔媵嫱[11]，王子皇孙，辞楼下殿，辇来于秦[12]。朝歌夜弦，为秦宫人。明星荧荧，开妆镜也；绿云扰扰，梳晓鬟也[13]。渭流涨腻，弃脂水也；烟斜雾横，焚椒兰也[14]。雷霆乍惊，宫车过也；辘辘远听，杳不知其所之也。一肌一容，尽态极妍，缦立远视[15]，而望幸焉[16]。有不得见者三十六年。燕赵之收藏，韩魏之经营，齐楚之精英，几世几年，取掠其人，倚叠如山。一旦不能有，输来其间。鼎铛玉石[17]，金块珠砾，弃掷逦迤[18]，秦人视之，亦不甚惜。

嗟乎！一人之心，千万人之心也。秦爱纷奢，人亦念其家。奈何取之尽锱铢[19]，用之如泥沙？使负栋之柱，多于南亩之农夫；架梁之椽，多于机上之工女；钉头磷磷[20]，多于在庾之粟粒[21]，瓦缝参差，多于周身之帛缕；直栏横槛，多于九土之城郭；管弦呕哑[22]，多于市人之言语。使天下之人，不敢言而敢怒。独夫之心，日益骄固。戍卒叫，函谷举[23]，楚人一炬，可怜焦土！

呜呼！灭六国者，六国也，非秦也。族秦者，秦也，非天下也。嗟夫！使六国各爱其人，则足以拒秦；秦复爱六国之人，则递三世，可至万世而为君，谁得而族灭也？秦人不暇自哀，而后人哀之。后人哀之而不鉴之，亦使后人而复哀后人也[24]！

注 释

[1]六王：指燕、赵、韩、魏、齐、楚六国国君。毕：完毕。这里指六王统治的结束。[2]兀（wù）：山顶平秃。这里指少年时的树木被砍光了。[3]阿房宫：遗址在今西安市西阿房村。[4]骊山：在今陕西临潼县东南。[5]咸阳：在今陕西咸阳市东北。[6]二川：指渭川和樊川。溶溶：河水流动的样子。[7]檐牙：指房檐的滴水瓦排列着和牙齿一样。[8]囷囷（qūn）焉：曲折回旋的样子。[9]复道：阁楼之间架木构成的通道。[10]霁（jì）：雨后初晴。[11]妃：指皇帝的妾、太子王侯的妻。嫔（pín）、嫱（qiáng）：都是宫廷里的女官。这里指宫妃。媵（yìng）：陪嫁的人，这里指宫女。[12]辇：帝王和皇后所乘的车，这里作动词用。[13]鬟（huán）：古代妇女梳的环形发髻。[14]椒兰：都是香料。[15]缦立：久久地站立。缦，通"慢"。[16]幸：

古代指天子车驾到某地。[17]铛(chēng):一种平底浅锅。[18]迤逦(lǐ yǐ):连续不断的样子。[19]锱铢(zī zhū):古代重量单位,六铢为一锱,一铢略等于后来一两的二十四分之一。用来比喻轻微。[20]磷磷(lín lín):这里是形容显露的样子。[21]庾(yǔ):露天的谷仓。[22]呕哑(ōu yā):形容杂乱的乐器声。[23]函古:指函谷关,在今河南灵宝东北。[24]亦使后人而复哀后人:前一个"后人"指唐代以后的人,后一个"后人"指唐代统治者。

简 析

唐代晚期的帝王大修宫室,骄奢淫逸。杜牧因此作此篇借秦事来讽刺当朝,告诫当时的统治者,只贪图享乐,剥削过度,就会重蹈秦朝灭亡的覆辙。这篇赋以铺叙、夸张的手法描写了阿房宫的华丽,以丰富的想象、瑰丽的语言描绘出一幅宏伟画卷。其中,有对景物的刻画,有对人物的特写,虚实结合,华而不浮,寓意深刻。同时,文章还充满抑扬顿挫的音乐美,使人读后更觉回肠荡气。

原 道

[唐] 韩 愈

博爱之谓仁,行而宜之之谓义[1],由是而之焉之谓道[2],足乎己而无待于外之谓德。仁与义为定名,道与德为虚位。故道有君子小人,而德有凶有吉。老子之小仁义,非毁之也,其见者小也。坐井而观天,曰天小者,非天小也。彼以煦煦为仁[3],孑孑为义[4],其小之也则宜。其所谓道,道其所道,非吾所谓道也。其所谓德,德其所德,非吾所谓德也。凡吾所谓道德云者,合仁与义言之也,天下之公言也。老子之所谓道德云者,去仁与义言之也,一人之私言也。

周道衰,孔子没,火于秦,黄老于汉[5],佛于晋、魏、梁、隋之间。其言道德仁义者,不入于杨,则入于墨[6];不入于老,则入于佛。入于彼,必出于此。入者主之,出者奴之;入者附之,出者汙之[7]。噫!后之人其欲闻仁义道德之说，孰从而听之？老者曰："孔子，吾师之弟子也。"佛者曰："孔子，吾师之弟子也。"为孔子者，习闻其说，乐其诞而自小也[8]，亦曰："吾师亦尝师之"云尔[9]。不惟举之于其口，而又笔之于其书。噫！后之人虽欲闻仁义道德之说，其孰从而求之？甚矣！人之好怪也，不求其端，不讯其末，惟怪之欲闻。古之为民者四[10]，今之为民者六[11]。古之教者处其一，今之教者处其三。农之家一，而食粟之家六。工之家一，而用器之家六。贾之家一，而资焉之家六[12]。奈之何民不穷且盗也？

古之时，人之害多矣。有圣人者立，然后教之以相生相养之道。为之君，为之师。驱其虫蛇禽兽，而处之中土。寒然后为之衣，饥然后为之食。木处而颠，土处而病也，然后为之宫室[13]。为之工以赡其器用，为之贾以通其有无，为之医药以济其夭死，为之葬埋祭祀以长其恩爱，为之礼以次其先后，为之乐以宣其湮郁[14]，为之政以率其怠倦，为之刑以锄其强梗[15]。相欺也，为之符、玺、斗斛、权衡以信之[16]。相夺也，为之城郭甲兵以守之。害至而为之备，患生而为之防。今其言曰："圣人不死，大盗不止。剖斗折衡，而民不争。"[17]呜呼！其亦不思而已矣。如古之无圣人，人之类灭久矣。何也？无羽毛鳞介以居寒热也，无爪牙以争食也。

是故君者，出令者也；臣者，行君之令而致之民者也；民者，出粟米麻丝，作器皿，通货财，以事其上者也。君不出令，则失其所以为君；臣不行君之令而致之民，则失其所以为臣；民不出粟米麻丝，作器皿，通货财，以事其上，则诛。今其法曰[18]："必弃而君臣，去而父子[19]，禁而相生相养之道，以求其所谓清净寂灭者[20]。"呜呼！其亦幸而出于三代之后，不见黜于禹、汤、文、武、周公、孔子也[21]。其亦不幸而不出于三代之前，不见正于禹、汤、文、武、周公、孔子也。

帝之与王，其号虽殊，其所以为圣一也。夏葛而冬裘，渴饮而饥食，其事虽殊，其所以为智一也。今其言曰[22]："曷不为太古之无事？"是亦责冬之裘者曰："曷不为葛之之易也？"责饥之食者曰："曷不为饮之之易也？"传曰[23]："古之欲明明德于天下者，先治其国；欲治其国者，先齐其家；欲齐其家者，先修其身；欲修其身者，先正其心；欲正其心者，先诚其意。"然则古之所谓正心而诚意者，将以有为也。今也，欲治其心而外天下国家，灭其天常[24]，子焉而不父其父，臣焉而不君其君，民焉而不事其事。孔子之作《春秋》也，诸侯用夷礼则夷之[25]，进于中国则中国之[26]。经曰："夷狄之有君，不如诸夏之亡[27]。"《诗》曰：戎狄是膺，荆舒是惩[28]"今也举夷狄之法，而加之先王之教之上，几何其不胥而为夷也[29]？

夫所谓先王之教者，何也？博爱之谓仁，行而宜之之谓义。由是而之焉之谓道。足乎己无待于外之谓德。其文，《诗》、《书》、《易》、《春秋》；其法，礼、乐、刑政；其民，士农工贾；其位，君臣、父子、师友、宾主、昆弟、夫妇；其服，麻丝；其居，宫室；其食，粟米、果蔬、鱼肉。其为道易明，而其为教易行也。是故以之为己，则顺而祥；以之为人，则爱而公；以之为心，则和而平；以之为天下国家，无所处而不当。是故生则得其情，死则尽其常。郊焉而天神假[30]，庙焉而人鬼飨[31]。曰："斯道也，何道也？"曰："斯吾所谓道也，非向所谓老与佛之道也。"尧以是传之舜，舜以是传之禹，禹以是传之汤，汤以是传之文武周公，文武周公传之孔子，孔子传之孟轲[32]，轲之死，不得其传焉。荀与扬也[33]，择焉而不精，语焉而不详。由周公而上，上而为君，故其事行。由周公而下，下而为臣，故其说长。然则如之何而可也？曰，不塞不流，不止不行。人其人，火其书，庐其居[34]。明先王之道以道之。鳏寡孤独废疾者有养也[35]，其亦庶乎其可也[36]。"

注　释

[1]宜：合宜。《礼记·中庸》："义者，宜也。"[2]之：往。[3]煦煦（xǔ）：和蔼的样子。这里指小恩小惠。[4]孑孑（jié jié）：琐屑细小的样子。[5]黄老：汉初道家学派，把传说中的黄帝与老子共同尊为道家始祖。[6]杨：杨朱，战国时哲学家，主张"轻物重生"、"为我"。墨：墨翟，战国初年的思想家，主张"兼爱"、"薄葬"。《孟子·滕文公下》："天下之言不归杨则归墨。"[7]汙（wū）：污蔑，诋毁。[8]诞：荒诞。自小：自己轻视自己。[9]云尔：语助词，相当于"等等"。关于孔子曾向老子请教，《史记·老庄申韩列传》及《孔子家语·观周》都有记载。[10]四：指士、农、工、商四类。[11]六：指士、农、工、商，加上和尚、道士。[12]资：依靠。焉：代词，指做生意。[13]宫室：泛指房屋。[14]宣：宣泄。湮（yān）郁：郁闷。[15]强梗：强暴之徒。[16]符：古代一种凭证，以竹、木、玉、铜等制成，刻有文字，双方各执一半，合以验真伪。玺（xǐ）：玉制的印章。斗斛：量器。权衡：秤锤及秤杆。[17]以上几句语出《庄子·胠箧》。《老子》

也说:"绝圣弃智,民利百倍;绝仁弃义,民复孝慈;绝巧弃利,盗贼无有。"[18]其:指佛家。[19]而:尔,你。下同。[20]清净:佛家以离开一切恶行烦扰为清净。《俱舍论》卷十六:"诸身语意三种妙行,名身语意三种清净,暂永远离一切恶行烦恼垢,故名为清净。"寂灭:梵语"涅槃"的意译。指本体寂静,离一切诸相(现实世界)。[21]三代:指夏、商、周三朝。黜(chù)贬斥。[22]其:指道家。[23]传(zhuàn):解释儒家经典的书称"传"。这里的引文出自《礼记·大学》。[24]天常:天性。[25]夷:中国古代汉族对其他民族的通称。[26]进:同化。[27]经:指儒家经典。[28]戎狄:古代西北方的少数民族。膺:攻伐。荆舒:古代指东南方的少数民族。[29]几何:差不多。胥:沦落。[30]郊:郊祀,祭天。假:通"格",到。[31]庙:祭祖。[32]文:周文王姬昌。武:周武王姬发。周公:姬旦。孟轲:战国时邹(今山东邹县)人。孔子再传弟子,被后来的儒家称为"亚圣"。[33]荀:荀子,名况,又称荀卿、孙卿。战国末年思想家、教育家。扬:扬雄,字子云,西汉末年文学家、思想家。[34]庐:这里作动词。其居:指佛寺、道观。[35]鳏(guān):老而无妻。独:老而无子。[36]庶乎:差不多、大概。

简 析

《原道》是韩愈的一篇著名哲学论文,也是其复古崇儒、攘斥佛老的代表作。文中观点鲜明,有破有立,引证今古,从历史发展、社会生活等方面,层层剖析,驳斥佛老之非,论述儒学之是,归结到要恢复古道、尊崇儒学的主旨。本文是唐代古文的杰作之一。

原 毁

[唐] 韩 愈

古之君子,其责己也重以周[1],其待人也轻以约[2]。重以周,故不怠[3];轻以约,故人乐为善。闻古之人有舜者,其为人也,仁义人也[4];求其所以为舜者，责于己曰："彼，人也，予，人也；彼能是，而我乃不能是[5]！"早夜以思，去其不如舜者，就其如舜者。闻古之人有周公者，其为人也，多才与艺人也[6]；求其所以为周公者，责于己曰："彼，人也，予，人也；彼能是，而我乃不能是！"早夜以思，去其不如周公者，就其如周公者，舜，大圣人也，后世无及焉；周公，大圣人也，后世无及焉；是人也，乃曰："不如舜，不如周公，吾之病也。"是不亦责于身者重以周乎！其于人也，曰："彼人也，能有是，是足为良人矣；能善是，是足为艺人矣。"取其一不责其二，即其新不究其旧，恐恐然惟惧其人之不得为善之利。一善，易修也，一艺，易能也，其于人也，乃曰："能有是，是亦足矣。"曰："能善是，是亦足矣。"不亦待于人者，轻以约乎？

今之君子则不然，其责人也详，其待己也廉[7]。详，故人难于为善；廉，故自取也少。己未有善，曰："我善是，是亦足矣。"己未有能，曰："我能是，是亦足矣。"外以欺于人，内以欺于心，未少有得而止矣，不亦待其身者已廉乎[8]！其于人也，曰："彼虽能是，其人不足称也；彼虽善是，其用不足称也。"举其一不计其十，究其旧不图其新，恐恐然惟惧其人之有闻也。是不亦责于人者已详乎！夫是之谓不以众人待其身，而以圣人望于人，吾未见其尊己也。

虽然，为是者有本有原，怠与忌之谓也。怠者不能修，而忌者畏人修。吾常试之矣，尝试语于众曰："某良士，某良士。"其应者，必其人之与也；不然，则其所疏远不与同其利者也；不然，则其畏也。不若是，强者必怒于言，懦者必怒于色矣。又尝语于众曰："某非良士，某非良士。"其不应者，必其人之与也；不然，则其所疏远不与同其利者也；不然，则其畏也。不若是，强者必说于言[9]，懦者必说于色矣。是故事修而谤兴，德高而毁来。呜呼！士之处此世，而望名誉之光，道德之行，难已！

将有作于上者，得吾说而存之，其国家可几而理欤[10]！

注 释

[1]重：严格。周：周密、全面。[2]轻：宽容。约：简少。以上二句出自《论语·卫灵公》："躬自厚而薄责于人"。[3]不怠：指不懈怠地进行道德修养。[4]舜：传说中远古时代的君王。仁义人：符合儒家仁义道德规范的

人。句出《孟子·离娄下》："舜明于庶物，察于人伦，由仁义行，非行仁义也"。[5]句出《孟子·滕文公上》："颜渊曰：'舜何人也？予何人也？有为者，亦若是。'"[6]周公：周文王之子，周武王之弟。武王死后，成王年幼继位，由周公摄政。多才与艺人：多才多艺的人。句出《尚书·金滕》。周公有言："予仁若考，能多才多艺，能事鬼事神。"[7]廉：少。[8]已：太、甚。[9]说：通"悦"。[10]几：庶几、差不多。

简 析

本文论述和探究毁谤产生的原因。作者认为士大夫之间毁谤之风的盛行是道德败坏的一种表现，其根源在于"怠"和"忌"，即怠于自我修养且又妒忌别人；不怠不忌，毁谤便无从产生。文章先从正面述说，说明一个人应该如何正确对待自己和对待别人才符合君子之德、君子之风，然后将不合这个准则的行为拿来对照，最后指出其根源及危害性。通篇采用对比手法，有"古之君子"与"今之君子"的对比，有同一个人"责己"和"待人"不同态度的比较，还有"应者"与"不应者"的比较等。全篇行文严肃而恳切，句式整齐中有变化，语言生动而形象，揭露当时的士风，可谓入木三分。

进学解

[唐] 韩 愈

国子先生晨入太学，招诸生立馆下，诲之曰[1]："业精于勤，荒于嬉；行成于思，毁于随。方今圣贤相逢，治具毕张[2]。拔去凶邪，登崇畯良[3]。占小善者率以录，名一艺者无不庸[4]。爬罗剔抉，刮垢磨光[5]。盖有幸而获选，孰云多而扬？诸生业患不能精，无患有司之不明；行患不能成，无患有司之不公[6]。"

言未既，有笑于列者曰："先生欺余哉！弟子事先生，于兹有年矣。先生口不绝吟于六艺之文，手不停披于百家之编[7]。纪事者必提其要，纂言者必钩其玄[8]。贪多务得，细大不捐。焚膏油以继晷，恒兀兀以穷年[9]。先生之业，可谓勤矣。抵排异端，攘斥佛老[10]。补苴罅漏，张皇幽眇[11]。寻坠绪之茫茫[12]，独旁搜而远绍。障百川而东之，回狂澜于既倒。先生之于儒，可谓有劳矣。沈浸醲郁，含英咀华，作为文章，其书满家[13]。上规姚姒，浑浑无涯；周《诰》殷《盘》，佶屈聱牙；《春秋》谨严，《左氏》浮夸；《易》奇而法，《诗》正而葩；下逮《庄》《骚》，太史所录；子云相如，同工异曲[14]。先生之于文，可谓闳其中而肆其外矣。少始知学，勇于敢为；长通于方，左右具宜。先生之于为人，可谓成矣。然而公不见信于人，私不见助于友[15]。跋前踬后，动辄得咎[16]。暂为御史，遂窜南夷[17]。三年博士，冗不见治[18]。命与仇谋，取败几时[19]。冬暖而儿号寒，年丰而妻啼饥。头童齿豁，竟死何裨。不知虑此，而反教人为[20]？"

先生曰："吁，子来前[21]！夫大木为杗，细木为桷，欂栌、侏儒、椳、闑、扂、楔，各得其宜，施以成室者，匠氏之工也[22]。玉札丹砂，赤箭青芝，牛溲马勃，败鼓之皮，俱收并蓄，待用无遗者，医师之良也[23]。登明选公，杂进巧拙，纤馀为妍，卓荦为杰，校短量长，惟器是适者，宰相之方也[24]。昔者孟轲好辩，孔道以明，辙环天下，卒老于行[25]。荀卿守正，大论是宏，逃谗于楚，废死兰陵[26]。是二儒者，吐辞为经，举足为法，绝类离伦，优入圣域，其遇于世何如也[27]？今先生学虽勤而不由其统，言虽多而不要其中，文虽奇而不济于用，行虽修而不显于众[28]。犹且月费俸钱，岁靡廪粟；子不知耕，妇不知织；乘马从徒，安坐而食[29]。踵常途之役役，窥陈编以盗窃[30]。然而圣主不加诛，宰臣不见斥，兹非其幸欤？动而得谤，名亦随之。投闲置散，乃分之宜。若夫商财贿之有亡，计班资之崇庳，忘己量之所称，指前人之瑕疵，是所谓诘匠氏之不以杙为楹，而訾医师以昌阳引年，欲进其豨苓也[31]。"

注 释

[1] 国子先生：韩愈自称，当时他任国子博士。唐朝时，国子监是设在京都的最高学府，下面有国子学、太学等七学，各学置博士为教授官。国子学是为高级官员子弟而设的。太学：这里指国子监。唐朝国子监相当于汉朝的太学，古时对官署的称呼常有沿用前代旧称的习惯。[2] 治具：治理的工具，主要指法令。《史记·酷吏列传》："法令者，治之具。"毕：全部。张：

指建立、确立。[3] 畯：通"俊"。[4] 率：都。庸：用。[5] 爬：爬梳，整理。抉（jué）：选择。[6] 有司：负有专责的部门及其官吏。[7] 六艺：指儒家六经，即《诗》、《书》、《礼》、《乐》、《易》、《春秋》六部儒家经典。百家之编：指儒家经典以外各学派的著作。《汉书·艺文志》把儒家经典列入《六艺略》中，另外在《诸子略》中著录先秦至汉初各学派的著作："凡诸子百八十九家，四千三百二十四篇。"春秋战国时期，各种学派兴起，著书立说，故有"百家争鸣"之称。[8] 纂：编集。纂言者，指言论集、理论著作。[9] 膏油：油脂，指灯烛。晷（guǐ）：日影。恒：经常。兀（wù）兀：辛勤不懈的样子。穷：终、尽。[10] 异端：儒家称儒家以外的学说、学派为异端。《论语·为政》："攻乎异端，斯害也已。"朱熹集注："异端，非圣人之道，而别为一端，如杨、墨是也。"焦循补疏："异端者，各为一端，彼此互异。"攘（rǎng）：排除。老：老子，道家的创始人，这里借指道家。[11] 苴（jū）：鞋底中垫的草，这里作动词用，是填补的意思。罅（xià）：裂缝。皇：大。幽：深。眇：微小。[12] 绪：前人留下的事业，这里指儒家的道统。韩愈《原道》认为，儒家之道从尧舜传到孔子、孟轲，以后就失传了，而他以继承这个传统自居。[13] 英、华：都是花的意思，这里指文章中的精华。[14] 姚姒（sì）：相传虞舜姓姚，夏禹姓姒。周诰：《尚书·周书》中有《大诰》、《康诰》、《酒诰》、《召诰》、《洛诰》等篇。诰是古代一种训诫勉励的文体。殷《盘》：《尚书》的《商诰》中有《盘庚》上、中、下三篇。佶屈：屈曲。聱牙：形容不顺口。《春秋》：鲁国史书，记载鲁隐公元年（前722）到鲁哀公十四年（前481）间史事，相传经孔子整理删定，叙述简约而精确，往往一个字中寓有褒贬（表扬和批评）的意思。《左氏》：指《春秋左氏传》，简称《左传》。相传鲁史官左丘明作，是解释《春秋》的著作，其铺叙详赡，富有文采，颇有夸张之处。《易》：《易经》，古代占卜用书，相传周人所撰。通过八卦的变化来推算自然和人事规律。《诗》：《诗经》，我国最早的一部诗歌总集，保存西周及春秋前期诗歌三百零五篇。逮：及、到。《庄》：《庄子》，战国时思想家庄周的著作。《骚》：《离骚》。战国时大诗人屈原的长诗。太史：指汉代司马迁，曾任太史令，也称太史公，著《史记》。子云：汉代文学家扬雄，字子云。相如：汉代辞赋家司马相如。[15] 见信、见助：被信任、被帮助。"见"在动词前表示被动。[16] 跋（bá）：踩。疐（zhì）：绊。语出《诗经·豳风·狼跋》："狼跋其胡，载疐其尾。"意思说，狼向前走就踩着颔下的悬肉（胡），后退就绊倒在尾巴上。形容进退都有困难。辄：常常。[17] 窜：窜逐，贬谪。南夷：韩愈于贞元十九年（803）授四门博士，次年转监察御史，冬，上书论宫市之弊，触怒德宗，被贬为连州阳山令。阳山在今广东，故称南夷。[18] 三年博士：韩愈在宪宗元和元年（806）六月至四年任国子博士。一说"三年"当作"三为"，韩愈此文为第三次博士时所作（元和七年二月至八年三月）。冗（rǒng）：闲散。见：通"现"。表现，显露。[19] 几时：不时，不一定什么时候，也即随时。[20] 为：语助词，表示疑问、反诘。[21] 吁（xū）：叹词。[22] 亲（máng）：屋梁。桷（jué）：屋椽。欂栌（bó lú）：斗栱，柱顶上承托栋梁的方木。侏（zhū）儒：梁上短柱。椳（wēi）：门枢臼。闑（niè）：门中央所竖的短木，在两扇门相交处。扂（diàn）：门闩之类。楔（xiè）：门两旁长木柱。[23] 玉札：地榆。丹砂：朱砂。赤箭：天麻。青兰：龙兰。以上四种都是名贵药材。牛溲：牛尿，一说为车前草。马勃：马屁菌。以上两种及"败鼓之皮"都是贱价药材。[24] 纡（yū）馀：委婉从容的样子。妍：美。卓荦（luò）：突出，超群出众。校（jiào）：比较。[25] 孟轲好辩：《孟子·滕文公下》载：孟子有好辩的名声，他说：予岂好辩哉！予不得已也。"意思说：自己因为捍卫圣道，不得不展开辩论。辙（zhé 哲）：车轮痕迹。[26] 荀卿：即荀况，战国后期时儒家大师，时人尊称为卿。曾在齐国做祭酒，被人谗毁，逃到楚国。楚国春申君任他做兰陵（今山东枣庄）令。春申君死后，他也被废，死在兰陵，著有《荀子》。[27] 离、绝：都是超越的意思。伦、类：都是"类"的意思，指一般人。[28] 统：道统。[29] 靡：浪费，消耗。廪（lǐn）：粮仓。[30] 踵（zhǒng）：脚后跟，这里是跟随的意思。役役：拘谨局促的样子。窥：从小孔、缝隙或隐僻处察看。陈编：古旧的书籍。[31] 财贿：财物，这里指俸禄。班资：等级、资格。亡：通"无"。庳（bēi）：通"卑"，低。前人：指职位在自己前列的人。瑕（xiá）：玉石上的斑点。疵（cī）：病。瑕疵，比喻人的缺点。如上文所说"不公"、"不明"。杙（yì）：小木桩。楹（yíng）：柱子。訾（zǐ）：毁谤非议。昌阳：昌蒲。药材名，相传久服可以长寿。狶（xī 希）苓：又名猪苓，利尿药。这句意思说：自己小材不宜大用，不应计较待遇的多少、高低，更不该埋怨主管官员的任使有什么问题。

简 析

  本文是韩愈任国子博士时所作，假托向学生训话，要求他们在学业、德行方面取得进步，学生提出质问，他再进行解释，故名"进学解"，借以抒发自己怀才不遇、仕途蹭蹬的牢骚。文中通过学生之口，形象地突出了自己学习、捍卫儒道以及从事文章写作的努力与成就，有力地衬托了遭遇的不平；而针锋相对的解释，表面心平气和，字里行间却充满了抑郁的感情，也反映了对社会的批评。按本文"业精于勤，荒于嬉；行成于思，毁于随"等语，凝聚着作者治学、修德的经验结晶；从"浸沉郁"到"同工异曲"一段，生动表现出他对前人文学艺术特点兼收并蓄的态度。韩愈作为散文家，也很推重汉代扬雄的辞赋。

  本文的写作有所借鉴扬雄的《解嘲》、《解难》等篇，辞采丰富，音节铿锵、对偶工整，气势奔放，语言流畅，摆脱了汉赋、骈文中常有的艰涩呆板，堆砌辞藻等不足之处。

讳 辩

[唐] 韩 愈

  愈与李贺书[1]，劝贺举进士[2]。贺举进士有名，与贺争名者毁之，曰贺父名晋肃，贺不举进士为是，劝之举者为非。听者不察也，和而唱之[3]，同然一辞。皇甫湜曰[4]："若不明白，子与贺且得罪。"愈曰："然。"

  律曰："二名不偏讳[5]。"释之者曰："谓若言'徵'不称'在'，言'在'不称'徵'是也[6]。"律曰："不讳嫌名[7]。"释之者曰："谓若'禹'与'雨'、'邱'与'蓲'之类是也[8]。"今贺父名晋肃，贺举进士，为犯二名律乎[9]？为犯嫌名律乎？父名晋肃，子不得举进士，若父名仁，子不得为人乎？夫讳始于何时？作法制以教天下者[10]，非周公孔子欤[11]？周公作诗不讳[12]，孔子不偏讳二名[13]，《春秋》不讥不讳嫌名[14]，康王钊之孙，实为昭王[15]。曾参之父名"皙"，曾子不讳"昔"[16]。周之时有骐期[17]，汉之时有杜度[18]，此其子宜如何讳？将讳其嫌遂讳其姓乎？将不讳其嫌者乎？汉讳武帝名"彻"为"通"[19]，不闻又讳车辙之"辙"为某字也；讳吕后名"雉"为"野鸡"[20]，不闻又讳治天下之"治"为某字也。今上章及诏[21]，不闻讳"浒"、"势"、"秉"、"机"也[22]。惟宦官宫妾，乃不敢言"谕"及"机"[23]，以为触犯。士君子立言行事[24]，宜何所法守也？今考之于经，质之于律[25]，稽之以国家之典[26]，贺举进士为可邪？为不可邪？

凡事父母，得如曾参，可以无讥矣；作人得如周公孔子，亦可以止矣[27]。今世之士，不务行曾参、周公、孔子之行[28]，而讳亲之名，则务胜于曾参、周公、孔子，亦见其惑也。夫周公、孔子、曾参卒不可胜，胜周公、孔子、曾参，乃比于宦者宫妾[29]，则是宦者宫妾之孝于其亲，贤于周公、孔子、曾参者邪？

注 释

[1] 李贺（790—816）：字长吉，唐代著名诗人，因避父讳，不能应试出身，只做过奉礼郎之类的小官。[2] 进士：唐代科举制度分常科和制科，常科是定期分科举行的考试，有秀才、明经、进士、明法等名目；制科是皇帝临时特设的考试。[3] 和（hè）而唱之：一唱一和。[4] 皇甫湜：字持正，元和进士。曾从韩愈学。[5] 律：此处当指唐代某项法律条文。唐代法典总称《唐律》，分12篇500条，其中未见"二名不偏讳"及下引"不讳嫌名"等条文。"二名不偏讳"最早见于《礼记》的《典礼上》及《檀弓下》，意为二字之名在用到其中某一字时不避讳。偏：一半。一说偏即徧（遍），全部、普遍的意思。根据《礼记》的释文，似乎不能作这样的解释。[6] "谓若"二句：孔子的母亲名"徵在"，孔子在说"徵"时不连用"在"，在说"在"时不连用"徵"。意即只要不连用，就用不着避讳。如唐代律文中有"二名不偏讳"的条文，则二句为律的释文。这条释文袭用《礼记·檀弓下》正文及《礼记·曲礼上》郑玄注。[7] 嫌名：指与名字中所用字音相近的字。音近则有称名之嫌，所以叫嫌名。[8] "谓若禹"二句：亦袭用《礼记·曲礼上》郑玄注。禹、雨，丘、蓲都是同音字。禹即夏禹，丘为孔子名。[9] 为：是。[10] 法制：礼法制度。[11] 周公：西周初年政治家，名姬旦，周武王的弟弟，帮助武王灭殷（商），又辅佐成王，主持制定了周朝的典章制度。他和孔

子都被历代统治者尊崇为"圣人"。[12] 诗:《诗经》。《诗经·周颂》中的《噫嘻》与《雝》等篇,相传为周公所作,其中有"克昌厥后"、"骏发尔私"等句,而周公之父文王名昌,周公之兄武王名发,所以说"周公作诗不讳"。[13] 孔子不偏讳二名:孔子不避单独用的"徵"或"在"字。如:《论语·八佾》中孔子曾说"杞不足徵也……宋不足徵也",《论语·卫灵公》中又说"某在斯"。[14]《春秋》:春秋时鲁国的编年史书,相传经孔子删订,为儒家经典之一。讥:讥刺,非难。[15] "康王"二句:周康王名钊,其孙继位,谥昭。《春秋》对此未提出异议。[16] 曾参(shēn):春秋时人,字子舆,孔子弟子,以孝行著称。其父名"晳",不讳昔:《论语·泰伯》记曾子说:"昔者吾友尝从事于斯矣。"[17] 骐期:春秋时楚国人。[18] 杜度:东汉时人,字伯度,齐国丞相。[19] "汉讳"句:汉武帝名刘彻,当时为避讳,将彻侯改为通侯,蒯(kuǎi)彻改为蒯通。[20] 吕后:名雉(zhì),当时为避讳,改雉为"野鸡"。[21] 章:章奏,臣下给皇帝的报告。诏:诏书,皇帝颁发的文书命令。[22] 浒(hǔ)势秉机:四字与唐高祖李渊之父(名虎)、太宗李世民、世祖李昞、玄宗隆基名同音。[23] 谕:与代宗李豫的名字同音。[24] 士君子:指官僚及其他有社会地位的乡绅、读书人等。[25] 质:对照。[26] 稽:检核。国家之典:指上文所举汉代讳武帝、吕后名,唐朝章奏、诏令不避"浒势秉机"等例。[27] 止:意为到达顶点。[28] 务行:致力于实行。[29] 比:类似。

简 析

封建时代对于君主和尊长的名字谥号等,不能直接写出或说出,就用其他字来代替,如汉高祖名邦,改"邦"为"国";唐太宗名世民,改"世"为"代",改"民"为"人"等。刻印古书时,也要把当世应讳的字改掉或缺笔。这叫做避讳。唐代著名诗人李贺,才气横溢,少年成名,但因为他的父亲名晋肃,在他准备参加进士科考试时就遭到了非议(晋、进同音),终于不能像当时其他读书人那样取得功名。韩愈曾鼓励李贺参加进士考试,也被人指责。面对这种陈腐观念,韩愈十分愤慨,《讳辩》就是为这件事而写的。文章层层设问,语言辛辣,说理透彻。全文没有一句从正面说出自己的观点,读者却可从文中明显感受到作者的愤愤不平之情。

与于襄阳书

[唐] 韩 愈

　　七月三日[1]，将仕郎、守国子四门博士韩愈[2]，谨奉书尚书阁下[3]。

　　士之能享大名，显当世者，莫不有先达之士[4]，负天下之望者，为之前焉[5]。士之能垂休光[6]，照后世者，亦莫不有后进之士，负天下之望者，为之后焉[7]。莫为之前，虽美而不彰；莫为之后，虽盛而不传。是二人者，未始不相须也[8]，然而千百载乃一相遇焉。岂上之人无可援[9]，下之人无可推欤[10]？何其相须之殷而相遇之疏也[11]？其故在：下之人负其能，不肯诒其上[12]；上之人负其位，不肯顾其下。故高材多戚戚之穷[13]，盛位无赫赫之光。是二人者之所为皆过也。未尝干之[14]，不可谓上无其人；未尝求之，不可谓下无其人。愈之诵此言久矣[15]，未尝敢以闻于人[16]。

　　侧闻阁下抱不世之才[17]，特立而独行[18]；道方而事实，卷舒不随乎时[19]，文武唯其所用，岂愈所谓其人哉？抑未闻后进之士[20]，有遇知于左右[21]，获礼于门下者。岂求之而未得邪？将志存乎立功，而事专乎报主，虽遇其人，未暇礼邪？何其宜闻而久不闻也？

　　愈虽不才，其自处不敢后于恒人。阁下将求之而未得欤？古人有言："请自隗始[22]。"愈今者惟朝夕刍米仆赁之资是急[23]，不过费阁下一朝之享而足也[24]。如曰"吾志存乎立功，而事专乎报主，虽遇其人，未暇礼焉"，则非愈之所敢知也。世之龌龊者[25]，既不足以语之[26]；磊落奇伟之人，又不能听焉，则信乎命之穷也[27]！谨献旧所为文一十八首[28]，如赐览观，亦足知其志之所存。

　　愈恐惧再拜。

注 释

　　[1]七月三日：当指贞元十八年（802）七月三日。这年春韩愈做了国子监四门学博士。[2]将仕郎：官名，文散官。守：唐代品级较低的人担任较高

的官叫守。国子：即国子监，当时中央教育机构。四门：即四门学，国子监统辖的六个部门之一，掌教七品以上官吏和一般地主子弟。这个部门设博士官若干人。[3]尚书：原为官名，这里用于对于襄阳的称呼。于襄阳名頔（dí）做过工部尚书，故称。阁下：对人的尊称。[4]莫：没有谁。先达：有地位，有名望的先辈。[5]为之前：为他做前导。[6]垂：流传。休：美。[7]后：继承功业。[8]未始：未尝。须：等待。[9]援：攀附。[10]推：引荐。[11]殷：殷切，恳切。[12]负：倚恃，自恃。诏：巴结，奉承，在这里有请求的意思。[13]戚戚：忧愁的样子。穷：困窘，不得志。[14]干：求。[15]诵：在这里含有思考、琢磨、念叨等义。[16]敢：表示谦敬，这里有"冒昧地"的意思。[17]侧闻：从旁边听说，"曾有所闻"的谦敬说法。[18]特立：不随波逐流。[19]卷舒：弯曲和伸直。这里指行动、地位的变化、进退。时：时俗，这里指当时的潮流。[20]抑：然而。[21]左右：指于頔。旧时书信称对方，不称其本人，而称其左右执事人，以示尊敬。[22]请自隗（kuí）始：公元前311年燕昭王即位后，为了拯救战败后的燕国，去向郭隗请教，郭隗说："王必欲致士，先从隗始，况贤于隗者，岂远千里哉。"燕昭王依郭隗的话去做，果然各国的贤士源源而来。"请自隗始"，意思是请拿自己做一个榜样，来吸引其他贤者。[23]刍：喂牲口的草。赁（lìn）：租用。[24]一朝（zhāo）之享：请一顿早晨的饭食，比喻要求很低。享，同"飨"，用酒食款待人。[25]龊龊（chuò）：器量狭小，拘谨于小节。[26]语（yù）：告诉。[27]信：确实，真是。[28]首：篇。

简 析

  本文是韩愈写给于襄阳请求引荐的信。于襄阳，河南人，名頔，字允元。因做过襄州大都督，故称于襄阳。文章前半部分是一般议论，析理透彻；后半部分转入正文，语气委婉，感情凄怆。通篇措词立意，不卑不亢，文辞绝妙。

送孟东野序

[唐] 韩 愈

　　大凡物不得其平则鸣。草木之无声，风挠之鸣。水之无声，风荡之鸣。其跃也，或激之[1]；其趋也，或梗之；其沸也，或炙之[2]。金石之无声，或击之鸣。人之于言也亦然，有不得已者而后言。其歌也有思，其哭也有怀，凡出乎口而为声者，其皆有弗平者乎！

　　乐也者，郁于中而泄于外者也，择其善鸣者而假之鸣[3]。金、石、丝、竹、匏、土、革、木八者[4]，物之善鸣者也。维天之于时也亦然，择其善鸣者而假之鸣。是故以鸟鸣春，以雷鸣夏，以虫鸣秋，以风鸣冬。四时之相推夺[5]，其必有不得其平者乎？

　　其于人也亦然。人声之精者为言，文辞之于言，又其精也，尤择其善鸣者而假之鸣。其在唐、虞[6]，咎陶、禹[7]，其善鸣者也，而假以鸣，夔弗能以文辞鸣[8]，又自假于《韶》以鸣[9]。夏之时，五子以其歌鸣[10]。伊尹鸣殷[11]，周公鸣周[12]。凡载于《诗》、《书》六艺[13]，皆鸣之善者也。周之衰，孔子之徒鸣之[14]，其声大而远。传曰："天将以夫子为木铎[15]。"其弗信矣乎！其末也，庄周以其荒唐之辞鸣[16]。楚，大国也，其亡也，以屈原鸣[17]。臧孙辰、孟轲、荀卿[18]，以道鸣者也。杨朱、墨翟、管夷吾、晏婴、老聃、申不害、韩非、慎到、田骈、邹衍、尸佼、孙武、张仪、苏秦之属[19]，皆以其术鸣。秦之兴，李斯鸣之[20]。汉之时，司马迁、相如、扬雄[21]，最其善鸣者也。其下魏晋氏，鸣者不及于古，然亦未尝绝也。就其善者，其声清以浮，其节数以急[22]，其辞淫以哀，其志弛以肆[23]；其为言也，乱杂而无章。将天丑其德莫之顾邪？何为乎不鸣其善鸣者也！

　　唐之有天下，陈子昂、苏源明、元结、李白、杜甫、李观[24]，皆以其所能鸣。其存而在下者，孟郊东野始以其诗鸣。其高出魏晋，不懈而及于古，其他浸淫乎汉氏矣[25]。从吾游者，李翱、张籍其尤也[26]。三子者之鸣信善矣。抑不知天将和其声，而使鸣国家之盛邪，抑将穷饿其身，思愁其心肠，而使自鸣其不幸邪？三子者之命，则悬乎天矣。其在上也奚以喜？其在下也奚以悲？东野之役于江南也[27]，有若不释然者，故吾道其于天者以解之。

注 释

[1]激：阻遏水势。《孟子·告子上》："今夫水，搏而跃之，可使过颡；激而行之，可使在山。"后世也用以称石堰之类的挡水建筑物为激。[2]炙：烤。这里指烧煮。[3]假：借助。[4]金、石、丝、竹、匏（páo）、土、革、木：我国古代用这八种质料制成的各类乐器的总称，也称"八音"。如钟属金类，磬属石类，瑟属丝类，箫属竹类，笙属匏类，埙（xūn）属土类，鼓属革类，柷（zhù）属木类。[5]推（夺）：推移。[6]唐、虞：尧帝国号为唐，舜帝国号为虞。[7]咎陶（gāo yáo）：也作咎繇、皋陶。传说为舜帝之臣，主管刑狱之事。《尚书》有《皋陶谟》篇。禹：夏朝开国君主。传说治洪水有功，舜让位于他。《尚书》有《大禹谟》、《禹贡》篇。[8]夔（kuí）：传说是舜时的乐官。[9]《韶》：舜时乐曲名。[10]五子：夏王太康的五个弟弟。太康耽于游乐而失国，五子作歌告诫。[11]伊尹：殷汤时的宰相，曾佐汤伐桀。[12]周公：名旦，武王之弟。辅佐武王伐纣灭商，建立周王朝。后又辅佐幼主成王，曾代行政事，制礼作乐。[13]六艺：汉以后对《诗经》、《尚书》、《易》、《礼》、《乐》、《春秋》等六种儒家经典的统称。[14]孔子：字仲尼，春秋时鲁国人，儒家学说的主要代表。[15]"天将以夫子为木铎。"：语出《论语·八佾》。木铎，木舌的铃。古代发布政策教令时，先摇木铎以引起人们注意。后遂以木铎比喻宣扬教化的人。[16]庄周：即庄子，战国时宋国蒙（今山东蒙阴县）人，道家学说的代表人物。荒唐：漫无边际，荒诞不经。《庄子·天下》篇说庄周文章有"以谬悠之说、荒唐之言、无端崖之辞，时恣纵而不傥"的特色。[17]屈原：名平，字原。战国时楚人。楚怀王时任左徒、三闾大夫，主张联齐抗秦。后遭谗被贬。楚顷襄王时，国事日非。秦兵攻破郢都，屈原投汨罗江自尽。著有《离骚》等不朽诗篇。[18]臧孙辰：即春秋时鲁国大夫臧文仲。《左传》、《国语·鲁语》载有他的言论。孟轲：即孟子。战国时邹（今山东邹县）人，是继孔子之后最著名的儒学大师。著有《孟子》。荀卿：即荀子。战国时赵人，儒家学者，著有《荀子》。[19]杨朱：字子居，战国时魏人。言论散见于《孟子》、《庄子》、《荀子》、《韩非子》。墨翟（dí）：即墨子。春秋、战国之际鲁国（一说宋国）人。墨家学说的创始者，主张兼爱、非攻、尚贤等。其言行主要见于《墨子》。管夷吾：字仲，春

秋时齐国人，辅佐齐桓公称霸。晏婴：即晏子。字平仲，春秋时齐景公贤相，以节俭力行，显名诸侯。其言行见于《晏子春秋》。老聃（dān）：即老子。春秋战国时楚国人。道家学说的始祖，相传五千言《老子》（又名《道德经》）即其所作。申不害：战国时郑国人。韩昭侯时为相，十五年，国治兵强。其说本于黄老而主刑名。著有《申子》。韩非：战国时韩国公子，后出使入秦为李斯所杀。著名法家代表，其说见《韩非子》。慎到：战国时赵国人，著有《慎子》。田骈：战国时齐国人。著《田子》二十五篇，今已佚。邹衍：战国时齐国人，阴阳家的代表人物，时称"谈天衍"。尸佼：战国时晋国人。孙武：即孙子。春秋时齐国人。著名军事家，著有《孙子兵法》。张仪：战国时魏国人，纵横家的代表人物。秦惠王时入秦为相，主"连横"说，游说六国与秦结盟，以瓦解"合纵"战略。苏秦：战国时东周洛阳人，著名纵横家。曾游说燕赵韩魏齐楚六国，合纵抗秦，身佩六国相印，为纵约长。[20]李斯：战国时楚国人。秦始皇时任廷尉、丞相。他对秦统一天下起过重要作用。有《谏逐客书》。[21]司马迁：字子长。西汉夏阳人。著名史学家，著有《史记》。相如：司马相如，字长卿，西汉。著名辞赋家，著有《子虚赋》、《上林赋》等。杨雄：字子云，西汉成都人。辞赋家，著有《甘泉赋》、《羽猎赋》、《长杨赋》等。[22]节数（shuò）：节奏短促。[23]弛以肆：弛，松弛，引申为颓废。肆，放荡。[24]陈子昂：字伯玉，梓州射洪人。著名诗人，韩愈《荐士》诗称其"国朝盛文章，子昂始高蹈。"著有《陈伯玉集》。苏源明：字弱夫，武功人，天宝进士。诗文散见于《全唐诗》、《全唐文》。元结：字次山，河南洛阳人。有《元次山文集》。李白：字太白，有《李太白集》。杜甫：字子美，有《杜工部集》。李观：字元宾，赵州赞皇人。贞元八年（792）与韩愈同登进士第。擅长散文，有《李元宾文集》。[25]浸淫：逐渐渗透。此有接近意。[26]李翱：字习之，陇西成纪人。他是韩愈的学生和侄女婿。有《李文公集》。张籍：字文昌，吴郡人。善作乐府诗，有《张司业集》。[27]役于江南：指赴溧阳就任县尉。

🍁 简 析

孟郊（751—814），字东野，中唐著名诗人。他屡试不第，46岁才中进士，50岁时被授为县尉。他一生怀才不遇，心情抑郁。在他上任之际，韩愈写此文加以赞扬和宽慰,流露出对朝廷用人不当的不满。文章运用比兴手法,从物不平则鸣写到人不平则鸣。全序仅篇末少量笔墨直接点到孟郊,其他内容都随性而作,但又紧紧围绕孟郊其人其事而设,言在彼而意在此,文章组织巧妙独特。

送李愿归盘谷序

[唐] 韩愈

太行之阳有盘谷[1]。盘谷之间,泉甘而土肥,草木丛茂,居民鲜少。或曰:"谓其环两山之间,故曰'盘'。"或曰:"是谷也,宅幽而势阻,隐者之所盘旋[2]。"友人李愿居之。

愿之言曰:"人之称大丈夫者,我知之矣:利泽施于人,名声昭于时,坐于庙朝[3],进退百官[4],而佐天子出令;其在外,则竖旗旄[5],罗弓矢,武夫前呵,从者塞途,供给之人,各执其物,夹道而疾驰。喜有赏,怒有刑。才畯满前[6],道古今而誉盛德,入耳而不烦。曲眉丰颊,清声而便体[7],秀外而惠中[8],飘轻裾[9],翳长袖[10],粉白黛绿者[11],列屋而闲居,妒宠而负恃[12],争妍而取怜[13]。大丈夫之遇知于天子、用力于当世者之所为也。吾非恶此而逃之[14],是有命焉,不可幸而致也。穷居而野处,升高而望远,坐茂树以终日,濯清泉以自洁。采于山,美可茹;钓于水,鲜可食。起居无时,惟适之安。与其有誉于前,孰若无毁于其后;与其有乐于身,孰若无忧于其心。车服不维[15],刀锯不加[16],理乱不知[17],黜陟不闻[18]。大丈夫不遇于时者之所为也,我则行之。伺候于公卿之门,奔走于形势之途[19],足将进而趑趄[20],口将言而嗫嚅[21],处污秽而不羞,触刑辟而诛戮[22],侥幸于万一,老死而后止者,其于为人,贤不肖何如也?"

昌黎韩愈闻其言而壮之[23],与之酒而为之歌曰:"盘之中,维子之宫;盘之土,可以稼[24];盘之泉,可濯可沿;盘之阻,谁争子所?窈而深[25],廓其有容[26];缭而曲[27],如往而复。嗟盘之乐兮,乐且无央;虎豹远迹兮,蛟龙遁藏;鬼神守护兮,呵禁不祥。饮且食兮寿而康,无不足兮奚所望!膏吾车兮秣吾马,从子于盘兮,终吾身以徜徉[28]!"

注 释

[1] 阳：山的南面叫阳。盘谷：在今河南济源北20里。[2] 盘旋：同盘桓，留连、逗留。[3] 庙朝：宗庙和朝廷。古代有时在宗庙发号施令。"庙朝"连称，指中央政权机构。 [4] 进退：这里指任免升降。 [5] 旗旄（máo）：旗帜。旄，旗竿上用旄牛尾装饰的旗帜。[6] 才畯：才能出众的人。畯，同"俊"。[7] 便（pián）体：美好的体态。[8] 惠中：聪慧的资质。惠，同"慧"。[9] 裾（jū）：衣服的前后襟。[10] 翳（yì）：遮蔽，掩映。[11] 黛：青黑色颜料。古代女子用以画眉。[12] 负恃：依仗。这里指自恃貌美。[13] 怜：爱。[14] 恶（wù）：厌恶。[15] 车服：代指官职。古代以官职的品级高下，确定所用车子和服饰。[16] 刀锯：指刑具。[17] 理：治。唐代避高宗李治的名讳，以"理"代"治"。[18] 黜陟（chù zhì）：指官吏的进退或升降。[19] 形势：地位和威势。[20] 趑趄（zī jū）：踌躇不前。[21] 嗫嚅（niè rú）：欲言又止的样子。[22] 刑辟（pì）：刑法。[23] 昌黎：韩氏的郡望。唐代重世族，所以作者标郡望。[24] 稼（gǔ）：播种五谷，这里指种谷处。[25] 窈（yǎo）：幽远。[26] 廓其有容：广阔而有所容。其：犹"而"。[27] 缭（liáo）：屈曲。[28] 倘佯（cháng yáng）：自由自在地来来往往。

简 析

李愿是韩愈的好朋友，生平不详。唐德宗贞元十七年（801）冬，韩愈在长安等候调官，因仕途不顺，心情抑郁，故借李愿归隐盘谷事，吐露心中郁抑不平之情。首段叙述盘谷环境之美及得名由来。接着三段借李愿之口，运用两宾夹一主的手法，写了三种人：声威赫赫的显贵、高洁不污的隐士和趋炎附势的官迷，于映衬、对比中表达他对官场腐化的憎恶和对隐居生活的向往。古人在朋友临别时，常常赋诗为赠，"序"是阐述赠诗的缘由和意旨的。本文末段"歌曰"以下就是赠诗。歌辞极言隐居之乐，立意深刻而善藏不露，句式整齐中有变化，流畅生动，和谐可诵，令人一唱三叹。相传苏轼最爱此文，对它评价很高。

祭十二郎文

[唐] 韩 愈

年、月、日[1]，季父愈闻汝丧之七日，乃能衔哀致诚，使建中远具时羞之奠[2]，告汝十二郎之灵：

呜呼！吾少孤，及长，不省所怙[3]，惟兄嫂是依。中年[4]，兄殁南方，吾与汝俱幼，从嫂归葬河阳[5]。既又与汝就食江南[6]，零丁孤苦，未尝一日相离也。吾上有三兄，皆不幸早世[7]。承先人后者，在孙惟汝，在子惟吾。两世一身，形单影只。嫂尝抚汝指吾而言曰："韩氏两世，惟此而已！"汝时尤小，当不复记忆；吾时虽能记忆，亦未知其言之悲也！

吾年十九，始来京城[8]。其后四年，而归视汝。又四年，吾往河阳省坟墓[9]，遇汝从嫂丧来葬。又二年，吾佐董丞相于汴州[10]，汝来省吾，止一岁，请归取其孥[11]。明年，丞相薨[12]，吾去汴州，汝不果来。是年，吾佐戎徐州[13]，使取汝者始行，吾又罢去[14]，汝又不果来。吾念，汝从于东，东亦客也，不可以久；图久远者，莫如西归，将成家而致汝。呜呼！孰谓汝遽去吾而殁乎[15]？

吾与汝俱少年，以为虽暂相别，终当久与相处。故舍汝而旅食京师，以求斗斛之禄[16]。诚知其如此，虽万乘之公相[17]，吾不以一日辍汝而就也[18]！

去年，孟东野往[19]，吾书与汝曰："吾年未四十，而视茫茫，而发苍苍，而齿牙动摇。念诸父与诸兄，皆康强而早世，如吾之衰者，其能久存乎？吾不可去，汝不肯来，恐旦暮死，而汝抱无涯之戚也[20]。"孰谓少者殁而长者存，强者夭而病者全乎？

呜呼！其信然邪？其梦邪？其传之非其真邪？信也，吾兄之盛德而夭其嗣乎？汝之纯明而不克蒙其泽乎[21]？少者强者而夭殁，长者衰者而存全乎？未可以为信也！梦也，传之非其真也，东野之书，耿兰之报[22]，何为而在吾侧也？呜呼！其信然矣！吾兄之盛德而夭其嗣矣！汝之纯明宜业其家者[23]，不克蒙其泽矣。所谓天者诚难测，而神者诚难明矣！所谓理者不可推，而寿者不可知矣！

虽然，吾自今年来，苍苍者或化而为白矣，动摇者，或脱而落矣，毛血日益衰[24]，志气日益微[25]，几何不从汝而死也[26]！死而有知，其几何离？其无知，悲不几时，而不悲者无穷期矣。

汝之子始十岁，吾之子始五岁，少而强者不可保，如此孩提者，又可冀其成立邪？呜呼哀哉！呜呼哀哉！

汝去年书云："比得软脚病，往往而剧。"吾曰："是疾也，江南之人，常常有之。"未始以为忧也。呜呼！其竟以此而殒其生乎？抑别有疾而致斯乎？

汝之书，六月十七日也；东野云，汝殁以六月二日；耿兰之报无月日。盖东野之使者不知问家人以月日？如耿兰之报，不知当言月日？东野与吾书，乃问使者，使者妄称以应之耳？其然乎？其不然乎？

今吾使建中祭汝，吊汝之孤与汝之乳母。彼有食可守，以待终丧，则待终丧而取以来；如不能守以终丧，则遂取以来。其余奴婢，并令守汝丧。吾力能改葬，终葬汝于先人之兆[27]，然后惟其所愿。

呜呼！汝病吾不知时，汝殁吾不知日，生不能相养以共居，殁不得抚汝以尽哀，敛不凭其棺[28]，窆不临其穴[29]。吾行负神明，而使汝夭。不孝不慈，而不得与汝相养以生，相守以死。一在天之涯，一在地之角，生而影不与吾形相依，死而魂不与吾梦相接，吾实为之，其又何尤[30]！"彼苍者天[31]"，"曷其有极[32]"！自今已往，吾其无意于人世矣！当求数顷之田於伊、颍之上[33]，以待馀年。教吾子与汝子，幸其成；长吾女与汝女，待其嫁，如此而已。

呜呼！言有穷而情不可终，汝其知也邪！其不知也邪？呜呼哀哉！

尚飨[34]！

注 释

[1]年、月、日：《文苑英华》作于贞元十九年（803）五月二十六日。[2]建中：人名，韩愈的家人。时羞：应时的鲜美食品。奠：祭品。[3]省（xǐng）：知道。怙（hù）依靠，这里指父亲。《诗系·小雅·蓼莪》里有"无父何怙"的句子，后来就用"怙"来表示对父亲的依靠。[4]中年：指韩会死于被贬之地，时年四十三岁。[5]河阳：县名，故城在今河南孟县。[6]就食江南：去江南谋生。建中二年（781），韩愈因中原兵乱不息，随嫂移家到江南。[7]早世：早没世，早死。[8]始来京城：韩愈在贞元二年

(786）游京城长安（在今陕西西安市）。[9]省（xǐng）：察看，探望。[10]董丞相：名晋，字混成。唐德宗时，曾任御史中丞，御史大夫，兼任过汴州刺史。汴州，唐时州名，在今河南开封。[11]孥（nú）：妻子儿女的统称，即家属。[12]薨（hōng）：唐代二品以上的官员死了都称"薨"。[13]佐戎徐州：指韩愈在徐州任节度推官。佐戎，辅助军事。徐州，今徐州市。[14]吾又罢去：指韩愈于唐德宗贞元十六年调为四门博士，迁监察御史。[15]遽（jù）：急，突然。[16]斗斛之禄：比喻微少的俸禄。斛（hú），古量器，唐时十斗为一斛。[17]万乘之公相：这里泛指地位显赫的官职。乘（shèng），古时一车四马为一乘。公，公卿。相，宰相。[18]辍（chuò）：停止，这里指离开。[19]孟东野：名郊，唐代著名诗人，韩愈的朋友。[20]戚：忧伤。[21]克：能。[22]耿兰：十二郎的仆人。[23]业：继承。[24]毛血：这里指身体。[25]志气：这里指精神。[26]几何：多久。[27]兆：墓地。[28]敛不凭其棺：指不能亲自为他入殓。敛，通"殓"。凭，靠。[29]窆（biǎn）：落葬。[30]尤：怨恨。[31]彼苍者天：语出《诗经·秦风·黄鸟》。[32]曷（hé）其有极：语出《诗经·唐风·鸨羽》。曷，何。[33]伊、颍（yǐng）之上：这里指韩愈的故乡。伊，伊河，在河南西部。颍，颍河，在安徽西北部及河南东部。[34]尚飨：（xiǎng）亦作"尚享"，意思是希望死者来享用祭品，旧时祭文常用作结论。飨，祭品。

简 析

十二郎是韩愈的次兄韩介之子，过继给韩愈的长兄韩会，在家族中排行十二。文章打破了传统祭文的固定格套，用自由的散体追忆幼时与十二郎共患难的情景。作者于看似平淡文字之中寓极度悲痛之情，表达了深挚的骨肉之情。

祭鳄鱼文

[唐] 韩 愈

维年月日[1]，潮州刺史韩愈，使军事衙推秦济[2]，以羊一、猪一，投恶溪之潭水[3]，以与鳄鱼食[4]，而告之曰：

昔先王既有天下，列山泽[5]，罔绳擉刃[6]，以除虫蛇恶物为民害者，驱而出之四海之外。及后王德薄，不能远有，则江汉之间，尚皆弃之以与蛮夷楚越[7]；况潮岭海之间[8]，去京师万里哉！鳄鱼之涵淹卵育于此，亦固其所。

今天子嗣唐位[9]，神圣慈武，四海之外，六合之内，皆抚而有之；况禹迹所揜[10]，扬州之近地[11]，刺史、县令之所治，出贡赋以供天地宗庙百神之祀之壤者哉？鳄鱼其不可与刺史杂处此土也。刺史受天子命，守此土，治此民，而鳄鱼睅然不安溪潭[12]，据处食民畜、熊、豕、鹿、獐，以肥其身，以种其子孙；与刺史亢拒，争为长雄[13]；刺史虽驽弱[14]，亦安肯为鳄鱼低首下心，伈伈睍睍[15]，为民吏羞，以偷活于此邪！且承天子命以来为吏，固其势不得不与鳄鱼辨。

鳄鱼有知，其听刺史言：潮之州，大海在其南，鲸鹏之大[16]，虾蟹之细，无不容归，以生以食，鳄鱼朝发而夕至也。今与鳄鱼约：尽三日，其率丑类南徙于海，以避天子之命吏；三日不能，至五日；五日不能，至七日；七日不能，是终不肯徙也。是不有刺史听从其言也；不然，则是鳄鱼冥顽不灵[17]，刺史虽有言，不闻不知也。夫傲天子之命吏，不听其言，不徙以避之，与冥顽不灵而为民物害者，皆可杀。刺史则选材技吏民，操强弓毒矢，以与鳄鱼从事，必尽杀乃止。其无悔！

注　释

[1]维：句首语气词。[2]潮州：州名，辖境相当于今广东省平远县、梅县、丰顺县、普宁县、惠来县以东地区。刺史：州的行政长官。军事衙推：州刺史的属官。[3]恶溪：在潮安境内，又名鳄溪、意溪，韩江经此，合流而南。[4]鳄（è）：爬行动物。[5]列：遮挡，阻遏。[6]擉（chù）：刺。[7]蛮：古时对南方少数民族的贬称。夷：古时对东方少数民族的贬称。楚、越：泛指东南方偏远地区。[8]岭海：岭，即越城、都宠、萌渚、骑田、大庾等五岭，地处今湘、赣、桂、粤边境。海，南海。[9]今天子：指唐宪宗李纯。[10]禹：大禹，传说中古代部落联盟的领袖。曾奉舜之命治理洪水，足迹遍于九州。故称九州大地为"禹迹"、"禹域"。揜（yǎn）：覆盖。这里指履践。揜：同"掩"。[11]扬州：传说大禹治水以后，把天下划为九州，扬州即其一，据《尚书·禹贡》："淮、海惟扬州。"《传》曰："北据淮，南距

海。"《尔雅·释地》："江南曰扬州。"潮州古属扬州地域。[12]晬（hàn）然：瞪起眼睛，很凶狠的样子。[13]长（zhǎng）：用作动词。[14]驽（nú）：劣马。[15]伈（xǐn）伈：恐惧貌。睍（xiàn）睍：眯起眼睛看，喻胆怯。[16]鹏：传说中的巨鸟，由鲲变化而成，也能在水中生活。见《庄子·逍遥游》。[17]冥顽：愚昧无知。

简 析

元和十四年（819），韩愈因谏迎佛骨，触怒了唐宪宗，被贬为潮州刺史。据《新唐书·韩愈传》说，韩愈刚到潮州，就听说境内的恶溪中有鳄鱼为害，把附近百姓的牲口都吃光了，于是写下了这篇《祭鳄鱼文》，劝诫鳄鱼搬迁。文章虽然短小，却跌宕有力。一般祭文的内容都是哀悼或祷祝，此文却实为檄文，这也是韩愈为文的大胆之处。

柳子厚墓志铭

[唐] 韩 愈

子厚，讳宗元[1]。七世祖庆，为拓跋魏侍中，封济阴公[2]。曾伯祖奭[3]，为唐宰相，与褚遂良、韩瑗俱得罪武后[4]，死高宗朝。皇考讳镇[5]，以事母弃太常博士，求为县令江南[6]。其后以不能媚权贵[7]，失御史。权贵人死[8]，乃复拜侍御史[9]。号为刚直[10]，所与游皆当世名人[11]。

子厚少精敏，无不通达。逮其父时[12]，虽少年，已自成人[13]，能取进士第[14]，崭然见头角[15]，众谓柳氏有子矣[16]。其后以博学宏词，授集贤殿正字[17]。俊杰廉悍[18]，议论证据今古[19]，出入经史百子[20]，踔厉风发[21]，率常屈其座人[22]。名声大振，一时皆慕与之交。诸公要人，争欲令出我门下[23]，交口荐誉之[24]。

贞元十九年，由蓝田尉拜监察御史[25]。顺宗即位，拜礼部员外郎[26]。遇用事者得罪[27]，例出为刺史[28]。未至，又例贬永州司马[29]。居闲[30]，益自刻苦，务记览[31]，为词章，泛滥停蓄[32]，为深博无涯涘[33]。而自肆于山水间[34]。

元和中，尝例召至京师，又偕出为刺史[35]，而子厚得柳州[36]。既至，叹曰："是岂不足为政邪[37]？"因其土俗[38]，为设教禁[39]，州人顺赖[40]。其俗以男女质钱[41]，约不时赎[42]，子本相侔[43]，则没为奴婢[44]。子厚与设方计[45]，悉令赎归[46]。其尤贫力不能者，令书其佣[47]，足相当，则使归其质[48]。观察使下其法于他州[49]，比一岁[50]，免而归者且千人。衡湘以南，为进士者[51]，皆以子厚为师，其经承子厚口讲指画为文词者，悉有法度可观。[52]其召至京师而复为刺史也，中山刘梦得禹锡亦在遣中[53]，当诣播州[54]。子厚泣曰："播州非人所居，而梦得亲在堂[55]，吾不忍梦得之穷[56]，无辞以白其大人[57]；且万无母子俱往理。"请于朝，将拜疏[58]，愿以柳易播[59]，虽重得罪[60]，死不恨。遇有以梦得事白上者[61]，梦得于是改刺连州[62]。呜呼！士穷乃见节义。今夫平居里巷相慕悦，酒食游戏相徵逐[63]，诩诩强笑语以相取下[64]，握手出肺肝相示[65]，指天日涕泣，誓生死不相背负[66]，真若不信；一旦临小利害，仅如毛发比[67]，反眼若不相识。落陷阱[68]，不一引手救，反挤之，又下石焉者，皆是也。此宜禽兽夷狄所不忍为，而其人自视以为得计。闻子厚之风，亦可以少愧矣[69]。

子厚前时少年，勇于为人[70]，不自贵重顾籍[71]，谓功业可立就[72]，故坐废退[73]。既退，又无相知有气力得位者推挽[74]，故卒死于穷裔[75]，材不为世用，道不行于时也。使子厚在台省时[76]，自持其身，已能如司马刺史时，亦自不斥；斥时，有人力能举之，且必复用不穷。然子厚斥不久，穷不极，虽有出于人，其文学辞章，必不能自力[77]，以致必传于后如今，无疑也。虽使子厚得所愿，为将相于一时[78]，以彼易此，孰得孰失，必有能辨之者。

子厚以元和十四年十一月八日卒[79]，年四十七。以十五年七月十日，归葬万年先人墓侧[80]。子厚有子男二人：长曰周六，始四岁；季曰周七[81]，子厚卒乃生。女子二人，皆幼。其得归葬也，费皆出观察使河东裴君行立[82]。行立有节概[83]，重然诺[84]，与子厚结交，子厚亦为之尽[85]，竟赖其力。葬子厚于万年之墓者，舅弟卢遵[86]。遵，涿人[87]，性谨慎，学问不厌。自子厚之斥，遵从而家焉[88]，逮其死不去。既往葬子厚，又将经纪其家，庶几有始终者[89]。

铭曰：是惟子厚之室[90]，既固既安，以利其嗣人[91]。

注 释

[1] 子厚：柳宗元的字。作墓志铭例当称死者官衔，因韩愈和柳宗元是笃交，故称字。讳：名。生者称名，死者称讳。[2] 七世：史书记柳宗元七世祖柳庆在北魏时任侍中，入北周封为平齐公。子柳旦，任北周中书侍郎，封济阴公。韩愈所记有误。侍中：门下省的长官，掌管传达皇帝的命令。北魏时侍中位同宰相。拓跋魏：北魏国君姓拓跋（后改姓元），故称。[3] 曾伯祖奭（shì）：柳奭，字子燕，柳旦之孙，柳宗元高祖子夏之兄。当为高伯祖，此作曾伯祖误。柳奭贞观时为中书舍人，因外甥女王氏为皇太子（唐高宗）妃，擢升为兵部侍郎。王氏当了皇后后，又升为中书侍郎。永徽三年（652）代褚遂良为中书令，位相当于宰相。后来高宗欲废王皇后立武则天为皇后，韩瑗和褚遂良力争，武则天一党人诬说柳奭要和韩、褚等谋反，被杀。[4] 褚（chǔ）遂良：字登善，曾做过吏部尚书、同中书门下三品、尚书右仆射等官。唐太宗临终时命他与长孙无忌一同辅助高宗。后因劝阻高宗改立武后，遭贬忧病而死。韩瑗（yuàn）：字伯玉，官至侍中，为救褚遂良，也被贬黜。[5] 皇考：对亡父的尊称。[6] 太常博士：太常寺掌宗庙礼仪的属官。柳镇于肃宗朝授左卫率府兵曹参军，佐郭子仪守朔方。后调长安主薄，居母丧，服除，命为太常博士。镇以有尊老孤弱在吴，再三辞谢，愿为宣城（今属安徽）令。此云"以事母弃太常博士"，恐误。[7] 权贵，此指窦参。柳镇曾迁殿中侍御史，因不肯与御史中丞卢佋，宰相窦参一同诬陷侍御史穆赞，后又为穆赞平反冤狱，得罪窦参，被窦参以他事陷害贬官。[8] 权贵人死：其后窦参因罪被贬，第二年被德宗赐死。[9] 侍御史：御史台的属官，职掌纠察百僚，审讯案件。[10] 号为刚直：郭子仪曾表柳镇为晋州录事参军，晋州太守骄悍好杀戮，吏莫敢与争，而柳镇独能抗之以理，故云。[11] 所与游皆当世名人：柳宗元有《先君石表阴先友记》，记载他父亲相与交游者计67人，书于墓碑之阴。并曰："先君之所与友，凡天下善士举集焉。"[12] 逮（dài）其父时：在他父亲在世的时候，宗元童年时代，其父柳镇去江南，他和母亲留在长安。至十二三岁时，柳镇在湖北、江西等地做官，他随父同去。柳镇卒于贞元九年（793），子厚年21岁。逮，及，到。[13] 已自成人：宗元十三岁即作《为崔中丞贺平李怀光表》，刘禹锡作集序云："子厚始以童子，有

奇名于贞元初。"[14] 取进士第：贞元九年宗元进士及第，年21。[15] 嶷然：高峻突出貌。见(xiàn)：同"现"。[16] 有子：意谓有光耀楣门之子。[17] 博学宏词：柳宗元贞元十二年（796）中博学宏词科，年24。唐制，进士及第者可应博学宏词考选，取中后即授予官职。集贤殿：集贤殿书院，掌刊辑经籍，搜求佚书。正字：集贤殿置学士、正字等官，正字掌管编校典籍、刊正文字的工作。宗元26岁授集贤殿正字。[18] 廉悍：方正、廉洁和坚毅有骨气。[19] 证据今古：引据今古事例作证。[20] 出入：融会贯通，深入浅出。[21] 踔(zhuó)厉风发：议论纵横，言辞奋发，见识高远。踔，远。厉，高。[22] 率：每每。屈：使之屈服。[23] 今出我门下：意谓都想叫他做自己的门生以沾光彩。[24] 交口：异口同声。[25] 蓝田：今属陕西。尉：县府管理治安，缉捕盗贼的官吏。监察御史：御史台的属官，掌分察百僚，巡按郡县，纠视刑狱，整肃朝仪诸事。[26] 礼部员外郎：官名，掌管辨别和拟定礼制之事及学校贡举之法。柳宗元得做此官是王叔文、韦执谊等所荐引。[27] 用事者：掌权者，指王叔文。顺宗做太子时，王叔文任太子属官，顺宗登位后，王叔文任户部侍郎，深得顺宗信任。于是引用新进，施行改革。旧派世族和藩镇宦官拥立其子李纯为宪宗，将王叔文贬黜，后来又将其杀戮。和柳宗元同时贬作司马的共八人，号"八司马"。[28] 例出：按规定遣出。永贞元年（805），宗元被贬为邵州（今湖南邵阳）刺史。[29] 例贬：依照"条例"贬官。永州：今湖南零陵县。司马：本是州刺史属下掌管军事的副职，唐时已成为有职无权的冗员。[30] 居闲：指公事清闲。[31] 记览：记诵阅览。此喻刻苦为学。[32] 泛滥：文笔汪洋恣肆。停蓄：文笔雄厚凝炼。[33] 无涯涘(sì)：无边际。涯、涘，均是水边。[34] 肆：放情。[35] 偕出：元和十年（815），宗元等"八司马"同时被召回长安，但又同被徙往更远的地方。[36] 柳州：唐置，属岭南道，即今广西柳州市。[37] 是岂不足为政邪：意谓柳州地虽僻远，也可以做出政绩。是，指柳州。[38] 因：顺着，按照。土俗：当地的风俗。[39] 教禁：教谕和禁令。[40] 顺赖：顺从信赖。[41] 质：典当，抵押。[42] 不时赎：不按时赎取。[43] 子：子金，即利息。本：本金。相伴(móu)：相等。[44] 没：没收。[45] 与设方计：替债务人想方设法。[46] 悉：全部。[47] 书：写，记下。佣：当雇工。此指雇工劳动所值，即工资。[48] 足相当：意谓佣工所值足以抵消借款本息。质：人质。[49] 观察使：又称观察处置使，是中央派往地方掌管监察的官。下其法：推行赎回人质的办法。［50］比（bì）：及，等到。［51］衡湘：衡山、湘水，泛指岭南地区。为：应试。［52］法度：规范。［53］中山：今河北定县。刘梦得：名禹锡，彭城（今江苏铜山县）人，中山为郡望。其祖先汉景帝子刘胜曾封中山王。王叔文失败后，刘被贬为郎州司马，这次召还入京后又贬播州刺史。［54］诣：前往。播州：今贵州绥阳县。［55］亲在堂：母亲健在。［56］穷：困窘。［57］大人：父母。此指刘母。句谓这种不幸的处境难以向老母讲。［58］拜疏（shù）：向皇帝上疏。［59］以柳易播：意指宗元自愿到播州去，让刘禹锡去柳州。［60］重（chóng）得罪：再加一重罪。［61］"遇有"句：指当时御史中丞裴度、崔群上疏为刘禹锡陈情一事。［62］刺：用作动词。连州：唐属岭南道，州治在今广东连县。［63］徵：约之来，逐：随之去。徵逐，往来频繁。［64］诩诩（xǔ xǔ）：夸大的样子。强（qiǎng）：勉强，做作。取下：指采取谦下的态度。［65］出肺肝相示：譬喻做出非常诚恳和坦白的样子。［66］背负：背叛，变心。［67］如毛发比：譬喻事情之细微。比，类似。［68］陷阱（jǐng）圈套，祸难。［69］少：稍微。［70］为人：助人。此处有认为柳宗元参加王叔文集团是政治上的失慎之意。故下云"不自贵重"。［71］顾籍：顾惜。［72］立就：即刻成功。［73］坐：因他人获罪而受牵连。废退：指远谪边地，不用于朝廷。［74］有气力：有权势和力量的人。推挽：推举提携。［75］穷裔：穷困的边远地方。［76］台省：御史台和尚书省。［77］自力：自我努力。［78］为将相于一时：被贬"八司马"中，只有程异后来得到李巽推荐，位至宰相，但不久便死，也没有什么政绩。此处暗借程异作比。［79］元和：唐宪宗年号。十四年，即819年。十一月八日：一作"十月五日"。［80］万年：在今陕西临潼县东北。先人墓：在万年县之栖凤原。见柳宗元《先侍御史府君神道表》。［81］周七：即柳告，字用益，宗元遗腹子。［82］河东：今山西永济县。裴行立：绛州稷山（今山西稷山县）人，时任桂管观察使，是宗元的上司。［83］节概：节操度量。［84］重然诺：看重许下的诺言。［85］尽：尽心，尽力。［86］卢遵：宗元舅父之子。［87］涿（zhuó）：今河北涿县。［88］从而家：跟从宗元以为己家。［89］庶几：近似，差不多。［90］惟：就是。室：幽室，即墓穴。［91］嗣人：子孙后代。

简 析

墓志铭,是古代文体的一种,刻石纳入墓内或墓旁,表示对死者的纪念,以便后人稽考。此文是韩愈于元和十五年(820),在袁州任刺史时所作。韩愈和柳宗元同是唐代古文运动中的领袖。两人私交甚深,友情笃厚。柳宗元卒于元和十四年,韩愈写过不少哀悼和纪念文字,这是其中较有代表性的一篇。文章综括柳宗元的家世、生平、交友、文章。韩愈赞扬了宗元的政治才能,称颂其勇于为人,急朋友之难的美德和刻苦自励的精神。对他长期迁谪的坎坷遭遇,满掬同情之泪。

驳《复仇议》

[唐] 柳宗元

臣伏见天后时[1],有同州下邽人徐元庆者[2],父爽为县吏赵师韫所杀[3],卒能手刃父仇,束身归罪。当时谏臣陈子昂建议诛之而旌其闾[4];且请"编之于令,永为国典"。臣窃独过之[5]。

臣闻礼之大本[6],以防乱也。若曰无为贼虐,凡为子者杀无赦。刑之大本,亦以防乱也。若曰无为贼虐,凡为理者杀无赦。其本则合,其用则异,旌与诛莫得而并焉。诛其可旌,兹谓滥;黩刑甚矣[7]。旌其可诛,兹谓僭[8];坏礼甚矣。果以是示于天下,传于后代,趋义者不知所向,违害者不知所立,以是为典可乎?盖圣人之制[9],穷理以定赏罚,本情以正褒贬,统于一而已矣。

向使刺谳其诚伪[10],考正其曲直,原始而求其端[11],则刑礼之用,判然离矣。何者?若元庆之父,不陷于公罪,师韫之诛,独以其私怨,奋其吏气,虐于非辜,州牧不知罪[12],刑官不知问,上下蒙冒[13],吁号不闻;而元庆能以戴天为大耻[14],枕戈为得礼[15],处心积虑,以冲仇人之胸,介然自克[16],即死无憾,是守礼而行义也。执事者宜有惭色,将谢之不暇[17],而又何诛焉?

其或元庆之父，不免于罪，师韫之诛，不愆于法[18]，是非死于吏也，是死于法也。法其可仇乎？仇天子之法，而戕奉法之吏[19]，是悖骜而凌上也[20]。执而诛之，所以正邦典[21]，而又何旌焉？

且其议曰："人必有子，子必有亲，亲亲相仇，其乱谁救？"是惑于礼也甚矣。礼之所谓仇者，盖其冤抑沉痛而号无告也；非谓抵罪触法，陷于大戮。而曰"彼杀之，我乃杀之"。不议曲直，暴寡胁弱而已。其非经背圣，不亦甚哉！

《周礼》[22]："调人[23]，掌司万人之仇。凡杀人而义者，令勿仇；仇之则死。有反杀者，邦国交仇之。"又安得亲亲相仇也？《春秋公羊传》[24]曰："父不受诛，子复仇可也。父受诛，子复仇，此推刃之道[25]，复仇不除害。"今若取此以断两下相杀，则合于礼矣。且夫不忘仇，孝也；不爱死，义也。元庆能不越于礼，服孝死义，是必达理而闻道者也。夫达理闻道之人，岂其以王法为敌仇者哉？议者反以为戮，黩刑坏礼，其不可以为典，明矣。

请下臣议附于令。有断斯狱者，不宜以前议从事。谨议。

注　释

[1] 伏见：看到。旧时下对上有所陈述时的表敬之辞。下文的"窃"，也是下对上表示敬意的。天后：即武则天（624—705），名曌（即"照"），并州文水（今山西省文水县）人。唐高宗李治永徽六年（655）被立为皇后，李治在世时即参预国政。后废睿（ruì）宗李旦自立，称"神圣皇帝"，改国号为周，在位16年。中宗李哲复位后，被尊为"则天大圣皇帝"，后人因称武则天。[2] 同州：唐代州名，辖境相当于今陕西省大荔、合阳、韩城、澄城、白水等县一带。下邽（guī）：县名，今陕西省渭南县。[3] 县吏赵师韫：当时的下邽县尉。[4] 陈子昂（661—702）：字伯玉，梓州射洪（今四川省射洪县）人。武后时曾任右拾遗，为谏诤之官。旌（jīng）：表彰。闾：里巷的大门。[5] 过：错误，失当。[6] 礼：封建时代道德和行为规范的泛称。[7] 黩（dú独）刑：滥用刑法。黩，轻率。[8] 僭（jiàn）：超出本分。[9] 制：制定，规定。[10] 刺谳（yàn厌）：审理判罪。[11] 原：推究。端：原因。[12] 州牧：州的行政长官。[13] 蒙冒：蒙蔽，包庇。[14] 戴天：头上顶着天，意即和仇敌共同生活在一个天地里。《礼记·曲礼上》："父

之仇，弗与共戴天。"［15］枕戈：睡觉时枕着兵器。［16］介然：坚定的样子。自克：自我控制。［17］谢之：向他认错。［18］愆（qiān）：过错。［19］戕（qiāng）：杀害。［20］悖骜（bèi ào）：桀骜不驯。悖，违背。骜，傲慢。［21］邦典：国法。［22］《周礼》：又名《周官》，《周官经》，儒家经典之一。内容是汇编周王室的官制和战国时代各国的制度等历史资料。［23］调人：周代官名。［24］《春秋公羊传》：即《公羊传》，为解释《春秋》的三传之一（另二传是《春秋左氏传》和《春秋穀梁传》）。旧题战国时齐人、子夏弟子公羊高作，一说是他的玄孙公羊寿作。［25］推刃：往来相杀。

简　析

这是柳宗元在礼部员外郎任上写的一篇驳论性的奏议，是针对陈子昂的《复仇议状》而发的。徐元庆为父报仇，杀了父亲的仇人，然后到官府自首。陈子昂提出了杀人犯法、应处死罪，而报父仇却合于礼义、应予表彰的处理意见。柳宗元在文章中批驳了这种观点，认为这不但赏罚不明，而且自相矛盾，指出徐元庆报杀父之仇的行为既合于礼义，又合于法律，应予充分肯定。文章的主旨是要说明封建主义的礼义和封建主义的法律的一致性，至今仍然具有一定的进步意义。全文观点鲜明，逻辑严密，驳论有力。

桐叶封弟辨

［唐］柳宗元

　　古之传者有言[1]：成王以桐叶与小弱弟戏[2]，曰："以封汝。"周公入贺[3]。王曰："戏也。"周公曰："天子不可戏。"乃封小弱弟于唐[4]。

　　吾意不然。王之弟当封邪，周公宜以时言于王，不待其戏而贺以成之也。不当封邪，周公乃成其不中之戏[5]，以地以人与小弱者为之主，其得为圣乎？且周公以王之言不可苟焉而已[6]，必从而成之邪？设有不幸，王以桐叶戏妇寺[7]，亦将举而从之乎[8]？凡王者之德，在行之何若。设未得其当，虽十易之不为病[9]；要于其当，不可使易也，而况以其戏乎！若戏而必行之，是周公教王遂过也[10]。

吾意周公辅成王,宜以道[11],从容[12]优乐,要归之大中而已[13],必不逢其失而为之辞[14]。又不当束缚之,驰骤之[15],使若牛马然,急则败矣。且家人父子尚不能以此自克[16],况号为君臣者邪!是直小丈夫缺缺者之事[17],非周公所宜用,故不可信。

或曰:封唐叔[18],史佚成之[19]。

注 释

传者:书传。此指《吕氏春秋·重言》和刘向《说苑·君道》所载周公促成桐叶封弟的故事。[2]成王:姓姬名诵,西周初期君主,周武王之子,13岁继承王位,因年幼,由叔父周公摄政。小弱弟:指周成王之弟叔虞。[3]周公:姓姬名旦,周武王之弟,周朝开国大臣。[4]唐:古国名,在今山西省翼城县一带。[5]不中之戏:不适当的游戏。[6]苟:轻率,随便。[7]妇寺:宫中的妃嫔和太监。[8]举:指君主的行动。[9]病:弊病。[10]遂:成。[11]道:指思想和行为的规范。[12]从容:此指举止言行。优乐:嬉戏,娱乐。[13]大中:指适当的道理和方法,不偏于极端。[14]辞:解释,掩饰。[15]驰骤:指被迫奔跑。[16]自克:自我约束。克,克制,约束。[17]直:只是,只不过。缺(quē)缺:耍小聪明的样子。[18]唐叔:即叔虞。[19]史佚:周武王时的史官尹佚。史佚促成桐叶封弟的说法,见《史记·晋世家》。

简 析

"辨"是一种用于辨析事物的是非真伪而加以判断的论说文体,韩愈的《讳辩》和柳宗元的这篇文章,都是这方面的代表性作品。但本文是围绕重臣应如何辅佐君主这一中心发挥议论。君主随便开了一句玩笑的话,臣子却把它当作金科玉律,绝对地予以服从。作者尖锐地批评了这种荒唐现象,指出"凡王者之德,在行之何若",对统治者的言行,要看它是否符合客观实际,不能盲从。这在君主至高无上的封建专制时代,是相当大胆的议论。

种树郭橐驼传

[唐] 柳宗元

郭橐驼[1]，不知始何名。病偻[2]，隆然伏行[3]，有类橐驼者，故乡人号之"驼"。驼闻之曰："甚善，名我固当。"因舍其名，亦自谓"橐驼"云。其乡曰丰乐乡，在长安西。驼业种树，凡长安豪富人为观游及卖果者[4]，皆争迎取养，视驼所种树，或移徙，无不活，且硕茂、早实以蕃[5]。他植者虽窥伺效慕，莫能如也。

有问之，对曰："橐驼非能使木寿且孳也[6]，能顺木之天，以致其性焉尔。凡植木之性：其本欲舒，其培欲平，其土欲故，其筑欲密。既然已，勿动勿虑，去不复顾。其莳也若子[7]，其置也若弃，则其天者全而其性得矣。故吾不害其长而已，非有能硕茂之也；不抑耗其实而已，非有能早而蕃之也。他植者则不然。根拳而土易[8]，其培之也，若不过焉则不及。苟有能反是者，则又爱之太殷，忧之太勤，旦视而暮抚，已去而复顾。甚者爪其肤以验其生枯，摇其本以观其疏密，而木之性日以离矣。虽曰爱之，其实害之；虽曰忧之，其实仇之。故不我若也。吾又何能为哉！"

问者曰："以子之道，移之官理[9]，可乎？"驼曰："我知种树而已，官理非吾业也。然吾居乡，见长人者好烦其令[10]，若甚怜焉[11]，而卒以祸。且旦暮吏来呼曰：'官命促尔耕，勖尔植[12]，督尔获；蚤缫而绪[13]，早织而缕[14]；字而幼孩[15]，遂而鸡豚[16]，'鸣鼓而聚之，击木而召之。吾小人缀飧饔以劳吏者[17]，且不得暇，又何以蕃吾生而安吾性耶？故病且怠若是[18]。则与吾业者，其亦有类乎？"

问者嘻曰："不亦善夫！吾问养树，得养人术。"传其事以为官戒也。

注 释

[1] 橐（tuó）驼：骆驼。[2] 偻（lǚ）：脊背弯曲，驼背。[3] 隆然：高高突起的样子。[4] 为观游：修建观赏游览的园林。[5] 蕃：繁多。

[6] 孳（zī）：生长得快。[7] 莳（shì）：移栽。[8] 土易：换了新土。[9] 官理：为官治民。唐人避高宗名讳，改"治"为"理"。[10] 长（zhǎng）人者：指治理人民的官长。[11] 怜：爱。[12] 勖（xù）：勉励。[13] 缫（sāo）：煮茧抽丝。而：通"尔"，你。[14] 缕：线，这里指纺线织布。[15] 字：养育。[16] 遂：长，喂大。豚（tún）：小猪。[17] 飧（sūn）：晚饭。饔（yōng）：早饭。[18] 病：困苦。

简 析

本文是一篇兼具寓言和政论色彩的传记文。文章通过对郭橐驼种树之道的记叙，说明"顺木之天，以致其性"是"养树"的法则，并由此推论出"养人"的道理，指出为官治民不能"好烦其令"，指责中唐吏治的扰民、伤民，反映出作者同情人民的思想和改革弊政的愿望。这种借传立说、因事出论的写法，别开生面。文章先以种植的当与不当作对比，继以管理的善与不善作对比，最后以吏治与种树相映照，在反复比照中导出题旨，阐明事理。文中描写郭橐驼的体貌特征，寥寥几笔，形象而生动；记述郭橐驼的答话，庄谐杂出，语精而意丰。全文以记言为主，在记言中穿插描写，错落有致、引人入胜。

愚溪诗序

[唐] 柳宗元

灌水之阳有溪焉[1]，东流入于潇水[2]。或曰：冉氏尝居也，故姓是溪为冉溪。或曰：可以染也，名之以其能，故谓之染溪。余以愚触罪，谪潇水上[3]。爱是溪，入二、三里，得其尤绝者家焉。古有愚公谷[4]，今余家是溪，而名莫能定，土之居者，犹龂龂然[5]，不可以不更也，故更之为愚溪。

愚溪之上，买小丘，为愚丘。自愚丘东北行六十步，得泉焉，又买居之，为愚泉。愚泉凡六穴，皆出山下平地，盖上出也。合流屈曲而南，为愚沟。遂负土累石，塞其隘，为愚池。愚池之东为愚堂，其南，为愚亭。池之中，为愚岛。嘉木异石错置，皆山水之奇者，以余故，咸以愚辱焉。

夫水，智者乐也[6]。今是溪独见辱于愚，何哉？盖其流甚下，不可以灌溉。又峻急多坻石[7]，大舟不可入也。幽邃浅狭[8]，蛟龙不屑[9]，不能兴云雨，无以利世，而适类于余，然则虽辱而愚之，可也。

宁武子"邦无道则愚"[10]，智而为愚者也；颜子"终日不违如愚[11]"，睿而为愚者也。皆不得为真愚。今余遭有道而违于理，悖于事[12]，故凡为愚者，莫我若也。夫然，则天下莫能争是溪，余得专而名焉。

溪虽莫利于世，而善鉴万类，清莹透澈，锵鸣金石[13]，能使愚者喜笑眷慕，乐而不能去也。余虽不合于俗，亦颇以文墨自慰，漱涤万物，牢笼百态[14]，而无所避之。以愚辞歌愚溪，则茫然而不违，昏然而同归，超鸿蒙[15]，混希夷[16]，寂寥而莫我知也。于是作《八愚诗》，记于溪石上。

注 释

[1]灌水：湘江的支流，在今广西壮族自治区东北部。阳，水的北面。[2]潇水：湘江的支流，在湖南零陵县入湘江。灌水、潇水都在当时的永州境内。[3]谪：古代官吏被降职或流放，称为谪。[4]愚公谷：在今山东淄博市北。[5]龂龂（yín yín）然：争辩的样子。[6]乐（yào）：爱好。语出《论语·雍也》"知者乐水，仁者乐山"。[7]坻（chí）：水中小洲。[8]邃（suì）：深远。[9]不屑（xiè）：因轻视，所以不肯或不愿做。[10]宁武子：名俞，谥武，春秋时卫国大夫。《论语·公冶长》记载：宁武子在国家太平时便表现聪明，在国家不太平时便装傻。[11]颜子：颜回，字子渊。《论语·为政》记载：孔子给颜回讲学，颜回从不提出不同意见，好像很愚笨。可是讲完以后发现他不但懂，而且能有所发挥。所以孔子说，颜回并不愚笨。[12]悖：违反。[13]锵（qiāng）鸣金石：这里是说水流能发出金石般的响声。锵，金玉相击声。[14]牢笼：作动词用，包罗。[15]鸿蒙：旧指宇宙形成以前的混沌状态，也指一种气。[16]希夷：指无声无色，空虚寂静的境界，语出《老子》。

简 析

本文是作者被贬永州后，为其作《八愚诗》写的序。序里说明了他命名溪、丘、泉、池等八物为"愚"的原因，借以抒发其愤懑不平的情绪。这是一篇趣味隽永的讽刺小品，比起作者其它各篇山水游记起来，其不平之情更为激越。

待漏院记

〔宋〕王禹偁

天道不言而品物亨[1]，岁功成者何谓也[2]？四时之吏[3]、五行之佐[4]，宜其气矣[5]。圣人不言而百姓亲[6]、万邦宁者何谓也？三公论道[7]，六卿分职[8]，张其教矣[9]。是知君逸于上，臣劳于下，法乎天也。古之善相天下者，自皋、夔至房、魏，可数也[10]，是不独有其德，亦皆务于勤耳，况夙兴夜寐以事一人，卿大夫犹然，况宰相乎！

朝廷自国初，因旧制[11]，设宰臣待漏院于丹凤门之右[12]，示勤政也。至若北阙向曙[13]，东方未明；相君启行，煌煌火城，相君至止，哕哕銮声[14]。金门未辟[15]，玉漏犹滴。彻盖下车[16]，于焉以息。待漏之际，相君其有思乎？

其或兆民未安[17]，思所泰之[18]；四夷未附，思所来之[19]。兵革未息，何以弭之[20]；田畴多芜，何以辟之。贤人在野，我将进之；佞臣立朝，我将斥之。六气不和[21]，灾眚荐至[22]，愿避位以禳之[23]；五刑未措[24]，欺诈日生，请修德以厘之[25]。忧心忡忡，待旦而入，九门既启[26]，四聪甚迩[27]。相君言焉，时君纳焉。皇风于是乎清夷[28]，苍生以之而富庶。若然，总百官[29]、食万钱，非幸也，宜也。

其或私仇未复，思所逐之；旧恩未报，思所荣之。子女玉帛，何以致之[30]；车马玩器，何以取之。奸人附势，我将陟之[31]；直士抗言[32]，我将黜之。三时告灾[33]，上有忧色，构巧词以悦之；群吏弄法，君闻怨言，进谄容以媚之。私心慆慆[34]，假寐而坐，九门既开，重瞳屡回[35]。相君言焉，时君惑焉，政柄于是乎隳哉[36]，帝位以之而危矣。若然，则死下狱、投远方，非不幸也，亦宜也。

是知一国之政，万人之命，悬于宰相，可不慎欤？复有无毁无誉，旅进旅退[37]，窃位而苟禄[38]，备员而全身者[39]，亦无所取焉。

棘寺小吏王禹偁为文[40]，请志院壁，用规于执政者。

注释

[1]天道：大自然的规律。品物：万物。亨：顺利生长。[2]岁功：农业收获。[3]四时之吏：分管四季的天神。[4]五行：金、木、水、火、土。佐：辅佐。[5]宣其气：疏导阴阳四时之气。[6]圣人：指皇帝。[7]三公：朝廷的最高行政长官。[8]六卿：朝廷分掌各部的官员。[9]教：教化。[10]皋、夔（kuí）：皋陶、后夔，舜时贤臣。房、魏：房玄龄、魏徵，唐太宗时贤相。[11]因旧制：承袭唐朝的制度。[12]待漏院：百官早晨等候上朝的地方。漏，铜壶滴漏，古时的计时器。[13]北阙：指皇帝与群臣议政的宫殿。向曙：天快亮。[14]哕哕（huì huì）：铃响声。銮：铃铛。[15]金门：宫门。[16]盖：车篷。[17]兆民：百姓。[18]泰之：让百姓安泰。[19]来之：使之归附。[20]弭：平息。[21]六气：阴、阳、风、雨、晦、明等六种天气现象。[22]灾眚（shěng）：灾祸。荐至：接连到来。[23]避位：解除官职。禳（ráng）：消灾。[24]措：废止。[25]厘：矫正。[26]九门：泛指宫门。[27]四聪：国君对四方民情的听察。[28]皇风：国家的政治风气。清夷：清平。[29]总：统管。[30]致：罗致。[31]陟（zhì）：提升。[32]抗言：直言指责。[33]三时：春、夏、秋三个农事季节。[34]慆慆（tāo tāo）：放纵无度。[35]重瞳：眼睛有两个瞳，传说舜重瞳.这里指明君的眼睛。[36]隳（huī）：毁坏。[37]旅进旅退：毫无主见，随众进退。旅，众。[38]苟禄：苟求俸禄。[39]备员：充数。全身：保全身家。[40]棘寺：大理寺，掌管司法的中央机构。

简析

《待漏院记》是王禹偁为世人传诵的政论性篇章之一。从题目类型上，这属于"厅壁记"，实际却是一篇充满政治色彩的"宰相论"，以宰相待漏之时的不同思想状态，将宰相分为贤相、奸相、庸相三个类型，褒贬之意非常鲜明，反映了他对现实政治的忧虑、批判。

文章开篇探究天道的运行规律、圣王的政治模式，以"四时之吏，五行之佐，宣其气"、"三公论道，六卿分职，张其教"，对儒家理想中"垂拱而天下治"的原因进行解释，借以导出臣相勤于政务的重要性与必要性，从而自然转到具有"示勤政"之意的待漏院，"勤政"则是文章的立意所在。

梅圣俞诗集序

〔宋〕欧阳修

予闻世谓诗人少达而多穷，夫岂然哉？盖世所传诗者，多出于古穷人之辞也。凡士之蕴其所有，而不得施于世者，多喜自放于山巅水涯之外，见虫鱼草木风云鸟兽之状类，往往探其奇怪，内有忧思感愤之郁积，其兴于怨刺，以道羁臣寡妇之所叹[1]，而写人情之难言。盖愈穷则愈工。然则非诗之能穷人，殆穷者而后工也。

予友梅圣俞[2]，少以荫补为吏[3]，累举进士，辄抑于有司，困于州县，凡十余年。年今五十，犹从辟书[4]，为人之佐[5]，郁其所蓄，不得奋见于事业。其家宛陵[6]，幼习于诗，自为童子，出语已惊其长老。既长，学乎六经仁义之说，其为文章，简古纯粹，不求苟说于世。世之人徒知其诗而已。然时无贤愚，语诗者必求之圣俞；圣俞亦自以其不得志者，乐于诗而发之，故其平生所作，于诗尤多。世既知之矣，而未有荐于上者。昔王文康公尝见而叹曰[7]："二百年无此作矣！"虽知之深，亦不果荐也。若使其幸得用于朝廷，作为雅颂以歌咏大宋之功德，荐之清庙[8]，而追商、周、鲁颂之作者[9]，岂不伟欤！奈何使其老不得志，而为穷者之诗，乃徒发于虫鱼物类，羁愁感叹之言。世徒喜其工，不知其穷之久而将老也！可不惜哉！

圣俞诗既多，不自收拾。其妻之兄子谢景初，惧其多而易失也，取其自洛阳至于吴兴以来所作[10]，次为十卷。予尝嗜圣俞诗，而患不能尽得之，遽喜谢氏之能类次也[11]，辄序而藏之。

其后十五年，圣俞以疾卒于京师，余既哭而铭之，因索于其家，得其遗稿千余篇，并旧所藏，掇其尤者六百七十七篇，为一十五卷。呜呼！吾于圣俞诗论之详矣[12]，故不复云。

注 释

[1]羁臣：泛指贬谪在外的官员。[2]梅圣俞：名尧臣，北宋著名诗人。[3]荫补为吏：因受先人功劳福荫而得官。[4]辟书：聘书。[5]佐：幕僚。[6]宛陵：安徽宣城的古称。[7]王文康公：王曙，宋仁宗时任宰相，谥文康。[8]清庙：皇帝的宗庙。[9]商、周、鲁颂：指《诗经》中"颂"的这一部分诗歌。[10]吴兴：今浙江湖州。[11]类次：分类编排。[12]论之详矣：欧阳修在《书梅圣俞稿后》及《六一诗话》中，都曾论及梅尧的诗歌成就。

简 析

北宋诗人梅圣俞一生颇不得意。诗作多反映社会矛盾和民生疾苦，风格平淡朴实，有矫正宋初靡丽倾向之意，对宋代诗风的转变有倡导力行之功，甚受陆游等人的推重。欧阳修是北宋诗文革新运动的领袖，主张文章应"明道"、"致用"、"事信"、"言文"。他为梅圣俞的诗集作序，一方面是肯定梅圣俞在矫正宋初浮艳诗风方面的功绩，另一方面也是借以表达自己"穷而后工"的文学主张。

丰乐亭记

[宋] 欧阳修

修既治滁之明年[1]，夏，始饮滁水而甘[2]。问诸滁人，得于州南百步之近。其上则丰山[3]，耸然而特立[4]；下则幽谷[5]，窈然而深藏[6]；中有清泉，滃然而仰出[7]。俯仰左右，顾而乐之。于是，疏泉凿石，辟地以为亭，而与滁人往游其间。

滁于五代干戈之际[8]，用武之地也。昔太祖皇帝[9]，尝以周师破李景兵十五万于清流山下[10]，生擒其将皇甫晖、姚凤于滁东门之外[11]，遂以平滁。修尝考其山川，按其图记[12]，升高以望清流之关，欲求晖、凤就擒之所。而故老皆无在者[13]，盖天下之平久矣。自唐失其政，海内分裂，豪杰并起而争，所在为敌国者[14]，何可胜数？及宋受天命，圣人出而四海一[15]。向之凭恃险阻[16]，铲削消磨。百年之间，漠然徒见山高而水清[17]。欲问其事，而遗老尽矣。今滁介江淮之间，舟车商贾，四方宾客之所不至，民生不见外事[18]，而安于畎亩衣食[19]，以乐生送死。而孰知上之功德，休养生息，涵煦于百年之深也[20]。

修之来此，乐其地僻而事简，又爱其俗之安闲。既得斯泉于山谷之间，乃日与滁人仰而望山，俯而听泉，掇幽芳而荫乔木[21]，风霜冰雪，刻露清秀[22]，四时之景无不可爱。又幸其民乐其岁物之丰成，而喜与予游也。因为本其山川，道其风俗之美，使民知所以安此丰年之乐者，幸生无事之时也。

夫宣上恩德，以与民共乐，刺史之事也[23]。遂书以名其亭焉。

注　释

[1]修：欧阳修自称。古代人自谦称名。滁（chú）：滁州，治所在今安徽滁县。[2]滁水：即滁河，流经滁州。[3]丰山：山名，在今滁县城西。[4]特立：挺立。[5]幽谷：深谷。一说丰乐亭下紫微泉原名幽谷。[6]窈然：深远的样子。[7]滃（wěng）然：大水汹涌的样子。[8]五代：指唐朝灭亡以后出现的后梁、后唐、后晋、后汉、后周五个朝代。干戈：古代的兵器，这里指战争。[9]太祖皇帝：指宋太祖赵匡胤，当时他任后周殿前都点检。[10]周：指五代时的后周。李景：即李璟，南唐的皇帝。清流山：在今滁县城西南。[11]皇甫晖：南唐江州节度使。姚凤：南唐团练使。[12]图记：地图、文字记载。[13]故老：这里指那些经历过战乱的老人。[14]所在：地方。敌国者：这里指和国家相匹敌的割据势力。[15]圣人：这里指宋朝开国皇帝赵匡胤。四海一：指国家得到了统一。[16]向：从前。险阻：险要之地。[17]漠然：这里是宁静无事的意思。[18]不见外事：不和外界接触。[19]畎（quǎn）亩：田地，田间。[20]涵煦（hán xù）：滋润化育。[21]掇（duō）：拾取。幽芳：香草。荫（yìn）：乘凉。[22]刻露：清晰地显露出来。[23]刺史：官名。宋代习惯上作为知州的别称。欧阳修此时为滁州知州，根据习惯自称为刺史。

简 析

　　丰乐亭位于今安徽滁县丰山北麓，是欧阳修被贬到滁州之后建造的。这篇文章就是写于此亭建成之时。作者用生动的笔触描绘了滁州山高水清的景致，同时回顾了百年前这里战乱的往事。文章情景交融，巧妙地穿插着议论，文笔自然流畅，极富感染力。

〔宋〕欧阳修

　　欧阳子方夜读书[1]，闻有声自西南来者，悚然而听之[2]，曰：异哉！初淅沥以潇飒[3]，忽奔腾而砰湃，如波涛夜惊，风雨骤至。其触于物也，铍铍铮铮[4]，金铁皆鸣；又如赴敌之兵，衔枚疾走[5]，不闻号令，但闻人马之行声。余谓童子："此何声也？汝出视之。"童子曰："星月皎洁，明河在天[6]，四无人声，声在树间。"

　　余曰："噫嘻，悲哉！此秋声也，胡为乎来哉？盖夫秋之为状也[7]，其色惨淡[8]，烟霏云敛[9]；其容清明，天高日晶[10]；其气栗冽[11]，砭人肌骨[12]；其意萧条，山川寂寥。故其为声也，凄凄切切，呼号愤发。丰草绿缛而争茂[13]，佳木葱茏而可悦；草拂之而色变，木遭之而叶脱；其所以摧败零落者，乃一气之余烈。夫秋，刑官也，于时为阴。又兵象也，于行为金；是谓"天地之义气"，常以肃杀而为心。天之于物，春生秋实。故其在乐也，商声主西方之音；夷则为七月之律。商，伤也，物既老而悲伤；夷，戮也，物过盛而当杀。嗟夫！草木无情，有时飘零[14]。人为动物，惟物之灵，百忧感其心，万事劳其形，有动乎中，必摇其精。而况思其力之所不及，忧其智之所不能，宜其渥然丹者为槁木[15]，黟然黑者为星星[16]。奈何非金石之质，欲与草木而争荣？念谁为之戕贼[17]，亦何恨乎秋声！"

　　童子莫对，垂头而睡。但闻四壁虫声唧唧，如助予之叹息。

注 释

[1]欧阳子：作者自称。方：正在。[2]悚（sǒng）然：惊惧。[3]初淅沥以萧飒：起初是淅淅沥沥的细雨带着萧飒的风声。[4]铮铮（cōng）铮铮：金属相击的声音。[5]衔枚：古时行军或袭击敌军时，让士兵衔枚以防出声。枚，形似竹筷，衔于口中，两端有带，系于脖上。[6]明河：银河。[7]秋之为状：秋天所表现出来的意气容貌。状，情状，指下文所说的其色、其容、其气、其意。[8]惨淡：黯然无色。[9]烟霏：烟气浓重。霏，很盛的样子。云敛：云雾密聚。敛，收，聚。[10]日晶：日光明亮。晶，亮。[11]栗冽：寒冷。[12]砭（biān）：刺。[13]绿缛：碧绿繁茂。[14]有时：有固定时限。[15]渥：红润的脸色。[16]黟（yī）：黑。星星：鬓发花白的样子。[17]戕（qiāng）贼：残害。

简 析

此赋作于仁宗嘉祐四年（1059）秋，欧阳修时年53岁，虽身居高位，然有感于宦海沉浮，政治改革艰难，故心情苦闷，乃以"悲秋"为题，抒发人生的苦闷与感叹。描绘了山川寂寥、草木零落的萧条景象，借景抒发了人事忧劳的悲感，但最后"念谁为之戕贼，亦何恨乎秋声！"却隐喻祸根在人。全篇语言流畅、声情并茂，值得一读。

管仲论

[宋] 苏 洵

管仲相威公[1]，霸诸侯，攘夷狄[2]，终其身齐国富强，诸侯不敢叛。管仲死，竖刁、易牙、开方用[3]。威公薨于乱[4]，五公子争立[5]，其祸蔓延，讫简公[6]，齐无宁岁。

夫功之成，非成于成之日，盖必有所由起；祸之作，不作于作之日，亦必有所由兆。故齐之治也，吾不曰管仲，而曰鲍叔[7]。及其乱也。吾不曰竖刁、易牙、开方，而曰管仲。何则？竖刁、易牙、开方三子，彼固乱人国者，顾其用之者[8]，威公也。夫有舜而后知放四凶[9]，有仲尼而后知去少正卯[10]。彼威公何人也？顾其使威公得用三子者，管仲也。仲之疾也，公问之相。当是时也，吾意以仲且举天下之贤者以对。而其言乃不过曰：竖刁、易牙、开方三子，非人情，不可近而已[11]。

呜呼！仲以为威公果能不用三子矣乎？仲与威公处几年矣，亦知威公之为人矣乎？威公声不绝于耳，色不绝于目，而非三子者则无以遂其欲。彼其初之所以不用者，徒以有仲焉耳。一日无仲，则三子者，可以弹冠而相庆矣[12]。仲以为将死之言可以絷威公之手足耶[13]？夫齐国不患有三子，而患无仲。有仲，则三子者，三匹夫耳[14]。不然，天下岂少三子之徒哉？虽威公幸而听仲[15]，诛此三人，而其余者，仲能悉数而去之耶[16]？呜呼！仲可谓不知本者矣。因威公之问[17]，举天下之贤者以自代，则仲虽死，而齐国未为无仲也。夫何患三子者？不言可也。

五伯莫盛于威、文[18]。文公之才，不过威公，其臣又皆不及仲。灵公之虐[19]，不如孝公之宽厚[20]。文公死，诸侯不敢叛晋，晋袭文公之余威[21]，犹得为诸侯之盟主百余年[22]。何者？其君虽不肖[23]，而尚有老成人焉[24]。威公之薨也，一败涂地，无惑也[25]，彼独恃一管仲，而仲则死矣。

夫天下未尝无贤者，盖有有臣而无君者矣。威公在焉，而曰天下不复有管仲者，吾不信也。仲之书[26]，有记其将死，论鲍叔、宾胥无之为人[27]，且各疏其短[28]。是其心以为数子者皆，不足以托国。而又逆知其将死[29]，则其书诞谩不足信也[30]。吾观史䲣[31]，以不能进蘧伯玉而退弥子瑕[32]，故有身后之谏[33]。萧何且死[34]，举曹参以自代[35]。大臣之用心，固宜如此也。夫国以一人兴，以一人亡。贤者不悲其身之死，而忧其国之衰，故必复有贤者，而后可以死。彼管仲者，何以死哉？

注　释

[1]官仲：名夷吾，字促。春秋初期政治家。由鲍叔牙推荐给齐桓公，被任命为卿，是齐桓公最得力的助手。他在齐国推行一系列新措施，使齐国的力量得到很大的发展。齐威公：即齐桓公。姓姜，名小白。公元前685—前

643年在位。宋人为避宋钦宗赵桓的名讳，改桓为威。他在管仲的辅助下，以"尊王攘夷"为口号，多次大会诸侯，成为春秋时期的第一个霸主。[2]攘：排斥。夷狄：古代对少数民族的蔑称。[3]竖刁、易牙、开方：三人都是齐桓公的宠幸近臣。管仲死后，他们三人共同专权。竖刁，"刁"也作"刀"、"貂"，相传他为了进入齐内宫而自阉。易牙，一作"狄牙"。开方，原卫国公子，后离开卫国，抛弃双亲，事奉齐桓公。[4]薨（hōng）：周代诸侯死亡称作"薨"。[5]五公子：指公子武孟、公子元、公子潘、公子商人、公子雍。[6]简公：齐简公，前484—前481年在位。[7]鲍叔：即鲍叔牙，春秋时齐国大夫，以善于知人著称。年少时和管仲友善。在公子纠和齐桓公的争权斗争中，管仲辅佐公子纠，他辅佐齐桓公。齐桓公即位后，要任命他负责管理国内外事务，他谢绝了，并推举管仲。齐桓公听从他的意见，重用管仲，从此齐国逐渐强盛起来。[8]顾：但是。[9]舜：传说中父系氏族社会后期的部落联盟领袖。四凶，指共工、鲧、欢兜和三苗首领。[10]仲尼：孔子的字。鲁国人，春秋末期著名政治家、思想家、教育家，儒家学派创始人。少正卯：春秋末期鲁国大夫。史书记载，孔子任鲁国司寇时，少正卯被杀。[11]非人情：管仲认为竖刁、易牙、开方三人，既然能够做出自阉、杀儿、背亲这种不近人情的事，也就不可能忠于君主，所以希望齐桓公不要亲近他们。[12]弹冠：弹去帽子上的灰尘。[13]絷（zhí）：这里是束缚的意思。[14]匹夫：这里指普通人。[15]幸：侥幸。[16]悉：全部。[17]因：顺着，趁着。[18]五伯：即五霸。春秋时期，齐桓公、晋文公、楚庄王、宋襄公、秦穆公，曾先后称霸诸侯，史称五霸。威、文：即桓、文。文，指晋文公前636—前628年在位，继齐桓公称霸。[19]灵公：指晋灵公，晋文公之子，前620—前607年在位。[20]孝公：指齐孝公，齐桓公之子，公元前642—前633年在位。齐桓公死后，他在宋国的支持下夺得了王位。[21]袭：继承。[22]盟主：古代诸侯盟会中的首领。[23]肖：这里是贤明的意思。[24]老年人：原指"年老成德之人"，后指阅历多而办事稳重的人。[25]惑：这里指困惑不解。[26]仲之书：指《管子》。相传为管仲所撰，实际上是后人根据管仲的言行编纂而成的。[27]宾胥无：齐国大夫，齐桓公时贤臣。[28]疏：陈述，列举。[29]逆知：预先测知。[30]诞谩：荒诞无稽。[31]史鳅：字子鱼，也叫史鱼，春秋时卫国大夫。[32]蘧（qín）伯玉：春秋时卫国大夫，卫灵公时贤臣。弥子瑕：春秋时卫国大夫，善于奉承，曾深得灵公宠爱。[33]身后之谏：卫灵公不用蘧伯玉而用弥子瑕，史鳅多次进谏，灵公一直不听。史鳅临死前，令其子把自己的尸体放在窗下，以表示死后仍要进谏。灵公来吊丧，看到这种情况感到奇怪，史鳅的儿子就跟他说明了原因。灵公醒悟，于是不用弥子瑕而用蘧伯玉。[34]萧何：随汉高祖刘邦起兵，后为汉朝丞相。在汉政权的建立和巩固过程中发挥了重要的作用。他生病时，汉惠帝刘盈前往看望，并问以后谁能继他为相，萧何推荐了曹参。[35]曹参：随刘邦起兵，屡建战功，继萧何为汉丞相。

简 析

本文强调"荐贤"对保证国家长期安定强盛的重大作用。作者认为齐国富强是由于鲍叔牙荐举了管仲，而齐国的内乱是由于管仲临终前没有推荐贤人代替自己。所以，治理国家的关键不在于诛杀作乱的人，而在于推举任用贤人。这种荐贤的观点，至今仍有深远意义。

留侯论

〔宋〕苏 轼

古之所谓豪杰之士，必有过人之节，人情有所不能忍者。匹夫见辱[1]，拔剑而起，挺身而斗，此不足为勇也。天下有大勇者，卒然临之而不惊[2]，无故加之而不怒，此其所挟持者甚大[3]，而其志甚远也。

夫子房受书于圯上之老人也[4]，其事甚怪[5]。然亦安知其非秦之世，有隐君子者，出而试之[6]？观其所以微见其意者，皆圣贤相与警戒之义。世人不察，以为鬼物[7]，亦已过矣。且其意不在书[8]。当韩之亡，秦之方盛也，以刀锯鼎镬待天下之士[9]，其平居无事夷灭者，不可胜数；虽有贲、育[10]，无所获施。夫持法太急者，其锋不可犯，而其势未可乘。子房不忍忿忿之心，以匹夫之力，而逞于一击之间[11]。当此之时，子房之不死者，其间不能容发[12]，盖亦危矣！千金之子，不死于盗贼[13]。何哉？其身之可爱，而盗贼之不足以死也。子房以盖世之才，不为伊尹，太公之谋[14]，而特出于荆轲，聂政之计[15]，以侥幸于不死，此圯上之老人所为深惜者也。是故倨傲鲜腆而深折之[16]，彼其能有所忍也，然后可以就大事，故曰："孺子可教也。"

楚庄王伐郑，郑伯肉袒牵羊以迎。庄王曰："其主能下人，必能信用其民矣。"遂舍之。勾践之困于会稽，而归臣妾于吴者，三年而不倦[17]。且夫有报人之志，而不能下人者，是匹夫之刚也。夫老人者，以为子房才有余，而忧其度量之不足，故深折其少年刚锐之气，使之忍小忿而就大谋。何则？非有平生之素，卒然相遇于草野之间，而命以仆妾之役，油然而不怪者，此固秦皇帝之所不能惊，而项籍之所不能怒也。

观夫高祖之所以胜，而项籍之所以败者，在能忍与不能忍之间而已矣。项籍惟不能忍，是以百战百胜，而轻用其锋[18]。高祖忍之，养其全锋，而待其弊，此子房教之也。当淮阴破齐而欲自王，高祖发怒，见于词色[19]。由此观之，犹有刚强不忍之气，非子房其谁全之？

太史公疑子房以为魁梧奇伟，而其状貌乃如妇人女子，不称其志气，而愚以为，此其所以为子房欤！

注　释

[1]见辱：被侮辱。[2]卒（cù）然：猝然。[3]挟持：指抱负。[4]圯（yí）：桥。老人：指黄石公。《史记·留侯世家》载：张良在追随刘邦起义前，曾接受黄石公的考验，并被传授了《太公兵法》。[5]其事甚怪：圯上老人对张良说，日后你在谷城山下见到的黄石就是我，所以传说老人是黄石的化身。[6]隐君子：躲避乱世的隐士。[7]鬼物：鬼神的化身。[8]其意不在书：指黄石公点化张良；立意不在表面传授兵书这一举动上。[9]刀锯鼎镬（huò）：古代施酷刑的刑具。[10]贲（bēn）：孟贲。育：夏育。战国时的著名勇士。[11]逞于一击：指张良收买刺客，当秦始皇出巡至博浪沙时，用铁锥击杀他，副车，没有成功。逞，称心。[12]不能容发：容不下一跟头发，比喻情势危急。[13]不死于盗贼：不愿意跟盗贼拼命。[14]伊尹、太公之谋：指安邦定国的计谋。伊尹，商代贤相。太公，周代贤相。都是开国功臣。[15]荆轲、聂政：战国时著名的刺客。[16]倨傲：傲慢。鲜腆（tiǎn）：无礼。折：侮辱。[17]三年而不倦：事见《左传·哀公元年》。[18]轻用其锋：轻率地消耗兵力。[19]见于词色：刘邦兵败受困时，韩信要求立他为假齐王，

刘邦很生气,张良从旁暗示,才马上改变态度,立韩信为齐王,化解了矛盾。

简 析

这篇散文是苏轼早年所作,字里行间洋溢着作者的才智。文章的主旨在于阐发"忍小忿而就大谋",为使自己的论点具有说服力,作者广征史实,不仅引用了郑伯肉袒迎楚、勾践卧薪尝胆等善于隐忍的正面典型,而且引项羽、刘邦等不善于隐忍的反面典型,从正反两方面加以论证。

这篇文章能开能合,气势俊逸奔放,言简意赅,分析透彻,鞭辟入里,显示了青年苏轼杰出的文学才华,也成为立论文章的典范。

喜雨亭记

[宋] 苏 轼

亭以雨名,志喜也[1]。古者有喜,则以名物,示不忘也。周公得禾[2],以名其书;汉武得鼎[3],以名其年;叔孙胜敌[4],以名其子。其喜之大小不齐,其示不忘一也。

予至扶风之明年[5],始治官舍。为亭于堂之北,而凿池其南,引流种树,以为休息之所。是岁之春,雨麦于岐山之阳[6],其占为有年[7]。既而弥月不雨[8],民方以为忧。越三月,乙卯乃雨[9],甲子又雨,民以为未足。丁卯大雨,三日乃止。官吏相与庆于庭,商贾相与歌于市,农夫相与忭于野[10],忧者以喜,病者以愈,而吾亭适成。

于是举酒于亭上。以属客而告之[11],曰:"五日不雨可乎?曰:五日不雨则无麦。十日不雨可乎?曰:十日不雨则无禾。无麦无禾,岁且荐饥[12],狱讼繁兴而盗贼滋炽。则吾与二三子,虽欲优游以乐于此亭[13],其可得耶?今天不遗斯民,始旱而赐之以雨。使吾与二三子得相与优游而乐于此亭者,皆雨之赐也。其又可忘耶?"

既以名亭,又从而歌之,曰:"使天而雨珠,寒者不得以为襦[14];使天而雨玉,饥者不得以为粟。一雨三日,伊谁之力[15]?民曰太守[16],太守不有。归之天子，天子曰不然；归之造物，造物不自以为功；归之太空。太空冥冥，不可得而名。吾以名吾亭。"

注　释

[1]志：记。[2]周公：西周初期的政治家。传说周成王曾送给他两株苗合生一穗的谷子，为此，他写下了《嘉禾》。这篇文章今已失传，《尚书》仅存篇名。[3]汉武得鼎：据记载，公元前116年，汉武帝从汾水上得一鼎，于是改年号为元鼎元年。鼎，上古炊具，多用青铜制成，圆形，三足两耳，也有方形四足的。古代贵族多用作祭祀、宴享等活动时的礼器，因此常被看作是国家、权力的象征。[4]叔孙：这里指叔孙得臣，春秋时鲁国人。他曾率军打败鄋（sōu）瞒国，俘虏敌其国君侨如。于是他将自己的儿子命名为侨如。[5]扶风：即凤翔府，在今陕西凤翔县。苏轼做过凤翔府签书判官（辅佐行政长官的官职），在宋仁宗嘉祐六年（1061年）到任。[6]雨麦：下麦雨。雨（yù），下雨。龙卷风将地面的麦子带入空中，可以产生"雨麦"的现象，古代多有这一类的记载，但都被涂上了迷信色彩。岐山：在今陕西岐山县。[7]占：占卜算卦。有年：指丰收。年，年成，收成。[8]弥月：整月。弥，满。[9]乙卯：记日的干支数，下文"甲子"、"丁卯"同。这里的"乙卯"、"甲子"、"丁卯"分别是四月初二、四月十一及四月十四日。[10]忭（biàn）：高兴，欢乐。[11]属客：指劝客饮酒。属（zhǔ），倾注，引申为劝酒。[12]荐饥：连年饥荒。荐，通"洊"，屡次，接连。[13]优游：悠闲，闲暇自得的样子。[14]襦（rú）：短袄。[15]伊：词头，无义。[16]太守：郡的最高长官。宋时已改郡为州或府，太守也改称"知州"或"知府"，但人们仍常常以"太守"称呼知府。

简　析

喜雨亭是苏轼在凤翔府任签书判官的第二年修造的一座亭子。本文记述了喜雨亭命名的缘由和人民在久旱逢甘霖的喜悦心情，也表达了作者关怀百姓疾苦的思想。文章寓议论于风趣的谈话之中，用轻松的笔调含蓄地表达了作者的见解,以吟咏的形式结尾,展现其多姿的文采。

方山子传

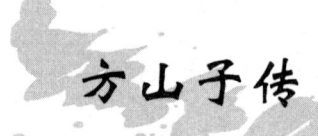

〔宋〕苏　轼

　　方山子,光、黄间隐人也[1]。少时慕朱家、郭解为人[2],闾里之侠皆宗之[3]。稍壮,折节读书[4],欲以此驰骋当世,然终不遇。晚乃遁于光、黄间,曰岐亭。庵居蔬食,不与世相闻。弃车马,毁冠服,徒步往来山中,人莫识也。见其所著帽,方屋而高,曰:"此岂古方山冠之遗像乎[5]?"因谓之"方山子"。

　　余谪居于黄[6],过岐亭,适见焉,曰:"呜呼!此吾故人陈慥季常也,何为而在此?"方山子亦矍然问余所以至此者。余告之故,俯而不答,仰而笑,呼余宿其家。环堵萧然,而妻子奴婢皆有自得之意。

　　余既耸然异之,独念方山子少时,使酒好剑[7],用财如粪土。前十九年[8],余在岐下,见方山子从两骑,挟二矢,游西山,鹊起于前,使骑逐而射之,不获。方山子怒马独出[9],一发得之。因与余马上论用兵及古今成败,自谓一时豪士。今几日耳,精悍之色,犹见于眉间,而岂山中之人哉!

　　然方山子世有勋阀,当得官,使从事于其间,今已显闻。而其家在洛阳,园宅壮丽,与公侯等。河北有田,岁得帛千匹,亦足以富乐。皆弃不取,独来穷山中,此岂无得而然哉!

　　余闻光、黄间多异人,往往佯狂垢污,不可得而见,方山子傥见之欤[10]!

注　释

　　[1]光、黄:即光州和黄州。光州和黄州邻接,宋时同属淮南西路。[2]朱家、郭解:二人都是西汉时的游侠,喜替人排忧解难。[3]闾里:乡里。宗:推崇,归附。[4]折节:改变以往的志向和行为。[5]方山冠:汉代祭祀宗庙时乐舞者所戴的一种帽子。唐宋时,隐者常喜戴之。[6]谪:降职。

苏轼是在元丰三年（1080）贬到黄州的。黄：今湖北黄冈。[7]使酒：酗酒任性。[8]前十九年：即嘉祐八年（1063），作者任凤翔府签判。[9]怒马：使马怒，即纵马向前。[10]倘：或者。

简　析

本文写方子山有志入世，却不被赏识任用，仕途无门，不得不退隐以明志的故事。当时作者被贬黄州，方子山弃荣利功名而自甘淡泊贫贱的行为，也正是作者怀才不遇的感怀。本文可以说是作者在黄州郁郁不得志的一种的折射。

六国论

[宋]　苏　辙

尝读六国世家[1]，窃怪天下之诸侯以五倍之地、十倍之众[2]，发愤西向，以攻山西千里之秦[3]，而不免于灭亡。常为之深思远虑，以为必有可以自安之计，盖未尝不咎其当时之士虑患之疏而见利之浅，且不知天下之势也。

夫秦之所与诸侯争天下者，不在齐、楚、燕、赵也[4]，而在韩、魏之郊[5]；诸侯之所与秦争天下者，不在齐、楚、燕、赵也，而在韩、魏之野。秦之有韩、魏，譬如人之有腹心之疾也。韩、魏塞秦之冲而蔽山东之诸侯[6]，故夫天下之所重者，莫如韩、魏也。昔者范雎用于秦而收韩[7]，商鞅用于秦而收魏[8]。昭王未得韩、魏之心而出兵以攻齐之刚、寿[9]，而范雎以为忧，然则秦之所忌者可以见矣。

秦之用兵于燕、赵，秦之危事也。越韩过魏而攻人之国都，燕、赵拒之于前，而韩、魏乘之于后，此危道也。而秦之攻燕、赵，未尝有韩、魏之忧，则韩、魏之附秦故也。夫韩、魏诸侯之障，而使秦人得出入于其间，此岂知天下之势耶？委区区之韩、魏[10]，以当强虎狼之秦，彼安得不折而入于秦哉[11]？韩、魏折而入于秦，然后秦人得通其兵于东诸侯，而使天下遍受其祸。

夫韩、魏不能独当秦，而天下之诸侯藉之以蔽其西，故莫如厚韩亲魏以摈秦。秦人不敢逾韩、魏以窥齐、楚、燕、赵之国，而齐、楚、燕、赵之国，因得以自完于其间矣。以四无事之国，佐当寇之韩、魏，使韩、魏无东顾之忧，而为天下出身以当秦兵。以二国委秦，而四国休息于内，以阴助其急，若此可以应夫无穷。彼秦者将何为哉？不知出此，而乃贪疆场尺寸之利，背盟败约，以自相屠灭，秦兵未出，而天下诸侯已自困矣。至于秦人得伺其隙以取其国，可不悲哉！

注 释

[1] 世家：西汉司马迁所修《史记》体例的一种，主要用于记载诸侯国、王的历史。六国各有世家。[2] 诸侯：西周时周王分封的各国国君。这里指战车时期的各国。[3] 攻山西千里之秦：秦惠文王后元七年（前318），韩、赵、魏、齐、燕五国曾联合匈奴攻秦，被秦战败。山西，指崤山以西地区，建都于雍（今陕西凤翔）。战国时迁都咸阳（今属陕西），公元前221年，秦王政攻灭六国，完成统一。[4] 齐：战国时辖有今山东大部及河北一部分，都于临淄（今山东淄博市东北）。公元前221年为秦所灭。楚：战国时疆域曾扩展到今河南、山东、湖北、湖南、江苏、浙江等省，始建都于郢（今湖北江陵），后迁于陈（今河南淮阳），又迁于寿春（今安徽寿县）。公元前225年被秦所灭。燕：战国时曾辖有今河北北部和辽宁西、南部。建都于蓟（今北京），又以武阳（今河北易县）为下都。公元前222年为秦所灭。赵：曾辖有今山西中部、陕西东北角和河北西南部，后扩展至今河北西部、山西北部和河套地区。始建都晋阳（今山西太原），后迁都邯郸（今属河北）。公元前222年为秦所灭。[5] 韩：曾辖有今山西东南角和河南中部。始建都于阳翟（今河南禹县），后迁都新郑（今属河南）。地理位置介于魏、秦、楚三国之间，是军事上的必争之地。公元前230年为秦所灭。魏：疆域西达今山西、陕西两省交界的黄河以西，北达河北定县，南至河南开封等地，与秦、赵、韩、楚等国。[6] 山东：崤山以东，韩、魏、齐、燕、赵等国处于这一地区。后以此泛指秦以外的诸侯国。[7] 范雎（jū）：字叔。战国时魏人。曾化名张禄，入秦游说秦昭王，提出远交近攻的政策，建议昭王先取韩国。秦昭王四十一年（前266）被任为相。因封于应（今河南宝丰西南），又称"应侯"。[8] 商鞅：战

国时卫人,姓公孙,名鞅,又称卫鞅。后入秦,辅佐秦孝公两次变法,奠定了秦国富强的基础。在他的筹划下,秦国多次攻魏。孝公二十二年(前340),又用计战胜魏军。因功封商(今陕西商县东南)、於(今河南内乡东)十五邑,故又称为商鞅。[9]昭王:秦昭王,即秦昭襄王。前306—前251年在位。齐:原作"秦"。据《栾城应诏集》改。刚:地名,在今山东兖州附近。当时属齐国。寿:寿张,在今山东东平县北。当时也属齐国。[10]委:放弃。下文中的"委"字是对付的意思。[11]折:屈服。

简 析

六国,指战国时的韩、赵、魏、齐、楚、燕六国。作者分析了六国先后被翦灭的历史,指出六国诸侯眼光短浅、胸无韬略,不能联合一致、共同对敌,以致先后灭亡。本文从六国的灭亡立论,从正反两方面反复论述韩魏的背与向在七国争雄中所占有的关键地位,语言简洁明快,论点鲜明。

黄州快哉亭记

[宋] 苏 辙

江出西陵[1],始得平地,其流奔放肆大[2],南合湘、沅[3],北合汉、沔[4],其势益张。至于赤壁之下[5],波流浸灌[6],与海相若。清河张君梦得[7],谪居齐安[8],即其庐之西南为亭[9],以览观江流之胜。而余兄子瞻名之曰"快哉"[10]。

盖亭之所见,南北百里,东西一舍[11]。涛澜汹涌,风云开阖[12]。昼则舟楫出没于其前,夜则鱼龙悲啸于其下。变化倏忽[13],动心骇目,不可久视。今乃得玩之几席之上[14],举目而足。西望武昌诸山[15],冈陵起伏,草木行列,烟消日出,渔夫、樵父之舍,皆可指数。此其所以为"快哉"者也。至于长洲之滨,故城之墟,曹孟德、孙仲谋之所睥睨[16],周瑜、陆逊之所驰骛[17],其流风遗迹[18],亦足以称快世俗。

昔楚襄王从宋玉、景差于兰台之宫[19]。有风飒然至者,王披襟当之,曰:"快哉,此风!寡人所与庶人共者耶。"宋玉曰:"此独大王之雄风耳,庶人安得共之!"玉之言,盖有讽焉。夫风无雄雌之异,而人有遇不遇之变。楚王之所以为乐,与庶人之所以为忧,此则人之变也,而风何与焉?士生于世,使其中不自得,将何往而非病[20]?使其中坦然,不以物伤性,将何适而非快?今张君不以谪为患,收会稽之余[21],而自放山水之间[22],此其中宜有以过人者。将蓬户瓮牖[23],无所不快,而况乎濯长江之清流[24],挹西山之白云[25],穷耳目之胜以自适也哉[26]!不然,连山绝壑,长林古木,振之以清风,照之以明月,此皆骚人思士之所以悲伤憔悴而不能胜者[27],乌睹其为快也[28]!

注 释

[1]西陵:又名夷陵,长江三峡之一。在今湖北宜昌县西北。[2]肆大:水势浩大。[3]湘、沅:即湘江、沅江,都在今湖南境内。[4]汉、沔(miǎn):即汉水、沔水。汉水从今陕西流至湖北汇入长江,其上游人头到今湖北襄樊市一段,古代又称沔水。[5]赤壁:在今湖北黄冈县附近。与"赤壁之战"的"赤壁"本不是一处,但苏辙误认为是东汉末年孙、曹交战之处。[6]浸灌:形容水势又大又猛。[7]清河:郡名。在今河北。张梦得:事迹不详。[8]齐安:即黄州。[9]即:紧靠。[10]子瞻:苏轼的字。[11]舍:古代三十里为一舍。[12]开阖(hé)形容云时而散开,时而聚合,变幻不定。[13]倏(shū)忽:非常快的样子。[14]玩:观赏。几:古代的一种矮小的桌子,可以凭倚。[15]武昌:县名,今湖北鄂城。[16]曹孟德:曹操,字孙权、刘备联军击败于赤壁(今湖北蒲圻西北)封魏王。其子曹丕称帝后,追尊为魏武帝。孙仲谋:孙权,字仲谋,三国时吴国的建立者(229—252在位)。睥睨(pì nì):侧目窥察。[17]周瑜:孙权的名将。208年率吴军大破曹操于赤壁,后病死。陆逊:孙权的名将,后官至吴国丞相。驰骛(wù):奔走,驰骋。[18]流风:原作"风流",据《栾城集》改。[19]楚襄王:战国时楚国君主(前298—前263年在位)。宋玉:战国时楚国大夫,擅长辞赋。景差:战国时楚国辞赋家。兰台宫:在今湖北钟祥县。[20]病:这里指忧愁。[21]收:这里是结束的意思。会稽(kuài jì):指钱财、赋税等事务。这里泛指公务。稽,通"计"。[22]放:任情。[23]蓬户瓮牖(yǒu):用蓬草编成

的门,用破瓮作的窗户。[24]濯(zhuó):洗涤。[25]挹(yì):汲取。西山:在今湖北鄂城县西。[26]穷:尽。[27]骚人:诗人,这里指失意的文人。思士:这里指心怀忧思的人。胜(shēng):经得起。[28]乌:何。

简 析

本文是作者在宋神宗元丰六年(1083)谪居筠州(今江西高安)时所作。作者描述了快哉亭上所见的景物,感受到只有像亭子的主人一样胸怀坦荡,不因个人遭遇而影响心境,才能从壮丽的自然中找到生活乐趣。这也是作者的自勉。本文以写景带出议论,文字流畅自如。

寄欧阳舍人书

[宋] 曾 巩

去秋人还[1],蒙赐书及所撰先大父墓碑铭[2]。反复观诵,感与惭并。

夫铭志之著于世,义近于史,而亦有与史异者。盖史之于善恶无所不书,而铭者,盖古之人有功德、材行、志义之美者,惧后世之不知,则必铭而见之[3],或纳于庙[4],或荐于墓,一也。苟其人之恶,则于铭乎何有?此其所以与史异也。其辞之作,所以使死者无有所憾,生者得致其严[5]。而善人喜于见传,则勇于自立;恶人无有所纪,则以愧而惧。至于通材达识,义烈节士,嘉言善状,皆见于篇,则足为后法。警劝之道,非近乎史,其将安近?

及世之衰,人之子孙者,一欲褒扬其亲而不本乎理。故虽恶人,皆务勒铭以夸后世[6]。立言者,既莫之拒而不为,又以其子孙之请也,书其恶焉,则人情之所不得,于是乎铭始不实。后之作铭者,当观其人。苟托之非人,则书之非公与是[7],则不足以行世而传后。故千百年来,公卿大夫至于里巷之士莫不有铭,而传者盖少。其故非他,托之非人,书之非公与是故也。

然则孰为其人,而能尽公与是欤?非畜道德而能文章者无以为也[8]。盖有道德者之于恶人则不受而铭之,于众人则能辨焉[9]。而人之行,有情善而迹非,有意奸而外淑[10],有善恶相悬而不可以实指,有实大于名,有名侈于实。犹之用人,非畜道德者恶能辨之不惑,议之不徇[11]?不惑不徇,则公且是矣。而其辞之不工,则世犹不传,于是又在其文章兼胜焉。故曰非畜道德而能文章者无以为也,岂非然哉!

然畜道德而能文章者,虽或并世而有,亦或数十年或一二百年而有之。其传之难如此,其遇之难又如此。若先生之道德文章,固所谓数百年而有者也。先祖之言行卓卓,幸遇而得铭其公与是,其传世行后无疑也[12]。而世之学者,每观传记所书古人之事,至其所可感,则往往蠹然不知涕之流落也,况其子孙也哉?况巩也哉?其追晞祖德而思所以传之之由[13],则知先生推一赐于巩而及其三世[14]。其感与报,宜若何而图之?

抑又思若巩之浅薄滞拙,而先生进之,先祖之屯蹶否塞以死,而先生显之[15],则世之魁闳豪杰不世出之士[16],其谁不愿进于门?潜遁幽抑之士[17],其谁不有望于世?善谁不为,而恶谁不愧以惧?为人之父祖者,孰不欲教其子孙?为人之子者,孰不欲宠荣其父祖?此数美者,一归于先生。既拜赐之辱[18],且敢进其所以然。所谕世族之次,敢不承教而加详焉?

注　释

[1]人还:指曾巩派去请欧阳修为其祖父撰写墓碑铭的使者回来了。[2]先大父:指曾巩已故的祖父曾致尧。墓碑铭:记载死者生平事迹。铭:记载死者生平事迹,并刻石立在墓道石碑上的文字。[3]铭而见(xiàn)之:刻铭来显扬。[4]庙:祖庙。[5]致:表达。严:尊敬。[6]勒:镌刻。[7]公与是:公正与真实。[8]畜:通"蓄",积聚。[9]众人:一般人。辨:辨别。[10]意:内心。淑:善良。[11]徇(xùn):徇私,袒护。[12]蠹(xì)然:极其感动地。[13]晞(xī):仰慕。由:因由。[14]三世:指祖父、父亲、自己,三代人。[15]屯(zhūn)蹶:艰难与挫折。否(pǐ)塞:困厄不得志。[16]魁闳(hóng):俊伟。不世出:世上不常出现。[17]潜遁:避世隐居。幽抑:抑郁不得志。[18]拜赐:恭敬地接受赐予的碑文。辱:谦词。

简　析

曾巩十分仰慕欧阳修的道德文章,曾把他与唐代的韩愈相提并论。宋仁宗庆历六年（1046）夏，曾巩写信请欧阳修为已故的祖父曾致尧作一篇墓碑铭。庆历六年，欧阳修写好铭文，曾巩即写此信致谢。这封信作于庆历七年，作者29岁。

本文借感谢欧阳修给自己祖父写墓志铭为切入点，论述了墓志铭的作用及后来流于不实的原因，指出好的墓志铭应具备的条件，赞扬了欧阳修为他祖父所作墓志铭的"公与是"，并对欧阳修的道德文章深表钦佩。

同学一首别子固

[宋] 王安石

江之南有贤人焉，字子固[1]，非今所谓贤人者，予慕而友之。淮之南有贤人焉，字正之[2]，非今所谓贤人者，予慕而友之。二贤人者，足未尝相过也，口未尝相语也，辞币未尝相接也[3]。其师若友，岂尽同哉？予考其言行，其不相似者，何其少也！曰：学圣人而已矣。学圣人，则其师若友，必学圣人者。圣人之言行岂有二哉？其相似也适然[4]。

予在淮南，为正之道子固，正之不予疑也。还江南，为子固道正之，子固亦以为然。予又知所谓贤人者，既相似，又相信不疑也。

子固作《怀友》一首遗予，其大略欲相扳，以至乎中庸而后已[5]。正之盖亦常云尔。夫安驱徐行[6]，輶中庸之庭，而造于其室[8]，舍二贤人者而谁哉？予昔非敢自必其有至也，亦愿从事于左右焉尔。辅而进之，其可也。

噫！官有守[9]，私有系，会合不可以常也[10]，作《同学一首别子固》，以相警且相慰云。

注　释

[1]子固：即曾巩，字子固。[2]正之：即孙侔，字正之，一生隐逸不仕。[3]辞：指书信。币：泛指礼物。币原指绢帛。[4]适然：恰好也是这样。[5]扳（pān）：通"攀"，援引，帮助。中庸：儒家哲学思想，意谓处事不偏不倚，无过无不及，把握住事物的最佳点。[6]安驱徐行：稳步前进。

[7]辚(lìn):车轮碾过,达到的意思。[7]造于其室:达到更高的境界。庭与室,比喻造诣的不同阶段。[9]守:职守,工作的岗位。[10]私:私人。系:牵挂,指家务的纠缠。

简 析

  本文是一篇赠序,表达朋友间相警相慰之意,唱叹有情,婉转深厚。此文是王安石青年时候写的。当时,他和曾巩都怀抱远大的抱负和理想,所以他们志同道合,往来亲密。文中以孙侔来陪衬曾巩,叙述他们之间言行相似,虽然素不相识,但能互相信任,说明这是共同"学圣人"的效果,以此互相勉励。作者的"至乎中庸而后已",既表达了其对曾巩、孙侔的真挚友情,也表明了自己的远大志向。

阅江楼记

[明] 宋 濂

  金陵为帝王之州[1]。自六朝迄于南唐[2],类皆偏据一方[3],无以应山川之王气。逮我皇帝[4],定鼎于兹[5],始足以当之。由是声教所暨[6],罔间朔南[7],存神穆清[8],与天同体,虽一豫一游,亦可为天下后世法。

  京城之西北有狮子山[9],自卢龙蜿蜒而来[10]。长江如虹贯,蟠绕其下[11]。上以其地雄胜,诏建楼于巅,与民同游观之乐,遂锡嘉名为"阅江"云[12]。登览之顷,万象森列,千载之秘,一旦轩露[13]。岂非天造地设,以俟夫一统之君[14],而开千万世之伟观者欤?当风日清美,法驾幸临[15],升其崇椒[16],凭阑遥瞩,必悠然而动遐思。见江汉之朝宗[17],诸侯之述职[18],城池之高深。关阨之严固[19],必曰:"此朕栉风沐雨,战胜攻取之所致也[20]。中夏之广[21],益思有以保之。"见波涛之浩荡,风帆之上下,番舶接迹而来庭[22],蛮琛联肩而入贡[23],必曰:"此朕德绥威服,罩及内外之所及也[24]。四陲之远[25],益思有以柔之。"见两岸之间、四郊之上,耕人有炙肤皲足之烦[26],农女有捋桑行馌之勤[27],必曰:"此朕拔诸水火,而登于衽席者也[28]。万方之民[29]，益思有以安之。"触类而思，不一而足。臣知斯楼之建，皇上所以发舒精神，因物兴感，无不寓其致治之思，奚止阅夫长江而已哉！

彼临春、结绮[30]，非不华矣；齐云、落星[31]，非不高矣。不过乐管弦之淫响，藏燕、赵之艳姬[32]，不旋踵间而感慨系之[33]，臣不知其为何说也。虽然，长江发源岷山[34]，委蛇七千余里而入海[35]，白涌碧翻。六朝之时，往往倚之为天堑。今则南北一家，视为安流，无所事乎战争矣。然则，果谁之力欤？逢掖之士[36]，有登斯楼而阅斯江者，当思圣德如天，荡荡难名，与神禹疏凿之功同一罔极[37]。忠君报上之心，其有不油然而兴耶？臣不敏，奉旨撰记。欲上推宵旰图治之功者[38]，勒诸贞珉[39]。他若留连光景之辞，皆略而不陈，惧亵也。

注 释

[1]金陵：即今南京市。[2]六朝：时代名。三国的吴、东晋和南朝的宋、齐、梁、陈，都在南京建都，历史上称为六朝。南唐：五代十国之一，也建都金陵。[3]偏据一方：指六朝和南唐的统治区域都只有江南一部分和长江中下游地区。[4]我皇帝：指明太祖朱元璋，1368—1398年在位，明朝的建立者。[5]定鼎：传说禹铸九鼎象征天下九州之土，夏、商、周三代都把它作为传国之宝，随都迁徙，故后代往往称建都为"定鼎"。兹：此。指南京。[6]声教：指天子的声威、教化。暨：及，到。[7]罔间：没有间隔。朔：北。[8]穆：淳和。清：清明。[9]狮子山：在今江苏江宁县北。[10]卢龙：卢龙山。在今江苏江宁县西北。[11]蟠绕：即盘绕。[12]锡：通"赐"。[13]轩：显，明朗。[14]俟（sì）：等待。[15]法驾：天子的车驾。[16]椒：山巅。[17]朝宗：诸侯朝见天子。这里借指百川入海。[18]述职：诸侯朝见天子，述说自己职守的情况。[19]陒：通"隘"，险要的地方。[20]朕：我。秦始皇以后专用于皇帝的自称。栉（zhì）风沐雨：风梳发，雨洗头。这里形容创业的艰难。栉，梳头发。沐，洗头。[21]中夏：即中华。[22]番：外国。庭：通"廷"，朝廷。[23]蛮：古代对南方各族的泛称。琛（chēn）：珍宝。[24]覃（tán）：延长。[25]陲（chuí）：边疆。[26]皲（jūn）：皮肤因寒冷而冻裂。[27]捋（luō）：用手握住东西，顺着移动。馌（yè）：给在田野耕作的人送饭。[28]衽：床席。[29]万方：各地，各民族。[30]临春、结

绮：皆南朝时陈后主建筑的楼阁名。[31]齐云：楼名。落星：楼名。三国时吴国兴建，在江苏江宁县东北的落星山上。[32]燕赵：皆战国时国名。这里指燕赵地区。[33]旋踵：转眼之间。旋，转动。踵，脚后跟。[34]岷山：在四川北部。古人认为长江发源于此。[35]委蛇：同"逶迤"。[36]逢掖：古代读书人穿的一种袖子宽大的衣服。这里代指读书人。[37]禹：我国原始社会末期的部落联盟领袖。曾领导人民治平了洪水。[38]宵旰（gàn）：即宵衣旰食。天未明就穿衣服，日已暮才吃饭。称颂天子勤于政事。[39]勒：刻。贞珉：刻碑的美石。

简 析

明太祖朱元璋在金陵狮子山上修建了一座阅江楼，命宋濂为这座楼写一篇文章，以"寓其致治之思"。由于作者是奉诏而作，故在文章中为朱元璋写了大量歌功颂德之辞，加入许多希望他励精图治的箴规之言。

本文的结构比较巧妙，言语简洁，写景、叙事和议论穿插得比较自然，具有宽阔舒展的气势。

报刘一丈书

[明] 宗 臣

数千里外，得长者时赐一书[1]，以慰长想，即亦甚幸矣。何至更辱馈遗[2]，则不才益将何以报焉[3]？书中情意甚殷，即长者之不忘老父，知老父之念长者深也。

至以上下相孚、才德称位语不才[4]，则不才有深感焉。夫才德不称[5]，固自知之矣。至于不孚之病则尤不才为甚。且今之所谓孚者何哉？日夕策马候权者之门[6]。门者故不入，则甘言媚词作妇人状，袖金以私之[7]。即门者持刺入[8]，而主人又不即出见，立厩中仆马之间，恶气袭衣袖，即饥寒毒热不可忍，不去也。抵暮，则前所受赠金者出，报客曰："相公倦[9]，谢客矣，客请明日来。"即明日又不敢不来。夜披衣坐，闻鸡鸣即起盥栉[10]，走马推门。门者怒曰："为谁？"则曰："昨日之客来。"则又怒曰："何客之勤也，岂有相公此时出见客乎？"客心耻之，强忍而与言曰："亡奈何矣，姑容我入。"门者又得所赠金，则起而入之。又立向所立厩中[11]。幸主者出，南面召见[12]，则惊走匍匐阶下[13]。主者曰："进！"则再拜[14]，故迟不起，起则上所上寿金[15]。主者故不受，则固请。主者故固不受，则又固请。然后命吏纳之。则又再拜，又故迟不起。起则五六揖始出[16]。出揖门者曰："官人幸顾我[17]，他日来，幸无阻我也！"门者答揖。大喜奔出。马上遇所交识，即扬鞭语曰："适自相公家来，相公厚我，厚我。"且虚言状。即所交识，亦心畏相公厚之矣。相公又稍稍语人曰："某也贤，某也贤。"闻者亦心计交赞之。此世所谓上下相孚也。长者谓仆能之乎？

前所谓权门者，自岁时伏腊一刺之外[18]，即经年不往也。间道经其门，则亦掩耳闭目，跃马疾走过之，若有所追逐者。斯则仆之褊衷[19]，以此长不见悦于长吏[20]，仆则愈益不顾也。每大言曰："人生有命，吾惟守分而已。"长者闻之，得无厌其为迂乎？

注　释

[1]长者：年纪大的长辈，这里指刘一丈。[2]馈遗（kuì wèi）：赠送。[3]不才：自谦之辞，意谓不成材的人。[4]孚（fú）：信任。[5]夫：发语词。[6]策马：用鞭子赶马。权者：当权的要人。[7]私：用作动词，私下贿赂的意思。[8]刺：谒见时用的名片。[9]相公：对宰相的一种称呼。这里指权贵。[10]盥栉（guàn zhì）：洗脸和梳头。[11]向：以前。[12]南面：古代以面向南为尊位。[13]匍匐（pú fú）：趴下。[14]拜：行礼。旧时一种表示敬意的礼节。[15]上寿金：奉献金银为祝寿进见之礼。[16]揖（yī）：作揖。[17]官人：这里是对守门人的敬称。[18]岁时伏腊：指一年中逢年过节的日子。岁时，一年四季，春夏秋冬叫做四时。伏腊，夏天的伏日和冬天的腊日。[19]褊（biǎn）衷：狭隘的心胸。[20]长吏：长官。

简　析

《报刘一丈书》是宗臣的代表作。作者在这封给刘一丈的回信中，淋漓尽

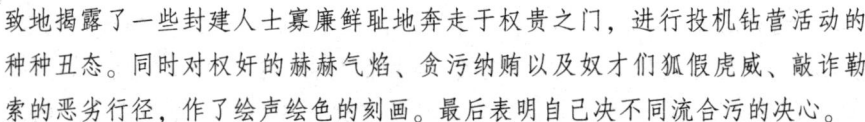

致地揭露了一些封建人士寡廉鲜耻地奔走于权贵之门，进行投机钻营活动的种种丑态。同时对权奸的赫赫气焰、贪污纳贿以及奴才们狐假虎威、敲诈勒索的恶劣行径，作了绘声绘色的刻画。最后表明自己决不同流合污的决心。

文中抓住典型人物进行刻画，给人留下深刻印象。又通过不同人物的不同思想和不同行为的鲜明对照，增加了讽刺效果。

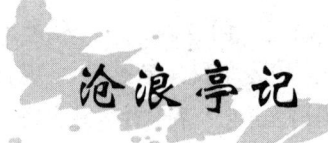

〔明〕归有光

浮图文瑛[1]，居大云庵[2]，环水，即苏子美沧浪亭地也[3]。亟求余作《沧浪亭记》，曰："昔子美之记，记亭之胜也。请子记吾所以为亭者。"

余曰：昔吴越有国时[4]，广陵王镇吴中[5]，治南园于子城之西南[6]。其外戚孙承佑[7]，亦治园于其偏。迨淮海纳土[8]，此园不废。苏子美始建沧浪亭，最后禅者居之[9]。此沧浪亭为大云庵也。有庵以来二百年，文瑛寻古遗事，复子美之构于荒残灭没之余。此大云庵为沧浪亭也。夫古今之变，朝市改易。尝登姑苏之台[10]，望五湖之渺茫[11]，群山之苍翠，太伯、虞仲之所建[12]，阖闾、夫差之所争[13]，子胥种蠡之所经营[14]，今皆无有矣。庵与亭何为者哉？虽然，钱镠因乱攘窃[15]，保有吴越，国富兵强，垂及四世。诸子姻戚，乘时奢僭，宫馆园囿，极一时之盛。而子美之亭，乃为释子所钦重如此[16]。可以见士之欲垂名于千载，不与其澌然而俱尽者[17]，则有在矣。

文瑛读书喜诗，与吾徒游，呼之为沧浪僧云。

注 释

[1]浮图：即浮屠，梵语音译，指佛。这里是指信奉佛事的僧人，也叫和尚。文瑛，生平不详。[2]庵：小庙，多为女尼所居。[3]苏子美：苏舜卿，字子美，北宋诗人。他曾建沧浪亭，自号沧浪翁。该亭在今江苏省苏州市。[4]吴越：指吴越王，即唐末钱镠，官拜节度使。后拥兵自重，建国吴越，称吴越国王，是五代十国时的十国之一，辖地包括今浙江、江苏西南、福建东

北部地区。[5]广陵王：指吴越王钱镠的儿子钱元瓘。吴中：指苏州一带地区。[6]子城：附属于大城的小城，这里指内城。[7]外戚：指帝王的母族或妻族。孙承祐：钱镠的孙子钱俶的岳父。[8]迨：到，等到。淮南：唐代设置的淮南道，治所在扬州。纳土：指将国土贡献给了宋王朝。[9]禅者：指信奉佛教的人，即佛教徒。[10]姑苏台：在姑苏山上，春秋时吴王阖闾建。[11]五湖：这是泛指包括太湖在内附近所有的湖泊。[12]太伯：周代太王古公亶父的长子。虞仲：古公亶父的次子。传说太子准备将幼子季历立为王，于是长子太伯、次子虞仲就远避江南，遂为当地君长，成了春秋时吴国的开国者。[13]阖闾：春秋时吴国的国君。夫差：阖闾的儿子，吴国的国王。[14]子胥：姓伍，名员，字子胥，春秋时楚国人。他的父亲伍奢、哥哥伍尚，被楚平王杀害，他投奔到吴国，曾辅助吴王夫差伐越。仲蠡：指文种和范蠡。文种，春秋末年越国大夫，楚人；范蠡，春秋末年楚人，曾辅助越王灭吴。[15]钱镠：吴越国的建立者。[16]释子：佛教徒的通称。[17]澌：冰块。这里指冰块消融的样子。

简 析

沧浪亭，在今江苏苏州市，为宋代诗人苏舜卿所建。后人在它的遗址上修建了大云庵。明代文瑛和尚又在这里重新修建了沧浪亭。作者的这篇文章记述了沧浪亭的演变过程，并从历史的对比中，赞美了苏舜卿所建的沧浪亭；而那些盛极一时的官馆园囿，却早已不存在了。作者的寄寓是很深的。语言朴素简洁，而又明畅自然，能于平淡质朴中见出深意，这正是作者散文的特点。

青霞先生文集序

〔明〕茅　坤

青霞沈君[1]，由锦衣经历上书诋宰执[2]，宰执深疾之。方力构其罪，赖天子仁圣，特薄其谴[3]，徙之塞上。当是时，君之直谏之名满天下。已而，君累然携妻子，出家塞上[4]。会北敌数内犯，而帅府以下，束手闭垒，以恣敌之出没，不及飞一镞以相抗。甚且及敌之退，则割中土之战没者、野行者之馘以为功[5]。而父之哭其子，妻之哭其夫，兄之哭其弟者，往往而是，无所控吁。君既上愤疆场之日弛，而又下痛诸将士日菅刈我人民以蒙国家也[6]，数呜咽欷歔，而以其所忧郁发之于诗歌文章，以泄其怀，即集中所载诸什是也[7]。君故以直谏为重于时，而其所著为诗歌文章，又多所讥刺，稍稍传播，上下震恐。始出死力相煽构，而君之祸作矣。君既没，而中朝之士虽不敢讼其事，而一时阃寄所相与谗君者[8]，寻且坐罪罢去。又未几，故宰执之仇君者亦报罢。而君之门人给谏俞君[9]，于是裒辑其生平所著若干卷[10]，刻而传之。而其子以敬，来请予序之首简。

茅子受读而题之曰[11]：若君者，非古之志士之遗乎哉？孔子删《诗》，自《小弁》之怨亲[12]，《巷伯》之刺谗以下[13]，其间忠臣、寡妇、幽人、怼士之什[14]，并列之为"风"，疏之为"雅"，不可胜数。岂皆古之中声也哉[15]？然孔子不遽遗之者，特悯其人，矜其志。犹曰："发乎情，止乎礼义"，"言之者无罪，闻之者足以为戒"焉耳[16]。予尝按次春秋以来，屈原之《骚》疑于怨[17]，伍胥之谏疑于胁[18]，贾谊之《疏》疑于激[19]，叔夜之诗疑于愤[20]，刘蕡之对疑于亢[21]。然推孔子删《诗》之旨而裒次之[22]，当亦未必无录之者。君既没，而海内之荐绅大夫[23]，至今言及君，无不酸鼻而流涕。呜呼！集中所载《鸣剑》、《筹边》诸什，试令后之人读之，其足以寒贼臣之胆，而跃塞垣战士之马，而作之忾也，固矣。他日国家采风者之使出而览观焉，其能遗之也乎？予谨识之。

至于文词之工不工，及当古作者之旨与否，非所以论君之大者也，予故不著。

注　释

[1]沈君：名炼，号青霞，会稽人。嘉靖年间进士。为人刚直，曾上书历数奸相严嵩十大罪状，被流放杀害。[2]锦衣经历：锦衣卫的经历官。诋（dǐ）：诋毁，实是弹劾。宰执：指严嵩。[3]薄其谴：薄，作动词，减轻。谴：罪责。[4]出家：全家迁居。[5]馘（guó）：指死者的左耳朵。古时作战凭割取所杀敌人的左耳来统计歼敌人数并记功。[6]菅刈（jiān yì）：杀人如

割草似的。菅:一种小草。刈:割。[7]什:篇。[8]阃(kǔn)寄:边防将领。阃:郭门的门槛。寄托以郭门以外事务的人,即边将。[9]给谏:给事中的别称,掌规谏之责。[10]裒(póu)辑:搜集编辑。[11]茅子:茅坤自称。茅坤,号鹿门。明代"唐宋派"古文家之一。[12]《小弁》:《诗经·小雅》篇名,写一个青年被父亲弃逐的悲怨。[13]《巷伯》:《诗经·小雅》篇名,写一个小吏遭谗而受宫刑的悲愤。[14]怼(duì)士:心怀怨愤的人。[15]中声:中和的乐声。[16]发乎情:以上两句皆引自《诗经·周南·关雎》序。[17]《骚》:即《离骚》。怨:指感情悲愤。[18]胁:指劝谏的口气强硬。[19]激:指情绪偏激。[20]叔夜:嵇康的字。嵇康不满意司马氏的政权,遭迫害,在《幽愤诗》中表达了孤愤的心情。[21]刘蕡(fēn):唐文宗时人,在应试贤良对策中,极力抨击宦官的专权。亢:慷慨激昂。[22]裒次:搜集编排。[23]荐绅:官员的代称。[24]采风者:传说上古时,有采诗官,每年于二月或八月到各地收集民间歌谣,称为采风。

简 析

茅坤,明代散文家。主张文章须阐扬"六经"宗旨,推崇韩愈、欧阳修与苏轼的作品。他与王慎中、唐顺之、归有光等,同被称为"唐宋派"。青霞先生,名沈炼,字纯甫,号青霞,嘉靖进士,因上疏弹劾严嵩父子,遭贬谪,后遇害。这篇文章是茅坤为沈炼的文集所写的序。

徐文长传

〔明〕袁宏道

徐渭,字文长,为山阴诸生[1],声名籍甚[2]。薛公蕙校越时[3],奇其才,有国士之目[4]。然数奇[5],屡试辄蹶。中丞胡公宗宪闻之[6],客诸幕[7]。文长每见,则葛衣乌巾[8],纵谈天下事,胡公大喜。是时公督数边兵,威镇东南,介胄之士[9],膝语蛇行[10],不敢举头,而文长以部下一诸生傲之,议者方之刘真长、杜少陵云[11]。会得白鹿属文长作表[12],表上,永陵喜[13]。

公以是益奇之，一切疏计[14]，皆出其手。文长自负才略，好奇计，谈兵多中，视一世士无可当意者。然竟不偶[15]。

文长既已不得志于有司[16]，遂乃放浪曲蘖[17]，恣情山水，走齐、鲁、燕、赵之地[18]，穷览朔漠[19]。其所见山奔海立，沙起云行，雨鸣树偃；幽谷大都，人物鱼鸟，一切可惊可愕之状，一一皆达之于诗。其胸中又有勃然不可磨灭之气，英雄失路、托足无门之悲，故其为诗，如嗔如笑[20]，如水鸣峡，如种出土，如寡妇之夜哭，羁人之寒起[21]。虽其体格时有卑者，然匠心独出，有王者气，非彼巾帼而事人者所敢望也[22]。文有卓识，气沉而法严，不以摸拟损才，不以议论伤格，韩、曾之流亚也[23]。文长既雅不与时调合[24]，当时所谓骚坛主盟者[25]，文长皆叱而怒之，故其名不出于越，悲夫！喜作书，笔意奔放如其诗，苍劲中姿媚跃出，欧阳公所谓"妖韶女，老自有余态"者也[26]。间以其余[27]，旁溢为花鸟[28]，皆超逸有致[29]。

卒以疑杀其继室[30]，下狱论死[31]；张太史元汴力解[32]，乃得出。晚年愤益深，佯狂益甚，显者至门，或拒不纳。时携钱至酒肆，呼下隶与饮。或自持斧击破其头，血流被面，头骨皆折，揉之有声。或以利锥锥其两耳，深入寸余，竟不得死。周望言晚岁诗文益奇[33]，无刻本，集藏于家。余同年有官越者[34]，托以钞录，今未至。余所见者，《徐文长集》、《阙编》二种而已[35]。

然文长竟以不得志於时，抱愤而卒。石公曰[36]：先生数奇不已，遂为狂疾。狂疾不已，遂为囹圄[37]。古今文人牢骚困苦，未有若先生者也。虽然，胡公间世豪杰[38]，永陵英主。幕中礼数异等[39]，是胡公知有先生矣。表上，人主悦，是人主知有先生矣。独身未贵耳。先生诗文崛起，一扫近代芜秽之习，百世而下，自有定论，胡为不遇哉？

梅客生尝寄予书曰[40]："文长吾老友，病奇于人，人奇于诗。"余谓文长无之而不奇者也。无之而不奇，斯无之而不奇也。悲夫！

注　释

[1]诸生：即生员，明清时代经过本省各级考试取入府、州、县学的学生。徐渭19岁时在山阴县应考，被录取为生员。[2]籍甚：盛大。[3]薛蕙：明武宗正德年间进士，官至吏部考功郎中。校：校官，即学官。这里用作动

词。按：薛蕙在嘉靖二年免官，到嘉靖十八年，徐渭考中生员的同年死去，未担任过浙江的学官职务。据记载，薛应旂曾赞扬过徐渭。他是嘉靖十四年进士，曾由南吏部考功郎中出为浙江提学副使。这里写作薛蕙，疑是误记。[4]国士：一国杰出的人物。目：称。[5]数奇（jī）：命运不好。[6]中丞：原为汉代御史大夫的属官名。明代设都察院，掌管监察。其中副都御史之职与御史中丞略同，故称。胡宗宪：明嘉靖年间浙江巡抚。[7]诸：等于"之于"。幕：幕府，地方军政大吏的官署。[8]葛衣乌布：粗布服饰，表明很简朴。葛，藤本植物，其纤维可织成葛布。巾，古人包发的巾帻。[9]介胄：古代武士的护身装束。介，甲。胄（zhòu），盔。[10]膝语蛇行：形容畏服的样子。膝语，跪着说话。蛇行，伏地爬行。[11]方：比。刘真长：即刘惔（tán），东晋简文帝（371~372在位）时的宰相，字真长。他为政清静，处事不拘小节。杜少陵：即唐代伟大诗人杜甫。杜甫曾居少陵（今陕西西安市南）附近，自号少陵野老。[12]表：古代奏章的一种。[13]永陵：明世宗朱厚熜（1522—1566年在位）的陵墓名，这里指代明世宗。[14]疏：奏章。计：计策，即下文的"奇计"。[15]偶：遇。[16]有司：官吏。[17]曲蘖（niè）：酒曲，这里指酒。[18]齐、鲁、燕、赵：本为春秋战国时的国名，它们所在的地区后世多沿称其名。其地大致在今山东、河北、山西一带。[19]朔：北方。[20]嗔（chēn）：怒。[21]羁（jī）人：客居他乡的人。[22]巾帼（guó）：古代妇女戴的头巾，后作为妇女的代称。[23]韩曾：指韩愈和曾巩，二人都被列入唐宋散文八大家。韩愈是唐代人，散文雄健流畅，成就极高；曾巩是北宋人，散文以简洁平易见长。流亚：同类。[24]雅：素常。[25]骚坛：文坛。[26]韶：美好。这句话出自欧阳修《六一诗话》，原文作"有如妖韶女，老自有余态"，这是评梅圣俞诗的句子。[27]间：间或，有时。[28]旁：其他，另外。[29]致：意态，情趣。[30]卒（cù）：突然。[31]论：定罪。[32]张元汴：徐渭老同学张天复之子，官至翰林侍读。太史：本为古代起草文书、编写史书的职官，明代的翰林院兼掌制诰、史册文翰之事，所以翰林官亦称太史。[33]周望：即陶望龄，字周望。明万历（1573—1619）年间曾任国子监祭酒。[34]同年：科举考试中同时考中的人，互称同年。[35]《阙编》：徐渭的诗集，陶望龄编。[36]石公：袁宏道自号。[37]囹圄（líng yǔ）：监狱。[38]间世：世上罕见。[39]礼数：礼节。[40]梅客生：名国桢，湖北人，徐渭的朋友。

简析

　　本文是袁宏道为同时代文学家、戏曲家、书画家徐渭所作的传记。徐渭（1521—1593），字文长，山阴（今浙江绍兴）人，在文艺上有多方面的成就，却在科场上屡试不中。他愤世嫉俗，潦倒终身，是封建礼教的激烈反对者。袁宏道对徐渭的文学成就和人品都十分推崇。这篇传记怀着惋惜和同情的心情追溯了徐渭的生平，对他的文学成就给予了极高评价。通过对徐渭创造生活的介绍，也表达作者自己"匠心独出"等文学见解。

原 君

〔清〕黄宗羲

　　有生之初，人各自私也，人各自利也。天下有公利而莫或兴之，有公害而莫或除之。有人者出，不以一己之利为利，而使天下受其利；不以一己之害为害，而使天下释其害。此其人之勤劳，必千万于天下之人。夫以千万倍之勤劳，则己又不享其利，必非天下之人情所欲居也。故古人之君，量而不欲入者，许由、务光是也[1]；入而又去之者，尧、舜是也；初不欲入而不得去者，禹是也。岂古之人有所异哉？好逸恶劳，亦犹夫人之情也。

　　后之为人君者不然。以为天下利害之权皆出于我，我以天下之利尽归于己，以天下之害尽归于人，亦无不可。使天下之人不敢自私，不敢自利，以我之大私为天下之公。始而惭焉，久而安焉，视天下为莫大之产业，传之子孙，受享无穷。汉高帝所谓"某业所就，孰与仲多"者[2]，其逐利之情，不觉溢之于辞矣。

　　此无他，古者以天下为主，君为客，凡君之所毕世而经营者，为天下也。今也以君为主，天下为客，凡天下之无地而得安宁者，为君也。是以其未得之也，屠毒天下之肝脑，离散天下之子女，以博我一人之产业，曾不惨然，曰："我固为子孙创业也。"其既得之也，敲剥天下之骨髓，离散天下之子女，以奉我一人之淫乐，视为当然，曰："此我产业之花息也。"然则为天下之大害者，君而已矣！向使无君，人各得自私也，人各得自利也。呜呼！岂设君之道固如是乎？

古者天下之人爱戴其君，比之如父，拟之如天，诚不为过也。今也天下之人，怨恶其君，视之如寇仇，名之为独夫，固其所也。而小儒规规焉以君臣之义无所逃于天地之间，至桀纣之暴，犹谓汤武不当诛之，而妄传伯夷、叔齐无稽之事[3]，乃兆人万姓崩溃之血肉，曾不异夫腐鼠。岂天地之大，于兆人万姓之中，独私其一人一姓乎？是故武王圣人也，孟子之言，圣人之言也。后世之君，欲以如父如天之空名，禁人之窥伺者，皆不便于其言，至废孟子而不立[4]，非导源于小儒乎？

虽然，使后之为君者，果能保此产业，传之无穷，亦无怪乎其私之也。既以产业视之，人之欲得产业，谁不如我？摄缄縢，固扃鐍，一人之智力，不能胜天下欲得之者之众。远者数世，近者及身，其血肉之崩溃，在其子孙矣。昔人愿世世无生帝王家[5]，而毅宗之语公主，亦曰："若何为生我家[6]！"痛哉斯言！回思创业时，其欲得天下之心，有不废然摧沮者乎？是故明乎为君之职分，则唐、虞之世，人人能让，许由、务光非绝尘也；不明乎为君之职分，则市井之间，人人可欲，许由、务光所以旷后世而不闻也。然君之职分难明，以俄顷淫乐，不易无穷之悲，虽愚者亦明之矣。

注 释

[1]许由、务光：传说中的高士。唐尧让天下于许由，许由认为是对自己的侮辱，就隐居箕山中。商汤让天下于务光，务光负石投水而死。[2]汉高：《史记·高祖本纪》载汉高祖刘邦登帝位后，曾对其父说："始大人常以臣无赖，不能治产业，不如仲（其兄刘仲）力，今某之业所就，孰与仲多？"[3]伯夷、叔齐无稽之事：《史记·伯夷列传》载他俩反对武王伐纣，天下归周之后，又耻食周粟，饿死于首阳山。[4]废孟子不立：《孟子·尽心下》中有"民为贵，社稷次之，君为轻"的话，明太祖朱元璋见而下诏废除祭祀孟子。[5]昔人句：《南史·王敬则传》载南朝宋顺帝刘准被逼出宫，曾发愿："愿后身世世勿复生天王家！"[6]而毅宗三句：毅宗，明崇祯帝，后改毅宗，李自成军攻入北京后，他叹息公主不该生在帝王家，以剑砍长平公主，然后自缢。

简 析

　　《原君》是17世纪中国著名思想、历史学家黄宗羲的政论集《明夷待访录》的开宗明义篇。全书包括《原君》、《原臣》、《原法》等阐发民主、平等思想的篇章，是我国历史上第一部把批判的矛头直指君主专政及其理论基础的论著，它鲜明地体现了近代民主思想。

　　"原"是古代议论文的一种。"原君"，即推究关于做君主的道理。作者既大胆地揭露并指责"后之人君"的暴虐专制，又对维护封建统治的理论基础进行了愤怒的声讨。